伝染る恐怖　感染ミステリー傑作選

千街晶之・編
エドガー・アラン・ポオ　アーサー・コナン・ドイル
フリーマン　マーキー　西村京太郎
皆川博子　梓崎 優　水生大海

宝島社文庫

宝島社

伝染《うつ》る恐怖　感染ミステリー傑作選

伝染《うつ》る恐怖
感染ミステリー傑作選

【目次】

赤死病の仮面　エドガー・アラン・ポオ（松村達雄訳）

エドガー・アラン・ポオ

1809年、アメリカ生まれ。ヴァージニア大学中退。雑誌編集の仕事を転々としながら、世界初の推理小説と称される「モルグ街の殺人」やゴシック小説「アッシャー家の崩壊」、物語詩「大鴉」を発表、後世の文学に多大な影響を及ぼした。1849年没。

【底本】『ポオ小説全集3』(創元推理文庫、1974年刊)

「赤死病」が国じゅうを荒らすのも、すでに久しいこととなった。これほど助かるすべもない、おそろしい疫病もこれまでにはないことだった。血《しるし》――真紅の、ぞっとするような血こそは、この「赤死病」のなによりまごう方ない象徴であった。鋭い苦痛がおこり、とつぜん目まいがして、やがて毛孔《けあな》からおびただしい血がにじみ出て、ついに息がたえる。罹病者《りびょう》の体じゅう、ことに顔面に真紅の汚点があらわれるので、患者は世の追放者となり、誰からいたわられることもなく、誰の同情をかち得ることもできない。罹病、病勢の進行、その終結、この全過程がただ半時間内の出来事にすぎなかった。

しかし、プロスペロ公の心はあかるく、大胆不敵、聡明そのものであった。領内の人民も半ば死に絶えると、その宮廷の騎士貴婦人たちのなかから元気のよい陽気な者たち千人ばかりを御前に呼びよせ、この仲間をひきつれて、その城郭風の大伽藍《だいがらん》の一つに世塵を遠くさけることとした。この伽藍は宏壮な建物で、この君主の風変りな、しかしなかなかに堂々たる趣味の産物であった。頑丈《がんじょう》な高い塀がこの建物をとりかこんでいた。塀には鉄の門がいくつもあった。廷臣たちはこの中に入ってしまうと、炉と大きな槌《つち》をもち出して、かんぬきをうち固めてしまった。それは、突如絶望にかられ狂気にかられる者などに、内側から、いっさい出入りのてだてをのこすまいと思ったからのことである。伽藍の中には食糧はたっぷり用意されてあった。このように用意おさおさおこたりなく、さすがの疫病もまさかここまではやって来られまいと、廷臣たちもそらうそぶいておれるほどだった。外は外で何とでもなればよい。その間、こちらは嘆くことも物思うこともおろかである。殿様はあらゆる享楽のてだてを用意しておいた。道化役者《どうけ》もおれば即興詩人《イムプロヴイザトール》もおり、バレー・ダンサーもおれば、音楽師もおり、美姫《びき》にも酒にも事欠かなかった。すべてこうしたものがそなわり、まことに伽藍の中は安泰至極であった。しかし一歩外へ出れば、そこには「赤死病」が、跳梁《ちょうりょう》していた。

この殿様が伽藍に引きこもって五カ月目か六カ月目の終りころ、ちょうど外では悪疫がこの上もなくその猛威をたくましくしている最中だったが、プロスペロ公は、まことに空前絶後の壮大な仮装舞踏会をもよおして、その千人の仲間たちを歓待した。

この仮装舞踏会こそは、逸楽のきわみをつくした光景であった。しかしまず何より、それが催された部屋部屋について語ることとしたい。部屋の数は七つ——壮麗そのものともいうべきひと続きの部屋部屋であった。しかし、多くの宮殿にあっては、こういうつづきの間は長くまっすぐに見通せ、たたみ扉がほとんど両側の壁まですると押しあけられるようになっていて、会場の全景がほとんど何にもさまたげられず見渡せるものだ。ところが、これは怪奇《ビザール》なものを愛好する公爵の性格からも予期し得ることではあろうが、この場合はそれとは大いに趣きを異《こと》にしていた。部屋部屋の配置がまことに不規則で、一時に一部屋以上を見渡すことはほとんどできなかった。二、三十ヤードゆくごとにぐっと急な曲りとなって、また曲るごとにそこには何か目新しい趣向の変化があった。右手にも左手にも、壁という壁の中央に高くて幅のせまいゴシック風の窓があり、それが、曲りくねってつづく部屋部屋に沿う、閉《た》て切った廊下に臨んでいた。これらの窓には彩色硝子《ステインド・グラス》がはめてあるが、そのガラスの色は、それが開かれる部屋の室内装飾の基調をなす色につれ変化するのであった。東のはしに位置する部屋は、たとえば青色の壁掛がかかっている、そこでその部屋の窓もまたあざやかな青色のガラスがはまっていた。また第二の部屋は装飾も綴織《タペストリー》も紫色になっているので、この部屋では窓ガラスの色もやはり紫色となっていた。さらにまた第三の部屋では、部屋じゅう何から何までみどり色に出来上っているので、窓ガラスもやはりみどりに彩《いろど》られているのだった。第四の部屋では、その家具類も橙色《だいだいいろ》なら明りとりの窓もまた橙色に彩られており、第五の部屋は白ずくめ、第六の部屋は菫色《すみれいろ》ずくめであった。第七の部屋となると、まっ黒なビロードの綴織《タペストリー》でぴったりとおおわれていて、それが天井全体から壁をつつんで、やはり同じ生地と同じ色でできた敷物のうえに幾重にも重たくたたみ重なって垂れていた。しかし、この部屋だけは、窓の色彩は部屋の装飾の色に合致してはいなかった。この部屋の窓ガラスは緋色《ひいろ》であった――それはもう血のように濃い真紅であった。さてこの七つの部屋部屋には、おびただしい黄金色の装飾が部屋のあちこちに散在しており、また天井からも垂れ下ってはいたが、一台の燭台も多灯架《キャンディレイブラム》も存在しなかった。このつづきの間のどこにも、燭台や蠟燭《ろうそく》から発する光というものはいっさいみとめられなかった。しかしこのつづきの間に沿って走っている廊下には、ちょうどおのおのの窓と相対して、かがり火をのせた重々しい三脚台がおかれてあって、窓の色ガラスを通してその光線がさし込み、室内をぎらぎらと照らし出していた。そしてこのようにして、さまざまのきらびやかにまた奇怪な光景が生み出されたのであった。しかし、西の部屋、すなわちすべて黒ずくめの部屋では、血の色の窓ガラス越しにまっ黒な壁掛にさし込むかがり火の光の効果が、このうえなく物凄く、部屋に入る者たちの顔にまことに異様な形相《ぎようそう》をおびさせるので、いやしくもこの部屋の近くに足をふみ入れるほど大胆な者は、この仲間のうちにもほとんど見出されなかった。

　西の壁に黒檀《こくたん》製の巨大な柱時計がかかっているのも、またこの部屋であった。その振子は、にぶく、重々しく、単調な響きを立てて左右に揺れた。そして分針が文字板を一回転し終って、時計がちょうど時を報ずるようになると、時計の真鍮《しんちゆう》製の肺臓からは、澄んだ、大きな、深い、そしてきわめて音楽的ではあるが、しかし何か一種独自の誇張されたような調子をおびた音が発せられた。そこで、オーケストラの楽手たちもやむなく奏楽の手をしばらくやすめて、この音に耳かたむけずにはおれなかった。

またワルツを踊っている者たちまでも、その旋回運動をやむなく停止した。こうしてこのにぎやかな一団には、ほんのしばらく動揺が生じた。この時計の時を報ずる音が鳴りひびいているあいだは、もっとも浮き立っている者たちさえ、その顔色が蒼さめ、比較的年とって落ちついている者たちも、何か心うろたえて思い出か思案にでもふけるかのように、その額のあたりを手でなでまわすのがみとめられた。しかし時を打つ響きもすっかり鳴りやむと、一同の者はみなまたただちにかろやかな明るい笑い声をたてた。楽手たちはおたがいの顔を見合って、おろかしくもいやに神経過敏になったことを自嘲するかのように、ほほえみかわすのだった。そして、このつぎ時計が鳴りひびくときは、もうこんな思いにかられたりはけっしてすまいと、おたがいにひそひそ誓い合うのであったが、しかしまた六十分たってみると（ということは、三千六百秒の時が流れ去ることになるのだが）、また時計が時を報ずる音が鳴りひびく。するとやはりまた前と同じように、みなの者たちはうろたえ、身ぶるいし、思い沈んでしまうのだった。

しかし、こうしたことはあったものの、とにかくそれは、はなやかで豪勢な遊興であった。公爵の趣味といえば一種独自なものだった。彼は、色彩とか、趣向の生み出す効果などについてはまことに鋭敏な眼識をそなえていた。単なる流行にもとづく体裁などは眼中になかった。その計画は大胆かつ火のような激しさをおびており、その思いつきは野生的な光輝《ひかり》を放っていた。どうもこの公爵は頭がどうかしているのではないか、とさだめし疑うような人たちもあることだろう。しかし彼につき従う者たちは、公爵は気がちがっているなどとは思わなかった。彼が狂人でないと確信するためには、親しく彼の言葉をきき、その姿にじかに接することが必要だったのである。

この盛大な饗宴に際して、公爵は、七つの部屋のとりはずしのきく装飾類については、おおよそは前もって指図を与えておいた。さらに仮装人物たちを特徴づけたのは、じつに公爵自身が信奉する趣味にほかならなかった。何はともあれ、ぜひともグロテスクでなければならぬ。けばけばしいきらびやかさ、骨をさすような辛辣さ、それに夢幻的なものがふんだんにみとめられた――つまり、後世あの『エルナニ』（フランスの文豪ヴィクトル・ユーゴーの戯曲（一八三〇）。フランス浪漫主義の傑作悲劇）の劇に常に見かけるようなものがふんだんに見出されたのである。何か不釣合いな手足や衣裳をつけた奇怪な姿がみかけられた。まるで狂人の想像から生み出されたような、錯乱した途方もない思いつきが出現した。美的なものも多分にあれば、奔放不羈《ほんぼうふき》な放縦さも多分にあり、また怪奇なものもふんだんにみとめられた。それに恐怖をそそるようなものも少々交っており、厭悪の情をもよおしかねないようなものも少なからず見出されるのだった。じっさい、まるで夢まぼろしのような姿のおびただしい群れが、七つの部屋を右往左往闊歩《かっぽ》するのであった。そしてこういう人物たち――この夢まぼろしのような姿——が部屋部屋の色彩に染まりながら、あちこちうごめきまわり、オーケストラのかなでる異様奇怪な音楽が、まるで彼らの足音のこだまでもあるかのような印象を与えた。やがて、ビロードの掛布におおわれた広間の黒檀製の時計が、時をうちはじめる。すると一瞬すべての物音がかき消える。ただ時計の時を打つ音をのぞいて、いっさいの物音がかき消える。夢まぼろしのような人物たちは、みなその場に凍りついたように、身動きもせずにたたずんでいる。しかし時計の立てる音響はかき消えてゆく——その響きはただほんのしばらくつづいたにすぎない——そしてその音の消えてゆくあとから、かろやかな、やや声を忍ばせたような笑い声があたりにひろがる。そしてまた、ふたたび楽の音《ね》が高まる、夢まぼろしのような仮装人物たちは生気をとりもどして、前にもましてたのしげにあちらこちらでうごめきまわる。三脚台のかがり火の光が窓から流れ込んで、それぞれの窓ガラスの色彩に彼らの姿は染め出される。しかし、七つの部屋のうちでいちばん西のはしに位置する部屋へは、仮装人物たちのたれ一人あえて足を踏み入れようとする者もない。というのは、もはや夜は刻々更《ふ》けつつあったし、血の色をした窓ガラスをとおして、この部屋へはいっそう赤みをおびた光が流れ込んでくる、そしてこの部屋のまっ黒な帷《とばり》のその黒さが、何か人をぞっとさせるのだ。また、この部屋のまっ黒な敷物を踏む者には、すぐそばの黒檀製の時計から時を報ずるおし殺したような音がひびいてくる。その音は、もっと遠くはなれて、ほかの部屋部屋で歓楽にふけっている者たちにとってよりも、いっそう陰鬱に肝《きも》に銘ずるようにひびくのであった。

しかし、ほかの部屋部屋はもうぎっしり人で埋っており、そこでは熱っぽく生命の心臓が鼓動を打っていた。そして乱舞は渦《うず》巻《ま》きつつつづけられたが、そのときついに、時計の真夜中を報ずる音がひびきはじめた。そこで、すでに述べたように奏楽ははたとだえた。ワルッの踊り手たらの運動は鳴りをひそめた。これまでどおり、あらゆるものが気づかわしげに活動を停止した。しかし今度は、時計の鐘は十二だけ時を報ぜねばならない。そこで、時間が長びくだけそれだけ、踊り狂う人たちのなかでも思慮深い者たちは、これまでよりもいっそう深く考え込んでしまうようなことにもなったのであろう。そしてまた、これもやはり同じようなわけからであろうが、時を報ずる最後の鐘の音がすっかりひびきおわるまでに、この群衆のなかの多くの者たちにもある時間的なゆとりが生じて、これまで誰の目にもとまらなかった一人の仮装人物の姿に気づくようなことになったのであろう。そしてこの新しい人物のうわさが人々の耳から耳へささやくように語りつたえられてしまうと、ついに一座の者たちの中からは、何かぶつぶつがやがやと呟《つぶや》く声がおこってきた。それははじめ非難と驚愕の気持をこめた呟きであったが――やがてついに、恐怖を、戦慄《せんりつ》を、そして厭悪を示すようになった。

すでに述べてきたような、夢まぼろしのような人物たちの集りの中で、ただ平凡しごくな姿なら、こんな騒動をひきおこすはずもないことは十分想像できることであろう。じっさい、この仮装舞踏会のほしいままなる奔放さは、ほとんど止めどもなかったのである。しかし、いま話題になっている人物こそは、とっぴな仮装人物たちの中でも、また誰をもしのぐきわ立った装いをこらしていたのであり、そもそも公爵の奉ずる怪しい礼節なるものの限界をさえ逸脱していた。およそどれほど傍若無人な乱暴者にも、その心底には、やはり手を触れればその感情を刺戟せずにはすまぬような、一種の諧調が秘めかくされている。生も死もひとしくただ単なるいたずら事にすぎないような、まったく救いがたい者たちにあっても、やはり、それについてからかったりはどうしてもできないような事がらが、儼《げん》として存するものである。ところで、この正体も知れぬ人物の服装や態度には、もはや機智とか礼節とか名づけられるようなものはおよそ影も形もないことを、一座の者たちすべてが、今やひしひしと感じとったように思えた。この人物は丈《たけ》が高く、やせていて、頭のてっぺんから足の先まですっぽり死装束でつつまれているのであった。この男の顔をかくしている仮面は、硬くこわばった死人の顔つきに生きうつしにできていたので、いくら眸《ひとみ》をこらして眺めてみても、これがつくり物であると見破ることは容易ならぬわざであったにちがいない。しかし、その周囲の踊り狂える者たちにとって、すべてこうした装いも、たとい承知はできなかったとしても、やはりまだなんとか我慢はできたかも知れなかった。ところがこの仮装人物は、程もあろうに、「赤死病」の権化《ごんげ》ともいうべきいでたちに身をやつしていた。その装束は、じつに血で塗りたくられていたのである――しかもその顔だち全体、そのひろい額までが、身の毛もよだつ血痕で彩られていたのであった。

プロスペロ公の視線がこの妖怪めいた姿（それは、みずからの役割をより完全に演ぜんとするかのように、ゆるやかな、いかめしい足取りで、ワルツを踊る人たちの中をあちこち闊歩しているのだったが）にとまったとき、公は、恐怖かそれとも厭悪にかられてか、たちまちはげしい戦慄に身を震わすのがみとめられた。しかし、つぎの瞬間には、もはや公の額は、怒りのため朱をそそいだように色を変えた。

「いったい、だれだ」と、公は声をからしてかたわらの廷臣たちにたずねた――「いったい、こんな不埒《ふらち》千万な姿に身をやつして、われわれを愚弄《ぐろう》しようとするのはどこの何者だ？　夜が明ければ、胸壁からつり下げてしばり首にせねばならぬ。ひっとらえ、仮面をはいで、何者かしらべてみよ」

ところでこれは、東の青色の間でのことであった。プロスペロ公はそこにいて、こう叫んだのである。そしてこの叫び声は、七つの部屋部屋全体に高らかに明瞭に鳴りひびいた――というのは、公は元来が頑強な剛腹な人物で、しかもその手を振って制止したので、音楽もすでに鳴りをひそめていたのである。

さてこれは、そのかたわらに一群の色蒼ざめた廷臣たちをともなって、公が立っていた青色の間でのことであった。最初、公が怒鳴り立てたとき、かたわらの廷臣たちも、この狼藉者《ろうぜきもの》のほうへややつめ寄せたのである。というのは、ちょうどそのとき、この狼藉者もまたすぐ目と鼻の先に立っていて、やがて自分から、落ちついた堂々たる足取りで、怒鳴りつけた公のほうへ近づいてきたからだ。しかるにどうしたことか、この無言の仮装人物の常軌を逸した傲慢さが、何か名づけようもない畏怖《いふ》の念を一同の心にそそり立てたものか、この男をとらえようとして手を出す者は誰ひとりとしてなかった。そこで誰ひとり邪魔立てする者も現われぬままに、公の体からもはや一ヤードとはないところをこの人物はずかずかと通りすぎた。そしておびただしい数にのぼる一座の者たちが、まるで言い合わせたように部屋の中央からさっと壁ぎわに身をひくにつれて、彼は何ものにもさまたげられずに、しかし最初からひときわ人目をひいたあのいかめしく整然たる足取りで、青色の間から紫の間へ——紫の間から緑の間へ——緑の間から橙色の間へ——さらにそこから白の間へ——そしてさらにそこから菫《すみれ》の間まで進んでいったのだが、そうなるまで、この男をひっとらえようとして、決然たる行動に出る者はひとりとしてあらわれなかった。しかしそのとき、激怒に狂い、ほんのしばらくでも臆病風にとりつかれた口惜しさに狂い立ったプロスペロ公は、あわただしく六つの部屋をかけ抜けた。底知れぬ恐怖にとりつかれて、その後につづこうとする者は誰ひとり現われなかった。公は抜身の短剣をふりかざし、はげしく急《せ》き込んで、この立ち去ろうとする男から三、四フィートとはないところまで近よった。すると、菫の間のはずれにまで行きついていたこの男は、だしぬけに身をかえして、この追跡者のほうに面と向きなおった。鋭い叫び声がおこった——短剣がきらりと光ってまっ黒な敷物のうえにおちた。つづいてただちに、プロスペロ公が気息《こと》きれてガバとそのうえにたおれ伏した。そこで、いまは死物ぐるいの勇気をふるいおこして、一群の踊り手たちがただちにこの黒の間にとび込んだ。そして、黒檀製の時計のかげに、身動きもせず直立しているこの丈高い無言の仮装人物をひっとらえて、彼らは、いいようもない恐怖に、あえぐように深い息をついた。彼らが荒々しく乱暴につかんだ死装束と死人さながらの仮面の裏には、手ごたえある人間の姿など、影も形もないことに気づいたのだ。

いまや、「赤死病」がその姿を現わしたことは誰にもはっきりとみとめられた。この怪物は夜盗のようにやってきたのだ。そして踊り手たちは、血に彩られたその歓楽の部屋部屋で、一人また一人とたおれてゆき、たおれ伏した絶望的な姿のまま、みなおのおの気息《こと》きれていった。浮かれ狂っていた者たちのいよいよ最後の一人も命たえて、それと同時に黒檀製の時計もまたはたと動かなくなった。三脚台のかがり火も消え果てた。そして、暗黒と荒廃と「赤死病」とが、あらゆるもののうえにそのほしいままなる勢威をふるうばかりであった。

瀕死の探偵

アーサー・コナン・ドイル

（深町眞理子訳）

アーサー・コナン・ドイル

1859年、スコットランド生まれ。エジンバラ大学医学部卒業後、医師として開業するかたわら小説を執筆。『緋色の研究』で初登場した名探偵シャーロック・ホームズの活躍するシリーズは世界中で圧倒的な人気を集め、今なお名探偵の代名詞とされる。1930年没。

【底本】『シャーロック・ホームズ最後の挨拶』（創元推理文庫、2014年刊）

シャーロック・ホームズの暮らす下宿の女主人、ハドスン夫人は、辛抱づよい女性である。貸している二階のフラットに、しばしば風変わりな、ときとして好ましからざる人物が、時を選ばず群れをなして押しかけてくるばかりでなく、変わり者である点では人後に落ちない当の下宿人自身が、臆面もなく、随時、奇矯で型破りなところを発揮するのだから、さだめし彼女の忍耐心も、すりきれる寸前まできているにちがいない。なにしろこの下宿人、だらしのなさでは天下一品だし、かと思うと、時ならぬときに楽器の演奏に熱中するわ、室内で拳銃射撃の練習はやらかすわ、なにやら無気味な化学実験に没頭して、たびたび悪臭を撒き散らすわ、かててくわえて、その身辺には、つねに暴力と危険をはらむ雰囲気がまつわりついているときている。どこからどう見ても、ロンドン一の困った下宿人、最悪の下宿人と言うしかあるまい。ところがその反面、下宿料の支払いにはすこぶる鷹揚だし、気前もいい。私が莫逆《ばくぎゃく》の友として親しく行き来していた年月のあいだに、彼が下宿料として支払った金額をぜんぶ合わせれば、優にあの家全体を買いとれたはずである。

ハドスン夫人本人は、ホームズを深く敬愛していて、どんなに彼のふるまいが常軌を逸して見えようとも、けっして差し出口をきこうとはしない。なんといっても彼女、ホームズが好きなのだ。それというのも、女性にたいしては驚くほどやさしく、礼儀正しい、というのが彼の真骨頂なのだから。もともと女性を嫌い、かつ信用もしていない彼だが、たとえ敵対するにしても、騎士道精神だけは忘れない対しかたをする。

そういうわけで、ハドスン夫人のホームズへの敬意が本物であることを知っている私としては、結婚して二年めのある日、わが家を訪ねてきた彼女から切々と訴えられ、その話に襟を正して真剣に聞き入ることになったのだった。聞けば、私の旧友はいま健康を害して、まことに憂うべき状態にあるというではないか。

「あすをも知れないといった状態なんですよ、ワトスン先生。ここ三日ばかり、どんどん衰弱なさるいっぽうで、はたしてきょう一日、持ちこたえられるかどうかもあやういくらい。それなのに、どうしてもお医者様を呼ばせようとなさらないんです。けさもお顔を見ると、頬がこけて骨と皮ばかり、目だけがぎらぎら光っているといったありさまで、もうこれ以上はとても見ちゃいられません。ですから言ったんです――『お許しがあろうとなかろうと、いますぐお医者様を呼びにいってまいります』って。するとホームズさん、『ならばせめてワトスンを呼んでください』そうおっしゃる。ですからね、先生、一刻も無駄にはしていられないんです。ぐずぐずなさってると、先生だって死に目に会えなくなりますよ」

それまでホームズが病気だという話など、一言も耳にはいってきてはいなかったので、いまそう聞かされて、私は愕然とした。とるものもとりあえず、外套《がいとう》と帽子を手にしたことは言うまでもない。詳しい話は、彼女の乗ってきた馬車で、ベイカー街へひきかえす途中で聞いた。

「詳しい話とおっしゃっても、お聞かせできるようなことなんて、ほとんどないんです。なにかの事件で、ロザハイズ（1）へご出張でした――ええ、河の近くの、ごちゃごちゃした裏町ですけど、そこで病気を拾っていらしたんです。水曜の午後から寝つかれて、以来ずっと、頭もあげられない状態でして。ここ三日間、なにも召しあがらないし、水一滴、お飲みにならないんですよ」

「なんてこった！　どうして医者を呼ばなかったんです？」

「ご本人がそれをお許しにならないんです。ご承知のとおりの高飛車な口調で、ぴしゃりとおっしゃられると、こちらはとても逆らえません。でもね、あの調子じゃ、とうてい長くは保《も》ちませんよ――先生だって、ご自分の目でごらんになれば、すぐにおわかりになるはずです」

　いかにもそのとおり、哀れといおうかなんといおうか、じつに嘆かわしい状態だった。霧深い十一月の一日、その薄暗い病室の雰囲気たるや、陰々滅々として気がめいること、はなはだしい。だが、それよりもむしろ私をひやりと凍りつくような心地にさせたのは、ベッドから私を見つめてくる、やつれて、弱りきった友の顔だった。熱のせいで、目だけが異様にぎらぎら光り、消耗熱からくる紅斑が両の頰をぽっと赤く染めている。上掛けに投げだした痩せた両手は、ひっきりなしにぴくぴく痙攣《けいれん》し、声はしゃがれて、とぎれとぎれにしか聞こえない。私がはいっていったとき、そんなようすで、彼はぐったり横たわっていたが、それでも、私を認めたらしい光が、かすかながら目のなかにちらついた。

「やあワトスン、どうやら年貢の納めどきらしいよ」そう言う声は弱々しいが、口調には持ち前の屈託のなさがどこかに残っている。

「いったいどうしたんだ！」私は近づいてゆきながら叫んだ。

とたんに彼の声が飛んできた。「くるな！　近づくんじゃない！」その切迫した調子は、私もこれまでなんらかの危機に瀕したときにしか、聞いた覚えのないものだった。「ワトスン、そこから一歩でもこっちへ近づいたら、だれかに頼んで追いだしてもらうからな」

「しかし、なぜなんだ？」

「なぜならぼくがそう望むからだ。それでじゅうぶんだろう」

やはりそうか、ハドスン夫人の言ったとおりだ。普段よりもこのホームズ、さらに尊大になっている。それにしても、友のこのやつれよう、とうてい見るに堪えない。

「きみの役に立ちたかっただけなんだ」私は弁明した。

「だろうとも！　だからこそ、こっちの言うとおりにしてもらいたい。それが役に立つ」

「わかった、じゃあそうするよ、ホームズ」

彼のきびしい態度がわずかにゆるんだ。

「怒っちゃいないだろう？」あえぐように息をしながら、そう問いかけてくる。かわいそうに、目の前のこの窮状を見て、どうして腹をたてる気になれるだろう？

「きみのためなんだよ、ワトスン」向こうはしゃがれた声で言葉を継ぐ。

「ぼくのためだって？」

「自分の病気がどんなものかはわかっている。スマトラ伝来の苦力病《クーリー》なんだ。この病気のこと、オランダ人はわれわれイギリス人よりもずっと詳しいが、にもかかわらず、今日《こんにち》まで軽視しつづけてきた。ひとつだけ確かなことがある――やられたら最後、確実に死ぬということだ。おまけに、おそろしく伝染力が強い」

いまや彼は熱に浮かされたように、せきこんでしゃべっていた。長く細い手は、あいかわらずぴくぴくと痙攣的に動いて、私をベッドから遠ざけようとする。

「接触感染するんだよ、ワトスン――そうなんだ、触れただけで感染する。だから、離れていろというんだ――近寄らなければ、大事はないんだから」

「おい、いいかげんにしたまえ、ホームズ！　このぼくがそんなことをほんの一瞬でも気にすると思うのか？　他人からそう思われても、べつに痛くも痒《かゆ》くもないが、よりにもよってきみから、ぼくが病気を恐れて親しい友のために尽くすのを避けるような、そんな男だと思われるとは心外だ！」

また一歩、近寄ろうとするが、ホームズは目を怒らせて睨《にら》みつけ、寄せつけようとしない。

「そのままそこに立っていてくれれば、話をしてもいい。それがいやなら、出ていってもらうしかないな」

かねてから、人並みすぐれたホームズの資質には最大の敬意を払っている私だから、これまでもつねに彼の望みを体《たい》して、それにしたがうようにしてきた——なぜそうするのか、とんと理解できないような場合でも。だが、いまのこの場合ばかりは、医者としての私の本能がにわかに騒ぎだしていた。ほかのところでなら、彼の言いなりになってもいいが、せめて病室では、私の指図にしたがってもらおうではないか。

「いいかいホームズ」私は言った。「いまのきみは、普段のきみじゃないんだ。病人というのは、頑是《がんぜ》ない子供も同然——だからぼくがきみの手当てをする。きみ自身が望もうと望むまいと、これからぼくがきみの病状を診断し、それに応じた処置をするつもりだ」

毒蛇そこのけの悪意に満ちた目つきで、彼は私をじろりと見た。

「本人であるぼくが望もうと望むまいと、どうしても医者に診せなきゃいかんというのなら、せめてもそれは、ぼくが全幅の信頼をおく医者にしてもらいたいね」

「ほう、するとこのぼくじゃ信頼がおけないというのか？」

「きみの友情なら信頼するさ、たしかに。しかし、事実は事実だ。なんてったってワトスン、きみは結局のところただの全科診療医にすぎないし、経験だって限られている。持っている資格も平凡なものだ。こんなことを言わなきゃならないのは心苦しいが、しかし、言わせたのはきみだからね――やむをえない」

さすがの私も、これにはいたく傷ついた。

「きみらしくもない言い種《ぐさ》だな、ホームズ――それこそがまさに、いまのきみの精神状態を如実に物語っている。しかしまあ、患者本人に信頼されないのでは、いたしかたない――ぼくが診るのはやめることにするが、かわりに、サー・ジャスパー・ミークなり、ペンローズ・フィッシャーなり、だれでもいい、ロンドン一の名医を呼ばせてもらおうじゃないか。とにかくきみは、だれかに診てもらわなきゃいけない――これは最後通告だ。ぼくがこのままここにつったって、自ら手を尽くしもせず、さりとてほかの医者に診察を請うこともせず、きみが死んでいくのを手をつかねて見ていると思うのなら、きみは、はなはだしくぼくを見損なっていることになるぞ」

「きみの善意はよくわかってるんだ、ワトスン」病人は言った。すすり泣きともうめきともつかない妙な声だ。「しかしね、医者としては無知だという点なら、いくらでも証明してみせるぞ。たとえばだ、タパヌリ熱について、きみはなにを知ってる？　台湾の黒腐病については、どうだ？」

「どっちも名前すら聞いたことがないね」

「そら見ろ。東洋には、まだまだ多くの未知の病気があるし、奇妙きてれつな病理学上の問題も残されてるんだよ、ワトスン」これだけのことを言うあいだ、ホームズは言葉の区切りごとに一息入れて、弱ってゆく力を奮い起こそうと努めていた。「ここしばらく、犯罪医学という面から、二、三の研究を重ねてきて、ぼくは多くを学んだ。その過程で、この病気のことも知ったんだ。悪いがきみに打つ手はないのさ」

「なるほどそうかもしれない。だけどね、これはぼくもたまたま知ったことだが、熱帯病の研究では現存する最高の権威とされているエインストリー博士、彼がいまロンドンにきている。いまさらきみがいくら抵抗しても無駄だよ、ホームズ。これからすぐに行って、博士をひっぱってくる」私は決然と向きを変え、戸口へ向かおうとした。

いや、驚いたのなんの、肝が縮んだ――これほどのショックを味わったことは、生涯に二度とない！　なんと、病人がいきなり猛然ととびおきるや、跳躍一番、私の行く手をさえぎったのだ。かちり――鍵穴でキーのまわる鋭い音がしたかと思うと、つぎの瞬間には、またよろよろとベッドにもどり、そこまでの動作で爆発的にエネルギーを消耗しきったのか、息も絶えだえといったありさまで、寝床にへたりこんだ。

「力ずくでこのキーをとりあげようなんて思うなよ、ワトスン。きみはもうぼくのとりこなんだ。ここにいたまえ——ぼくがいいと言うまでは、ずっとそこを動くな。そのかわり、きみの気がまぎれるようにはしてさしあげるから」（これだけのことを言うのにも、気息奄々《きそくえんえん》、言葉がきれぎれに絞りだされてくるだけだった）「きみの心中には、ぼくのためを思う気持ち、それしかない。もちろんそのことはよくわかってるんだ。だから、いずれはきみのしたいようにさせてあげるが、まずその前に、ぼくが力をとりもどすための時間をくれ。いや、いまじゃない、いまじゃないよ、ワトスン。いまは四時。六時になったら、きみを解放する」

「正気の沙汰じゃないな、ホームズ」

「たったの二時間だよ、ワトスン。約束する——六時になったら解放するから。これで満足してくれるか？」

「選択の余地はなさそうだな」

「そのとおり、しかたないんだよ、ワトスン。いやだいじょうぶ、枕もシーツも自分でととのえられる。頼むからきみは離れていてくれ。さて、話というのはこのことだ——あとひとつだけ頼みたいことがある。きみに助けを呼んできてもらいたい——いや、いま名前を挙げた人物じゃなく、ぼくの指名する人物をだ」

「なんなりとおおせのとおりにしよう」

「さっきこの部屋にはいってきてから、はじめて筋の通った応答をしてくれたな、ワトスン。読みたければ、あそこに本があるから。ぼくはいささか疲れた——いわば、不良導体に電流をつぎこもうとしてるときのバッテリーみたいな気持ち、そんなところかな。とにかく六時までだよ、ワトスン。時間になったら、話をつづけるとしよう」

　ところが、運命の悪戯《いたずら》か、話の続きは約束の時間よりもずっと早く、しかも、さいぜん病人が一跳びでドアにとびついた、あのときに勝るとも劣らぬ衝撃とともに始まったのだった。それまで私は、所在なくその場につったって、ひっそりベッドに横たわった友のようすをながめていた。顔はほとんど上掛けに隠れ、どうやら眠りこんだようすだ。それでも、おとなしくすわって本など読む気にはなれない私は、しばらくすると、ぶらぶら室内を歩きまわって、四面の壁にずらりと飾られた著名な犯罪者の写真をながめはじめた。あてもなく歩くうちに、最後に私の足はマントルピースのところへきた。炉棚の上一面に、パイプや、煙草入れの袋、はては皮下注射器や、ペンナイフ、リボルバーのカートリッジ等々、雑多ながらくたが散らばっている。そのなかに、スライド式の蓋のついた、白と黒の象牙製の小箱があった。小ぎれいな細工にふと興味を覚えた私は、よく見ようとして、そのほうへ手をのばした。とたんに——

　すさまじいわめき声が響きわたった——きっと通りのずっと先まで聞こえたことだろう。その怒号のすさまじさ——肌に粟が生じ、頭髪が逆だった。ふりむいた私の目にとびこんできたのは、友のひきつった顔と、狂おしい目つき。私は小箱を手にしたまま、呆然と立ちすくむばかりだった。

「置くんだ！　すぐに、置けといったら、ワトスン！　たったいまだ、さあ！」わけがわからぬままに、私が小箱をマントルピースの上にもどすのを確かめると、ホームズは長々と吐息をもらして、また枕に頭を落とした。「他人に自分の持ち物をいじられるのはいやなんだよ、ワトスン。それぐらいのこと、きみだって心得てるはずだろう。まったくもう、いらいらさせてくれるじゃないか。よりにもよってきみが、医者のくせに――患者を精神病院に追いやるみたいな真似をして。とにかくすわっててくれよ、おい――すこしはぼくを休ませてくれたってよさそうなものだ！」

この出来事は、あとあとまでも私の心になんともいやな後味を残した。いまの度を越した、いわれのない興奮、そのあとに吐いた臆面もない暴言、すべてが普段の温和さとはあまりにかけはなれていて、それがそのまま彼の精神の破綻ぶりを如実に示している。およそなにが悲惨だといって、一個の気高《けだか》い精神の破綻ほどにみじめなものはあるまい。そのあとしばらく、私はひとり沈痛な思いを噛みしめつつ、約束の時間がくるまで、無言ですわっていた。そのかん、たえず時間を気にして、何度も時計を盗み見ていたが、どうやら彼もおなじ思いだったらしく、六時になるかならないかのうちに、早くもさいぜんとおなじ熱っぽさで、やつぎばやに言葉をぶつけてきた。

「時間だよ、ワトスン。ポケットに小銭はあるかい？」

「あるよ」

「銀貨はどうだ？」

「それもたくさんある」

「半クラウン貨は？」

「五枚なら」

「ああ、それじゃすくなすぎる！　すくなすぎるよ！　なんとも運が悪いな、ワトスン！　だが、ないよりはましだろう――あるだけぜんぶ、時計用のポケットに移せ、残りはそっくりズボンの左のポケットだ。ああ、それでいい。それで体のバランスがずっとよくなるはずだよ」

もはやうわごとだった――完全に錯乱している。そのあとはまた、全身を大きくぶるっとふるわせ、もう一度あの、咳ともすすり泣きともつかぬ声をもらした。

「さてワトスン、つぎはお手数だがガス灯をともしてくれないか。だけど、けっして栓を全開にしちゃいけない。常時、炎が半分の明るさを保つように、慎重に調節してほしいんだ。どうか頼むよ、ワトスン、くれぐれも慎重にな。ありがとう。それで結構。いや、ブラインドはおろさなくてもいい。じゃあ今度はこのテーブルに、手紙とかほかの紙類を適当に持ってきて、ぼくの手の届く範囲に置いてくれ。ありがとう。

ついでに、マントルピースの上のがらくたもすこし置いてもらおうか。結構、申し分なしだよ、ワトスン！　それからそこにシュガートングがあるから、それを使って、さっきの象牙の小箱を持ちあげる。そう、そう、そしてそれをテーブルの紙の山のなかに置く、と。よし、それでいい！　これでいよいよ、眼目のカルヴァートン・スミス氏を迎えにいく準備ができたわけだ。住所はロウワー・バーク街一三番地」

じつをいうと、医者を呼んでこなければという私の気持ちは、いまではいくぶん薄れてきていた。それどころか、明らかに高熱からくる譫妄《せんもう》状態にあるホームズを見れば、彼を残して出かけるのは、むしろ危険でさえある。ところが、当の本人は、いま名を挙げた人物の診察を受けることにひどく固執していて、そのこだわりの強さたるや、さいぜんほかの名医たちを拒否した、そのときのかたくなさに勝るとも劣らない。

「聞いたことのない名前だな」やんわり言ってみた。

「そりゃそうだろうさ、ワトスン君。さだめしきみはびっくりするだろうよ――そのカルヴァートン・スミス氏こそ、この地球上でぼくのこの病気のことをだれよりもよく知っている人物であり、しかも、それがじつは医者ではなく、農園主だと聞かされたらばね。彼はスマトラでは有名な農場経営者で、それがいまちょうどロンドンに滞在している。以前、彼の農場でこの病気が爆発的に蔓延《まんえん》したことがあるんだが、あいにく、医者にもめったに診せられない僻地、そこで彼自身が必死になってこれを研究した。そしてその結果、多大の成果を得たというわけだ。えらくきちょうめんな人物だそうだから、六時前に出かけても、彼が書斎にいるところをつかまえるのはむずかしい。それでいままで待ってもらってたんだ。いいかい、きみ、せいぜい彼を説得して、なんとかここへきてもらえるようにしてくれ。きてもらって、他に類例のない彼の研究の恩恵を、その一端なりとわれわれにも分かち与えてほしいのだ、とね。なにしろこの病気の研究、いまでは彼のお気に入りの趣味にまでなっているそうだから、しかるべく相談を持ちかければ、きっと力になってもらえると思うんだ」

　ここまで私は、そのときホームズの話したことを、ひとつのまとまった、首尾一貫したかたちで書きしるしてきた。じつはそれが、息を継ぐためのあえぎでたびたび中断され、しかもあいまには、苦痛に堪えているのか、手が痙攣的に空をつかむといった動作がくりかえされた、とは書きたくない。私がここへきてからのほんの数時間のあいだに、彼の容態はますます悪いほうへ向かっていた。頰の紅斑は、さらに黒ずんだ色あいを帯び、ぎらつく目は、黒い眼窩《がんか》の底でいっそうぎらつき、ひたいは冷たい汗でてらてら光る。だがそれでいて、気力はいまなお保たれていて、わざと虚勢を張って軽々しい言葉を連ねる、といったところも変わらなかった。要するにこのホームズ、最後の息をひきとるまで、弱みは見せたくないたちなのだ。

「どうか、いま見ているとおりのぼくのこのありさま、これをそのまま彼に伝えてくれ」と言う。「きみの受けている印象を、いっさい手加減せずに話すんだ――死にかけている――息も絶えだえで、うわごとを口走ってると。じっさい、つねづね不思議に思ってるんだが、なぜ大海の底に牡蠣《かき》がびっしりへばりつく、といった現象が起きないのかな？――連中、おそろしく繁殖力旺盛らしいのに。ああ、いかん、またぞろ話が横道へそれた！　不思議だな、頭脳はいかにして頭脳をコントロールしているのか。ええと、どこまで話したっけな、ワトスン？」

「カルヴァートン・スミス氏のところへ行ったら、ぼくがなにを伝えるか、だよ」

「ああそうだ、そうだったな、思いだした。ぼくの生死がそれひとつにかかってる。なんとか彼に頼みこんでくれ、ワトスン。じつは、あの人物とは、ちと気まずい仲になってるんだ。彼の甥というのがね、ワトスン――ぼくはそこに犯罪のにおいを嗅ぎつけたんで、そのことをあの男にほのめかしてやった。その甥というのが、なんともむごい死にかたをしてね。それであの男、ぼくに悪感情を持ってる。だからきみ、なんとかあの男をなだめてやってくれ。頼んだぞ。頭をさげて、頼みこんで、三拝九拝《さんぱいきゅうはい》して、とにかくなにがなんでもここへ連れてくる。ぼくを救えるのは彼だけなんだ――彼しかいないんだ！」

「わかった、馬車に押しこんででも連れてこよう――必要とあらば、馬車まで担いでいくことだって辞さない」

「いや、そういうことはしてほしくない。その種のことはいっさいやめてくれ。あくまでも言葉で説き伏せるんだ。そして承諾させたら、きみは一足先に帰ってくる。向こうと同行して帰ってきちゃいけない——どんな口実を使ってもいいから、とにかく同行するのだけは避けるんだ。くれぐれも頼んだよ、ワトスン。このぼくを失望させないでくれ。いままで一度だってぼくの期待を裏切ったことなんかないきみのことだ。考えてみれば、生物界には天敵というものがいて、それが生物の自然な増殖を妨げてるのにちがいない。いいかいワトスン、きみもぼくも、これまでずっと、与えられた役割を果たしてきた。この世界を、牡蠣ごときに征服されていいのか？　いや、いや、とんでもない、おぞけが走る！　頼んだぞ、きみの感じてることを、すべてありのままに先方に伝えてくれよ」

そうして私は部屋を出た——頭のなかは、この衆にすぐれた偉大な頭脳の持ち主が、頑是ない子供よろしく、脈絡のないことを口走っている現実、それへのやりきれなさでいっぱいだった。彼がキーを渡してよこしたので、私はこれさいわいと、それを持ったまま出かけた。彼がまた内側から鍵をかけて、とじこもったりしないように、との用心からだ。廊下に出ると、そこではハドスン夫人が身をふるわせて、すすり泣きながら立っていた。いっぽう、いま出てきた部屋のなかからは、ホームズがかぼそく、かんだかい声をはりあげて、わけのわからぬ歌らしきものを歌っているのが聞こえてきた。下の街路に出た私が、口笛を吹いて辻馬車を呼びとめようとしていると、霧の向こうからひとりの男があらわれて、歩み寄ってきた。

「ホームズさんはどんなぐあいですか？」と、問いかけてくる。

古くからの知り合い、ロンドン警視庁《スコットランドヤード》のモートン警部だった。ツイードの私服姿だ。

「重態です」

そう答えると、相手はなんとも妙な目つきで私を一瞥《いちべつ》した。まさかそうとは思いたくないのだが、玄関先の明かりとり窓からさす光で、その顔になにやらしてやったりと言いたげな表情が見えたと思ったのは、私の僻目《ひがめ》だろうか。

「いや、ちょっとしたうわさを耳にしましたので」と、警部。

ちょうどそこへ馬車がきたので、私は警部をその場に残し、立ち去った。

ロウワー・バーク街というのは、ノッティング・ヒルとケンジントンとの境界、そのどちらともつかない一郭にあり、見るからにりっぱな家々の建ち並ぶ通りだった。なかでも、御者《ぎよしや》がやがて馬車をつけたその家は、古風な鉄柵や、どっしりしたアコーディオン式のドア、ぴかぴかに磨かれた真鍮《しんちゆう》細工など、随所にひときわとりすました、上品ぶった雰囲気がただよっている。しかも、それらすべてがまた、玄関口にこぼれる淡いピンクの色つき電灯の光を背に、応対にあらわれた執事のたたずまいにも反映しているのだ。

「はい、カルヴァートン・スミス様ならご在宅です。ドクター・ワトスンとおっしゃいましたか？　かしこまりました、お名刺をどうぞ」

　平々凡々たる私の姓名や医学博士の肩書き、それだけではあいにくカルヴァートン・スミス氏の心を動かすには不十分だったようだ。半開きのドアから、かんだかく、不機嫌そうな、やたらによく響く声がもれてきた。

「いったい何者だ、これは。なんの用なんだ？　困るじゃないか、ステープルズ、いつも口を酸っぱくして言ってるだろう――書斎にいるあいだは、わしの邪魔をすることはいっさいまかりならんと」

　ひそひそとなだめるような執事の声――なにやらしきりに弁明しているようすだ。

「わかった、もういい、ステープルズ。だが、わしは会わんぞ。こんなやつに研究の邪魔をされてたまるか。わしは留守だ。留守だと言え。どうしてもと言われるなら、あすの午前ちゅうにあらためてお越しくださるように、とでも言っとけ」

　ここでまた、ひそひそと執事がささやく。

「わかった、わかった、じゃあこう伝えろ。あすの午前ちゅうならお目にかかってもよいが、それまではご遠慮ください、とな。大事な研究を邪魔されるのは困るんだ」

　これを漏れ聞いて、私の念頭をよぎったのは、いまなおベッドで呻吟《しんぎん》しているだろうホームズのことだった。苦しみもだえつつも、時が刻々と過ぎ去るのを数え、私が救いの神を連れてもどるのを、いまかいまかと待っているホームズ。いまは礼儀などにとらわれている場合ではなかった。この私が機敏に行動できるかどうか、それひとつに友の生死がかかっているのだ。申し訳なさそうにあるじの返答を取り次ごうとする執事の機先を制して、私は強引に彼の前を押し通り、奥の部屋にとびこんだ。

けたたましい怒りの叫びを発して、ひとりの男が暖炉のそばのリクライニングチェアから身を起こした。そこに見えたのは、大きな黄ばんだ顔に、肌理《きめ》が粗くざらざらした、そのくせ脂ぎった肌、締まりなくたるんだ二重あごと、見るからに不機嫌な、威嚇的な灰色の双眸《そうぼう》だった。その目が砂色のげじげじ眉の下から、私を睨みつけてくる。ひたいは広く禿《は》げあがって、丸くふくらんだその薄桃色の脳天の上には、ビロードの喫煙帽が小粋にちょこんとのっている。一目見ただけで、その頭が厖大《ぼうだい》な容量を持っていることはわかるが、それでいて、視線を下へ転じてみたとき、私は思わずぞくっとした。首から下が頭部に比してあまりに小さく、弱々しく、しかも、幼時に佝《く》僂《る》病でもわずらったかのように、肩や背中がいちじるしくねじまがっているのだ。

「失礼じゃないか！」男はかんだかい、悲鳴のような声でどなりつけてきた。「いったいどういうつもりで、こんなふうに力ずくで押し入ってくる？　ちゃんと伝えさせたはずだぞ――あすの午前ちゅうなら、面会に応じてもよい、と」

「失礼しました」私は言った。「ですが、事は急を要しますので。じつはシャーロック・ホームズ氏が――」

　私の友人の名が出たとたんに、その小男のようすに驚くべき変化があらわれた。瞬時に顔から怒気が去り、表情はこわばって、にわかに緊張した、警戒ぎみのそれに変わった。

「すると、あんたを使いによこしたのは、ホームズだとでも？」問いかけてくる。

「いま、ホームズのところからきたのです」

「ホームズがどうかしたのですか？　いまどうしています？」

「あすをも知れない重病です。それでわたしが使いにきました」

　相手は手真似で私に椅子をすすめ、自分はもとの椅子にもどろうと、こちらに背を向けた。そのとき、その顔がちらっとマントルピースの上の鏡に映った。断言してもいいが、その顔には明確な悪意が、ほくそえんでいる表情があった。それでも、一呼吸してこちらに向きなおったときには、すでにその顔にはまじりけのない懸念の色しかなかったから、私にもふと迷いが生じて、いまはからずも目にした悪魔的とも見える表情は、なんらかの神経の攣縮《れんしゅく》によるものだったのに相違ない、そう思いこもうとした。

「ほう、それはお気の毒だ。もっとも、ホームズ氏とは、何度かビジネス上の問題でおつきあいがあっただけだが、あのひとの才能と人格には、かねてから満腔《まんこう》の敬意を払っています。あちらがアマチュア犯罪学者なら、こちらはアマチュア医学者。あちらは悪人相手だし、こちらは細菌相手。ごらんなさい、あれが細菌を収容しておくためのわしの監獄ですよ」そう言ってゆびさしてみせたのは、サイドテーブルの上にずらりと並べてある、さまざまなガラス容器や瓶のたぐいだった。「あれらのゼラチン培養器のなかでうようよしているのは、およそこの世でももっともたちの悪い犯罪者——そいつらがあのなかで、ああして禁固刑に服しているというわけでしてな」

「じつは、ホームズ氏がぜひお目にかかりたいと熱望しているのも、あなたのその比類ない専門知識のゆえなのです」

小男は驚いたらしい。はずみに、しゃれた喫煙帽が頭から床にすべりおちた。

「なぜです？」せきこんで問いかけてくる。「どういうわけでこのわしが、ホームズ氏を現在の苦境から救いだせると、そうお考えなのですかな？」

「あなたが東洋の病気についての知識をお持ちだからです」

「なるほど。だがそれにしても、いまかかっているその病気が東洋伝来のものだと、そうお考えになる根拠はどこにあるのです？」

「そのわけは——ここしばらく、職業上の調査のために、港湾労働者に身をやつして、ドック地区で中国人水夫にまじって働いていましたので」

そう聞いたとたん、カルヴァートン・スミス氏はなぜかばかに満足げに相好をくずして笑い、つと身をかがめて、落ちた喫煙帽を拾った。

「なるほど、そうですか——そうですか」と言う。「だがいまうかがったかぎりでは、それほど深刻な容態とも思えんが。ええと、わずらって何日ぐらいになります？」

「三日ほどでしょうか」

「うわごとを言ったりしますか？」

「ときどきは」

「ちょっ、ちょっ！　そいつは思いのほか深刻かもしれん。となると、頼みに応じないのは不人情というものだ。正直に言うと、研究の邪魔をされるのはすこぶる好ましくないのだが、それにしても、今回は特別。承知しました、ワトスン先生、これからすぐ案内してください」

ここで、出がけにホームズから懇々と言い含められてきたことを私は思いだした。

「わたしはまだもうひとつ、用事が残っていまして」

「そうですか、ではひとりで行きましょう。ホームズ氏の所《ところ》番地なら控えてあります。遅くとも三十分以内には、必ずうかがうと思ってください」

立ちもどって、あらためてホームズの寝室へはいっていったとき、私は重く沈んだ心をかかえていた。ことによると、留守のあいだに、最悪の事態が起きてしまっている可能性もあるのだ。ところが、おおいに安堵したことに、私の不在ちゅうにホームズの容態は明らかによくなっていた。依然としてげっそりやつれてはいるが、譫妄状態らしきものはかけらほども見えないし、声がいかにも弱々しいのは事実にしても、話しぶりは普段以上に歯切れがよく、明晰そのものと思えるくらいだ。

「やあワトスン、あの男に会えたかい？」

「ああ。もうじきここへくるよ」

「上出来だ！　お手柄だよ、ワトスン！　使いを頼むのなら、やっぱりきみにかぎる」

「いっしょにくると言いだしたよ、あの男」

「それこそぜったいに断わらなきゃいけない。承知したら、なにもかもご破算になる。病人はどこが悪いのか、と訊いてでもきたかい？」

「だから答えておいた――中国人とイーストエンドで、うんぬん、とね」

「正解だ！　さてと、ワトスン、きみはよき友としてせいいっぱいの働きをしてくれた。ここらでお役御免ということで、ひとまず退場してくれてかまわないよ」

「しかしぼくとしては、あの男がきみにどういう診断をくだすか、それをここにいて聞き届けなきゃいけない」

「むろんそう思うのは当然さ。しかし、ぼくにもぼくなりの理由がある――自分とふたりきりだと思わせたほうが、あの男、より率直かつ有益な意見を聞かせてくれるんじゃないか、そう考えるだけの理由がね。そこで言うんだが、ワトスン、このベッドの頭のところに、人間ひとりが身を隠せるぐらいの余地がある」

「おいおいホームズ！」

「ほかに選択肢がないんだ、勘弁してくれ。隠れるのに絶好の場所とはいえないが、むしろそのほうがいい——そのぶん、疑いを招くことがないからね。そうそう、なんとかなりそうだろう？」ここでとつぜんがばと半身を起こすと、彼はやつれた顔を緊張にこわばらせて聞き耳をたてた。「ほら、車の音がする。さあ早く、ワトスン——ぼくのためを思ってくれるんなら、急いでくれ！　言っとくけど、なにがあってもぜったいに動いちゃいけない——そう、なにが起ころうと、ぜったいにだ。いいね？　声もたてるな！　じっとしていろ！　ただただ全身を耳にして、聞いていてくれるだけでいい」と、そこまで言いおわるや、つぎの瞬間には、いま一時的に見せていた空元気がふっと消え去り、それまでの高飛車な、命令調の物言いも、なかば譫妄状態にある男の、低く、くぐもったつぶやきに変わった。

私が大急ぎで押しこめられた隠れ場所からでも、階段をのぼってくる靴音は聞こえた。つづいて、寝室のドアがひらき、またしまる音。だがそのあとに訪れたのは、意外にも、長い沈黙だった。その沈黙を破るものといえば、病人の苦しげな息づかいと、ひゅうひゅうもれる喘鳴《ぜんめい》のみ。客が病人の枕もとに立ち、その苦しむようすを見おろしていることは想像できた。そのまましばらく時間がたち、それからやっと、その異様な静けさが破られた。

「ホームズ！」客が叫んだ。「ホームズ！」眠っているものを無理に呼び起こそうとする、執拗、かつ居丈高《いたけだか》な調子だ。「おい、聞こえるか、ホームズ」がさごそ音がした。どうやら病人の肩をつかんで、手荒に揺さぶっているらしい。

「ああ、あなたでしたか、スミスさん」ホームズのかすれた声がした。「たぶんきてはもらえないだろうって、半分あきらめてましたよ」

相手は無遠慮に声をあげて笑った。

「こっちだってくる気はなかったさ。にもかかわらず、こうしてやってきた。仇《あだ》を恩で返そうというんだよ、ホームズ――〝仇に報いるに恩をもってす〟ってやつだ！」

「それはご親切に――見あげたお心がけだ。ついでに、あなたがお持ちの専門知識、これもじゅうぶん尊重しています」

客はくつくつ喉を鳴らして笑った。

「おや、そうかい。このロンドンでそれを尊重してくれるのは、幸か不幸か、おまえさんひとりだけのようだが。で、わかってるのか、自分がなんの病気にやられたのか」

「例のやつですよ」と、ホームズ。

「おお、そうか！　すると、症状があるわけだな？」

「ありますよ、いやというほど」

「なるほど。べつに意外じゃないがな、ホームズ。たしかに、例のやつだとしても、わしはすこしも驚かんよ。だがそうだとすると、おまえさん、先が案じられるな。ご存じのヴィクターのやつだが、あれは四日めにくたばった――たった四日だぞ、強健で、元気いっぱいの若いものが。それにしても、おまえさんも言ってたように、ロンドンのどまんなかで、ああいうアジアの珍しい病気にかかるってのは、なんとも面妖じゃないか――しかもそれが、このわしがとくに精力を傾けて研究してきた病気だというんだから。じつに驚くべき偶然の一致だと言わざるを得ん。まあ聞け、ホームズ、そこに気づいたのはさすがにおまえさん、なかなかの眼力だと褒めてやろう。しかしな、そこに因果関係があると言いだすのは、いささか乱暴すぎるんじゃないかね？」

「あなたの仕業だってことはわかってるんです」

「ほう、わかってるか、わかってるとね？　よかろう。どっちにしても証明などできるはずはないんだから。だがまあ、それはそれとして、そういうわしについてのよからぬうわさをその口でさんざん流しておきながら、いざ自分の身があやうくなると、這いつくばって助けをもとめてくる――こりゃいったいどういう料簡だね？　おかしいじゃないか――え？」

　病人がぜいぜいと苦しげに息を吐くのが聞こえた。

「み、水をくれ！」あえぎあえぎ言う。

「どうやらいよいよ命の緒が切れかかってるらしいな、え、ホームズさんよ。まあ水ぐらいならくれてやらんでもないが、それはこっちが言いたいことを言いおえるまでは、くたばってほしくないからでね。だからこうしてご親切に飲ませてやるんだ。そら、こぼすなよ！　よしよし、それでいい。どうだ、わしの言うことがわかるようになったか？」

ホームズはうめいた。

「頼む、あんたがやれるだけのことはやってくれないか。おたがい過ぎたことは水に流すとして」いまにも消え入りそうな声だ。「もうそのことは忘れるから――誓ってそうするから。いまはとりあえず手当てをしてほしい。そうすれば、こっちも忘れることにするから」

「忘れるとは、なにをだ？」

「う、うん――つまり、ヴィクター・サヴェッジの死に関するいっさいをだ。たったいま、あんたは自分がやったと認めるのも同然のことを言った。それを忘れる」

「忘れようが、覚えていようが、わしの知ったことか。どうせ証人席《ボックス》でお目にかかることはないんだから。ボックスはボックスでも、ぜんぜん形のちがう箱におまえははいることになるんだよ。甥の死にざまについて、おまえがなにを知っていようが、こっちは痛くも痒くもないわい。いま話しているのは、甥のことじゃなく、おまえのことなんだぞ。おまえ自身のことなんだ」

「あ、ああ、わかってる」

「さっき使いにきた男——名前も覚えちゃおらんが——あいつが言うにゃ、おまえがその病気をもらってきたのは、イーストエンド界隈の船乗り仲間からだそうだな？」

「そうとしか考えられない」

「おいホームズ、おまえは頭がいいのを自慢にしてたんじゃないのか？　よっぽど抜け目がないつもりでいるんだろう？　あいにく今回ばかりは、抜け目のなさではおまえの上を行く相手に出くわしたってわけだ。さあ、よく考えてみろよ、ホームズ。思いだしてみろ。それ以外にこの病気をもらってきそうな原因、なにか思いつかんか？」

「思いつかない。考える力がなくなっている。なあ、後生だから、助けてくれないか！」

「よしわかった、助けてやろう。いまおまえがどんな立場にあり、どうしてそういうていたらくになったのか、それをちゃんとのみこめるように手を貸してやるよ。ぜひともそれを、おまえがくたばっちまう前に思い知らせてやりたいからな」

「だったらせめて、なにか痛みをやわらげるものをくれないか」

「ほう、痛むのか。ふん、そうだろうな。苦力どもなんか、死ぬまぎわになると、ぎゃあぎゃあ泣きわめいていたものだ。全身をぎりぎり締めあげられるような痛み、そうだろう?」

「う、うん。万力で締めつけられるような」

「なるほど。だがとにかく、わしの言うことは聞こえているわけだな?　ならば聞け!　思いだすんだ——ちょうどその症状が始まったころ、なにか日ごろの暮らしとは異なる変わった出来事がなかったか?」

「さ、さあ、なにも」

「あっさり言わずに、もう一度よく考えてみろ」

「苦しくて、なにも考えられない」

「おやおや、そうか、ならば手助けしてやろう。そのころ、郵便でなにか送られてこなかったか?」

「郵便で?」

「ひょっとして、箱かなにかが?」

「だめだ、気が遠くなってきた——もういけない!」

「聞けというんだ、ホームズ!」瀕死の男を揺さぶっているらしい気配がした。聞いている私としては、隠れ場所で声もたてず、じっと我慢しているのがせいいっぱいだった。「わしの言うことを聞け。なにがなんでも聞かせてやるぞ。箱を覚えていないか?——象牙の箱を?　水曜日にきたはずだ。おまえはそれをあけてみた——どうだ、思いだせないか？」

「う、う、あけた。なかに強力なスプリングが仕込んであった。なにかの悪戯かと――」

「悪戯じゃない――そうじゃないってことを、おまえは命と引き換えに思い知ることになるんだ。このばかめが――そういうはめに陥ったのも、所詮は自業自得だってことよ。だれに頼まれて、わしの邪魔をしくさった？　おまえがよけいな真似さえしなければ、こっちだっておまえを痛い目にあわせたりせずにすんだろうに」

「そうか、思いだしたぞ！」ホームズはうめくように言った。「あのスプリングだ！　あれで手を傷つけて、血が出た。こ、この箱だ――このテーブルにある」

「おやおや、なんと、まさにこれだ！　となると、これは持ち帰らせてもらったほうがよさそうだな。おまえにとって大事な証拠になる品、これでぜんぶきれいに始末がついた。とはいえホームズ、おまえも真相だけはつかんだわけだ――わしの手で殺されたというこの事実を、後生大事にかかえて死んでいけ。おまえはヴィクター・サヴエッジの運命について知りすぎた。だからおなじ運命をおまえにも分かち与えてやろうじゃないか。いよいよ末期《まつご》のときがきたようだな、ホームズ。わしはここにこうしてすわって、おまえが絶命するのを見届けてやるつもりだよ」

ホームズの声は一段と弱々しく、ほとんど聞きとれないほどのつぶやきになった。

「なに、なんだって？」スミスが言った。「ガス灯を明るくしてくれ、だと？　ああ、目の前が暗くなってきたというのか。よしわかった、明るくしてやろう。そのほうが、わしもおまえの死にざまがとっくり拝見できるというものだ」彼は部屋を横切ってゆき、とたんに明かりがぱっと光度を増した。「ほかにまだあるかね、え、ホームズさんよ――死ぬ前にこのわしにしてほしいことが、ほかに？」

「マッチと煙草を頼む」

聞くと同時に、驚きと喜びが胸にこみあげてきて、私は思わず叫びだしそうになった。ホームズが普段どおりの自然な調子でしゃべっている――声こそいくぶん弱々しいものの、まぎれもない、日ごろ私も聞き慣れた、いつに変わらぬ友人ホームズの口調だ。そのあと、長い沈黙があった。おそらくはカルヴァートン・スミスが、驚きのあまり絶句して、棒立ちのまま私の相棒を見おろしているのだろう。

そのうちようやく、かすれて、ぎしぎしと耳ざわりな声が聞こえてきた。

「これはいったいなんの真似だ」

「最上の演技とは、なによりその役になりきることでしてね」ホームズが言った。「はっきり言いますが、ぼくはこれでまるまる三昼夜、食べ物はおろか、水の一滴も口にしちゃいない。だからさっき飲ませてもらった水、あれはまさに干天《かんてん》の慈雨《じう》だった。しかし、飲食は我慢できても、我慢できないのが煙草でね。ああ、助かった、ここにあったぞ」マッチをする気配がした。「やれやれ、これでだいぶ気分がよくなった。おおっ！　やったぞ！　待ちびとのお出ましらしい——足音がする」

いかにも、廊下に足音が聞こえて、ドアがひらき、モートン警部があらわれた。

「おかげで万事うまくいった。さあ、これがその男だ」と、ホームズ。

警部が被疑者にたいするお定まりの警告を述べた。

そして最後に、「あなたをヴィクター・サヴェッジ殺害の容疑で逮捕します」としめくくった。

「ついでに、シャーロック・ホームズ殺害未遂の容疑もつけくわえるといい」私の友人がくつくつ笑って言った。「ただし警部、さっきガス灯の明かりを強くして、きみに打ち合わせどおりの合図を送り、この病人の手間を省いてくれたのは、容疑者カルヴァートン・スミス氏ご本人だけどね。ああ、ついでだが、被疑者は上着の右のポケットに小さな箱を持ってる。これはとりあげておいたほうがいいだろう。ああ、それだ、ありがとう。ぼくだったら、取り扱いには重々気をつけるだろうね。ひとまずここへ置くといい。裁判になったら、これが結構な働きをしてくれるはずだ」

ここでとつぜん駆けだそうとする気配、つづいて揉みあう気配がし、最後に鉄ががちゃんと鳴る音と、苦痛の叫びとが聞こえてきた。

「暴れても痛い思いをするだけだぞ」警部がぴしりと言った。「さあ、おとなしくしないか」そしてかちりと手錠をかける音がした。

「ちくしょう、よくも罠にかけてくれたな！」いまにも噛みつきそうな、かんだかい声が響いた。「おいホームズ、これでわしを被告席にひっぱりだせると思ったら、大まちがいだぞ。おまえのほうだ、被告席行きは——わしじゃない。こいつはわしにここへきて、病気の手当てをしてほしいと頼みこんできた。かわいそうに思ったから、きてやった。そのあげくが、この仕儀だ。そのうちこいつはきっと言いだす——このわしが、言いもしないことを言ったと。自分のとんでもない言いがかりに、ぴったりはまるようなことをわしが言ったと、でっちあげの証言をしはじめる。まあいまのうちなら、好きなだけ嘘をつくがいいさ、ホームズ。しかしな、出るところへ出れば、わしの証言だって、おまえのそれとまったく同等の重みを持つんだ」

「おやおや、こりゃしまった！」いきなりホームズが叫んだ。「証人がいることをすっかり忘れてたよ。おいワトスン、申し訳ない、このとおり、頭をさげて謝る。よりにもよって、きみの存在をすっかり失念するとはね！　ええと、紹介するまでもないな——カルヴァートン・スミス氏なら、ついさっきお目にかかったばかりの相手だ。ところで警部、馬車は下に待たせてあるね？　着替えをすませたら、すぐに降りてゆく。警察へ行ってからも、ぼくがいれば、たぶんなにかと役だつだろうから」

身じまいをすませるあいまに、彼はクラレットを一杯と、ビスケット少々を腹におさめて、あわただしく英気を養った。

「ああやれやれ、こんなにこいつが恋しいと思ったことはないよ。とはいうもののだ、きみも知るとおり、普段からいたって不規則な暮らしをしてるから、他人ほどこういうごちそうに飢えるということも、なくてすむ。なにより重要だったのは、まずハドスン夫人に、ほんとうに病気が重いということを印象づけることだった。そうすれば彼女は、きっときみのところへ相談にいく。すると今度はきみがそう思いこんで、やつのところへ行くというわけだ。怒っちゃいないだろう、ワトスン？　あいにくきみのそなえているあまたの才能のなかには、猫をかぶって大芝居を打つという才能は含まれていない。これはきみ自身、自覚してるはずだ。だから、かりに事の真相をぼくから聞かされていれば、いざスミスの前へ出たとき、彼がここへきてくれることがぜったい必要なのだと思わせるだけの、思いきった演技ができなくなるおそれが強い――じつはそれこそがこの計画全体の、なにより肝心な点なんだからね。いっぽう、あいつが人一倍、執念ぶかいたちだってことを知ってるぼくとしては、そんなあいつが自分の仕掛けた細工の仕上げを見にこないはずはない、とその点は確信していたわけだ」

「しかし、きみのそのようすはどうしたんだ、ホームズ――そのやつれきった顔は？」

「三日にわたって完全に絶食すれば、美貌が冴えわたるというわけにはいかないやね、ワトスン。そのほかの点は、スポンジ一個で、なんとでも恰好がつけられる。ひたいにはワセリンを塗る。目にはベラドンナ入りの目薬をさす。頬には頬紅を一刷毛《はけ》。くちびるのまわりには、蜜蠟の薄皮をこびりつかせる。これで細工は流々さ。仮病を使うというのは、これまでにも何度かそのテーマで論文を書こうと考えてきたくらいでね。半クラウン貨とか、牡蠣でいっぱいの海だとか、その他、とっぴなことばかりきれぎれにしゃべるというのも、譫妄状態という特殊効果を的確に生みだしてくれるものなのさ」

「それにしても、なんだってぼくを寄せつけようとしなかったんだ？　実際には、感染のおそれなんかすこしもなかったわけだろう？」

「あのねえワトスン、よりによって、それをきみが訊こうとはね。きみの医学的才能をそこまでぼくが過小評価してるとでも思うのか？　たとえどれだけ弱っていても、いまにも死のうという人間が、脈搏も速くなければ、熱も平熱のまま——これできみのきびしい目をごまかせるとぼくが期待するというのか？　そりゃね、四ヤードも離れれば、きみの目をごまかすことはできるかもしれない。しかし、万一ごまかせなければ、いったいだれがあのスミスを、ぼくの手の届くところまで連れてきてくれる？　あ、だめだよ、ワトスン、ぼくならその箱には指一本、触れない。首をかしげて横から見るだけでも、蓋をあければたちまち強力なスプリングが、毒蛇の牙よろしく嚙みついてくる仕掛けになってることは見てとれるはずだ。気の毒に、あのサヴェッジの命とりになったのも、きっとそれに似た仕掛けだったんだろう。たまたまあの青年が、ある高額財産の復帰権（2）にからんで、このモンスターめの野望を妨げられる立場にあった、というだけなんだけどね。それにしても、ご存じのように、ぼくのところへは、じつに種々雑多な郵便物が送られてくるから、なんであれ小包が届けば、いちおう用心する習慣はできてるんだ。だが反面、こっちがみごとに向こうの策略にひっかかったと思わせておくほうが、いざとなったとき、虚を衝いて自白をひきだすのに好都合だってこと、これははっきりしている。そのために、こういう〝病人なりすまし役〟という大芝居を打ってみたわけだが、それをぼくは真のアーティストらしく、完璧に演じてのけたと自負しているよ。ありがとう、ワトスン、コートを着るのに手を貸してくれないか。警察でのお役目が無事に終わったら、帰りに〈シンプスンズ〉にでも寄って、せいぜい栄養をつけるというのも、悪くはないと思うよ」

（1）ロザハイズは、ロンドン東部、テムズ河南岸のサザック自治区に属し、かつては一大港町として、古い倉庫群や港湾施設の建ち並ぶ地区であった。

（2）財産の復帰権（reversion）とは、不動産譲与に伴う将来権のひとつで、譲与を受けた側の権利存続期間が満了したあと、法手続きによってそれを相続人がとりもどす権利。

悪疫の伝播者　フリーマン（佐藤祥三訳）

フリーマン

1862年、イギリス生まれ。病院や刑務所で医師として勤めたのち、専業作家に転身。1907年に発表した長編『赤い拇指紋』で登場した法医学探偵ソーンダイクが好評を博し、シャーロック・ホームズ最大のライバルと目された。1943年没。

【底本】『世界推理小説大系第14巻　ウォーレス・フリーマン』（東都書房、1963年刊）

ソーンダイクと、彼の忠実な助手ポールトンの仲が親密であるのは、一つには二人の性質が、すこぶる似通っているからである。

ポールトンは熟練を積んだ多方面の技術者であり、ソーンダイクは科学者にならなければ技術者になれたというだけあって、調査に必要なすべての機械の巧みな使用者である。そしてまたどんどん新しい方法を工夫して、助手と共によく働く。

これから述べる事件が起こった時にも、彼は助手と共に働いていた。ソーンダイクはその日の朝、法医学に石版印刷術を応用することを思いついて、ポールトンと共に石版印刷術の実験をしていた。

すると下の方でベルの音がするので、ポールトンがしぶしぶ、インキのついたローラーを下に置いて、黒くよごれたズボンで手を拭きながら、下のドアを開けに行った。

「ラベージという方がお見えになりました」

彼が帰って報告した。「あなたに会う約束があるそうです」

「よし」といいながらソーンダイクは私の方に向き直り、「ジャーヴィス君、非常に不思議な話があるんだから、君もいっしょに下に降りて、会ってみたまえ」

ラベージ氏というのは尊敬すべき老紳士で、私たちが部屋に入ると、厚い凹眼鏡越しに、じろじろと見詰めながら、温厚な、子供らしい微笑を浮かべて会釈した。ソーンダイクはしばらく相手の様子を見たのち、すぐ用件に移った。

「さようです」とラベージ氏がいった。「不思議な事件でお伺いいたしました。この事件は私が薄々知っている警視庁のバジャーさんという刑事にも、一度お話ししたのですが、バジャーさんは自分には分らないから、ぜひ、あなたにご相談してみろとおっしゃるのです」

「では私がバジャー君の推薦にあずかったわけですね？」

「はあ、バジャーさんは、あなたにお願いすれば、秘密を解決することができるといわれました。まだご存知ないようですから私の職業なぞお話いたしましょう。実は私は聖フランシス老猫院の院長で、年を老って役に立たなくなった猫や、病気の猫を養って、彼等の秋の様に不自由な生活を、インドの夏の様に愉快な、楽しいものにするのを仕事としているのです。この老猫院は私が建てて、費用も自分で支弁しています。けれども、志ある方の寄付は、遠慮なしに受けることにして、庭の垣根に、大きい口のある箱を出して、金銭や、価のある品物や、猫に食わせるおいしい食物なぞを受けることにしています」

「そこに入れる人がたくさんありますか？」

「金を入れる人は少ないです」と彼が答えた。「品物を入れる人はもっと少ないです。けれども食物を入れる人は沢山あります。もっとも猫の習慣を知らないところから、塩づけ、バナナの皮など、好意であることはわかりますが、妙な食物を入れる人もかなりあります。ところが一昨日は今まで見たことのない、不思議な品物を箱の中に発見しました。いろんな物があるのですが、それがみんな一人の寄贈者が入れたものらしいのです。そしてそれが揃いも揃って奇妙なものばかりですから、今お話ししたように、バジャーさんにお眼に掛けたのです。しかし、バジャーさんもその謎が解けないので、あなたの所に持って行けとおっしゃいました。品物は女持の財布が三つと、モロッコ皮の手紙入れが一つと、それからアルミニューム製の小さい箱が一つです」

「財布にはなにが入っていましたか？」とソーンダイクが訊いた。

「なにも入っていません。中は空《から》です」とラベージ氏が眼を見張って私たちを見た。

「手紙入れには？」

「妙な紙片のほかにはなにもはいっていませんでした」

「アルミニューム製の箱には？」

「ああ！」ラベージ氏が叫んだ。「実に驚くべきものが入っていましたよ。ガラス管がたくさん入っていましたがね――そのガラス管の中になにが入れてあったと思います？」

彼は意味ありげに言葉を切ったが、私たちが二人とも答え得ないので、また話を続けた。

「蚤《のみ》としらみですよ！　あなた、蚤としらみですよ！　実に奇怪な寄贈物ではありませんか？」

「なるほど」とソーンダイクが同意した。「家の中に猫が一杯いれば、蚤ぐらいは自前で製造できますね」

「そうですとも、私もすぐそう思いましたし、バジャーさんもそういわれました。まあ実物をご覧に入れましょう」

いいながらラベージ氏は鞄の中から寄贈品を出して、テーブルの上に並べたが、それはいかにも滑稽を解するすりが、盗んだ品物の殻を、神にでも贈る気でラベージ氏の寄贈箱に投げ込んだ物らしかった。ソーンダイクは三つの財布を一つずつ取り上げて、中を調べて見た。手紙入れは一層注意して調べた。けれども中の紙片には手を触れなかった。それからアルミニューム製の小箱を取り上げたが、それはさながら巻煙草入れのようにやすやすと開いた。そして片側に並べた六つのガラス管の口は、恰好よく羊皮紙で蓋をしてそれに幾つかの針の穴がうがってある。蚤が四管、しらみが二管。一つの管に十二、三匹ずつ入れてあって、死んだのもあるが、大部分は生きている。箱の他の側にはセルロイドの記入板が貼りつけてあって、それに鉛筆で数字が記入してあった。

「いかがです」と調査が終った時にラベージ氏がいった。「謎が解けましたか？」

ソーンダイクは重々しく頭を振って、

「そう早くは解りません。これには非常に注意深い調査が必要ですから、置いて帰って下さいませんか。二、三日のうちに、なんとか判断を下して、お知らせしましょう」

「ありがとう存じます。私の住所は分っていますね」

いいながらラベージ氏は立ち上って握手をし、ちょっと時計を取り出して見て、鞄を提げ、急いでドアの方に出た。次の瞬間に、私たちは彼が階段を降りる音を聞いた。急いだ熱心な態度であった。

「君もずいぶんのんきだなあ！」と後で私がいった。「バジャーの言葉に乗ってしまうなんて！　どうしてラベージ氏にこれはすりに一杯食わされたのだといってやらなかったのだ？」

「なあに、一杯食わされたとはいわれない。すりの仕業なことは解っているが僕はこのすりが、だれのポケットからすったのかそれが知りたいのだ。またすられた男にしても、なぜ蚕やしらみを蒐集したか知りたいのだ」

「だってそんな事は君に関係ないじゃないか？　多分このアルミニュームの箱の持ち主は蚕専門の昆虫学者だろう。変種の蒐集をやっているんだよ」

ソーンダイクは箱の蓋を開けて私に渡しながら、「君はこの大茴香実《アニシード》の匂いをどう思う？」

「どうも思わないよ」と私がいった。「嫌な匂いだ。僕は君が初めてこの箱を開けた時から、その匂いを感じていた。蚤の商売人がこの匂いが好きなのか、あるいは蚤がこの匂いを好むから、それで匂いをつけてあるんだろう」

「蚤が好むからという方が、本当だろう。この匂いは、君にも解るように、蚤のはいった方の管の口を塞いだ羊皮紙から来るのだから。今度は手紙入れを調べてみよう」

いいながらソーンダイクは手紙入れの中からきたならしい物を取り出した。恐らくすりが目ぼしいものだけ抜き取った残骸であろう。買い物の書付が一、二枚、時間表が一つ、封筒もなければ、日付も、宛名も、署名もないフランス語の短かい手紙が一つ、それからカード式の一組の地図、これだけが手紙入れから出たすべてであった。そしてその中のいずれもが、持ち主がたれであるかということを示していなかった。

ソーンダイクは物珍らしそうに声を出して手紙を読んだあとで、

「封筒もなければ、日付も、宛名も、署名もないのが不思議だ。これじゃまるで、持ち主を隠す為にわざと秘密にしたようなものだ。しかし文句はマイルエンド絵画館で会う約束をしているだけだからなんでもないものだ。しかしこの地図は興味がある。実際おもしろい」

いって彼はカード式地図の片隅をつまんで、そっと抜き出して、テーブルの上に並べた。七枚ある。七枚が七枚とも、両方にロンドンの各方面の地図が貼り付けてあるのだが、カードが三インチと四インチ半の大きさだから各方面の地図も、一マイルと一マイル半になっている。非常に手ぎわよく、きれいに貼り付けてあって、上にワニスを塗り、各各の地図に地名が記入してある。けれども最も興味をそそるのは、地図の各方面に記入した数字に、小さい輪が鉛筆で描いてあることだ。

「この輪は何だろう?」私が訊ねた。

「当て推量をするより仕方がない」と彼が答えた。「僕は蚤としらみとに関係があるのだろうと思う。君もごらんの通り、この地図はスパイタルフィールドや、ベスナル・グリーンや、ホワイトチャペルや、その他どれもこれも、東部ロンドンのきたない所ばかりだ。それからまた、君にも気がついたと思うが、蚤を入れた箱のセルロイドに鉛筆で記入してある数字は、この地図の数字を示している。ほら！　ここに＋－の記《しるし》をして『B21 a ＋ b －』と書いてあるだろう。aは蚤、bはしらみか、その反対だと思う。だからこの地図や、この数字は、蚤、しらみを採集した地区を示したものだと思う」

「あるいはそうかも知れないが、しかし必ずそうだという証拠は、どこにもないよ」と私がいった。「蚤を入れた箱と、手紙入れの持ち主が同一人であるかどうか、それは分らない。それを知る方法はないのだ」

「それは君の間違いだ。ジャーヴィス君、僕等は石版印刷術というものを知ってるではないか?」

「それがどうしたというのだ？」と私がいった。

「じゃ一つ試験してみようか、この地図には、ワニスが塗ってあるから石版の伝写用紙になる。それからまた、このセルロイドもなめらかな面を持っているから、伝写用紙になる。だからもし用心してこれを石版に移したら、この地図なりセルロイドなりに手を触れた人の指紋が取れるわけで、従って、同一人が取扱ったものであるか、どうかが分るはずだ」

私たちはそれらの品物を実験室に持って行き、しきりに質問を連発するポールトンに向かって事柄を説明して、棚から新しい石を取り出した。

ソーンダイクは時計屋が使うピンセットを以て、手紙入れから地図を一枚抜き出し、それから眼には見えぬ——あるいは無いかも知れぬ——指紋を、地図とセルロイドから写し始めた。

私は手ぎわよく、上手に、用心深く彼がする処作を眺めながら、彼の骨折りが徒労にならぬことを心に祈っていた。ところがソーンダイクがそっと石版にインキを塗ると、何者かそこに浮かび出した。やがてその曖昧な形は、次第に明瞭になり、遂には八つの混乱した指紋の塊りだということが分るようになった。あるものは穢れている。あるものは不完全である。ほとんど見分けがたいほど、すべてが複雑に重なり合っていた。

ソーンダイクは訝《いぶか》しげにそれを見入りながら、

「恐ろしく混乱しているねえ！　しかし見分けようと思えば、見分けられぬこともない。ポールトン君、こりゃどちらがセルロイドだい？」と訊ねた。

「右上に写っている方です」とポールトンが答えた。

「ああ！」とソーンダイクが叫んだ。「じゃ分った！　混乱しているが、よく見ると、右手の拇指の指紋は、地図の方とセルロイドの方と同じになっている」

「なるほど」と私が両方を比較しながらいった。「二つとも確かに同じだ。ところで、これにいかなる意味があるかということが問題だ」

「そうだ、それが問題だ」とソーンダイクがいった。

そして私たちは、嬉しそうに指紋に見入っているポールトンを後に残して、実験室を出ていった。

それから数日の間は、彼はこの事件に対して、調査の歩を進めてはいるらしかったが、確たることは私に分らなかった。ラベージ氏の問題は、まじめに考えるには、余りに不合理な、ばからしいことであると私は思っていた。ところが、二、三日たって、大事件が突発して来た。

約束をして置いて、ニコラス・バルカムという人が私たちを訪れたのは、夕方の六時ごろであった。そして彼は実務的な口ぶりで、用件を話した。

「私の友人のグリッフィン生命保険会社のストーカー君が、あなたに相談してみろといいましたので、それでお邪魔に上りました」と彼が話し始めた。「ストーカー君の話によれば、あなたのお蔭で大変な災難をまぬかれたそうですが、この事件は、ストーカー君の事件に比べれば、貴方の縄張《なわばり》から遠いかも知れませんが、なんとかして助けて頂きたいと思います。もっともあなたの縄張から遠いかどうか、そんなことは私よりあなたの方がよく知っていらっしゃるでしょうが。

「私はラザフォード銀行の、コーンヒル支店の支店長なんですが、今度実に驚くべき経験をしましたよ。一昨日の午後三時ごろでした。一人の男が証書箱と共に、一通の手紙を持って来ましたが、その手紙は私の銀行の顧客の弁護士ピルチャーという人が書いたもので、この証書箱を銀行の貴重品室に保管してくれ、それから使いの男に箱の受取を書いて渡してくれと書いてありました。私たちは無論その通りにしました。その通りにはしたものの、そこに神の助けが働いたというものでしょうか、幸いなことにちょうどそのころ、仕事が増していたので、今までの貴重品室だけでは不足がちなので、最新式の方式にのっとった完全な防火設備のある新しい貴重品室を一つ別にこしらえていたのです。ピルチャーの証書箱が来た時には、まだこの新築の貴重品室は使っていなかったのですが、なにぶん今までの貴重品室が一杯になっているので、初めてそこのドアを開けて、そこにしまったのです。

「ところが私が銀行から帰る時にはなんの変った事もなかったのですが、夜半の二時ごろになって、夜番が銀行内を巡視していると、ぷんとなにやら焼臭い匂いがしたのです。よく調べてみると、それは新築の貴重品室から来ることが分りました。で夜番はすぐ宿直の書記を呼び起し、宿直の書記は警察に電話をかけたのです。五、六分もたたないうちに巡査が一人と消防夫が二人、小さい消火器を一つ持って駆けつけたので、書記が貴重品室のドアを開けたのです。ドアを開けるとまあどうでしょう！　戸口から煙と熱い火の気がむッと吹き出して、床の上には例の証書箱——というよりは証書箱の焼け残りが転がっているではありませんか。焼け残りは巡査が持って帰りましたが、その時ちょっと見たところによると、その証書箱というのは、実はゆるゆる火の伝う導火線のある放火用の爆発物だったのです」

「損害の程度は？」とソーンダイクが訊ねた。

「運がよかったので、損害は受けませんでした」とバルカム氏が答えた。「けれどもあれがもし新築の貴重品室でなかった場合のことを考えて下さい！　古い方の室だったら、どうしても何千ポンドの損害を蒙っていますよ」

「ピルチャー氏はどういいました？」

「ところがピルチャー氏は何も知らないというのです。多分、ピルチャー氏が使う書簡用紙を用いて巧妙に贋《にせ》の手紙を作ったものでしょう。しかも不思議なことは、この種の経験は私の銀行だけでなく、内密によその銀行に聞き合わしてみましたところが、同じ目にあった銀行が五つありました。その中にはかなり損害を蒙った銀行もあります。もっとあるんじゃないでしょうか。話したがらないのでわかりませんが。ステプニーやロンドン・ドックの火事も変なところがあります。ギャングの仕業じゃないでしょうかね」

「むろん警察の方に相談なさったでしょうね?」とソーンダイクが訊ねた。

「はあ、相談しました。相談しましたところが、少しは心あたりがある様子でしたが、秘密を守って何も話してくれません。でとにかく、あなたの方で独立してこの事件の調査をして頂けたら、非常に有難いと思うのです。重役なぞもみなそういっています」

「ピルチャー氏の手紙を拝見したいと思うのですが」

「持って参りました」とバルカムが答えた。「この手紙を置いて帰りましょう。もしまた新しい事実が発見されるようなことがありましたら、すぐさまお知らせいたしましょう。またあなたの調査の便利になるようなことでもありましたら、なにとぞご遠慮なくおっしゃって下さい」

「箱は手に抱えて持って来たのでしょうね?」とソーンダイクが訊いた。

「はあ、もっとも私はその男に会いませんでしたが、なんでしたら、その箱を受け取った者に訊けば、どんな男だったかすぐ分ります」

「じゃ訊いて下さいませんか」とソーンダイクがいった。「それからついでに、証人になって貰う場合があるかも知れませんから、箱を受け取った人の名前と住所もお知らせ下さい」

「承知しました」いいながらバルカム氏は立上って帽子を取り、「その事は私が運びましょう。そのうち変ったことでもありましたらお知らせ下さい」

ソーンダイクは知らせる旨を約束した。バルカム氏は立ち去った。

「おい、ソーンダイク君！」次第に遠くなる階段の跫音《あしおと》を聞きながら私が笑った。「君はすばらしい信用を得たね。君は藁なしに煉瓦を作り得る名人と思われてるばかりではない。土なしに煉瓦を作り得る名人と思われているのだ」

「ほんとうにすばらしい信用を得たものだ」とソーンダイクがいった。

「ここに手紙がある。箱を持って来た男のこともわかるかも知れない。がどちらも手がかりになりそうもないな」

彼は封筒の中から手紙を抜き出し、しばらく封筒と手紙を見入っていたが、やがてそれを燈《ひ》にかざして見たのち、私に渡した。

私は封筒と手紙を手に取って見たが、何の特長も、変った点も見つからなかったので、

「これがピルチャーの用紙であるか、それとも贋物《にせもの》であるかということを確かめる必

要がある。もしピルチャーの用紙だとすれば、犯人はピルチャーの事務所になんらかの関係を持つ者に違いない」

「なんらかの関係があることはよく分っている」とソーンダイクがいった。「贋物だって、本物が手元になくては出来ないからね。しかし君の眼のつけどころは正しいよ。目下のところ、ピルチャーと犯人との関係を調べるのが、与えられた唯一つの方法なんだ」

翌日、早速調査に取りかかったところ、用紙だけはピルチャーのものに違いないが、インキは彼のものでなかった。手跡は似せてあったが、彼の事務所の者はだれ一人、それを書いた人を知らなかった。事務所の人々は門番にいたるまで実に尊敬すべき人で、この種の事件に関係しそうもなかった。

「しかし私の書簡紙を盗もうと思えば、盗む機会は幾らもありますよ」とピルチャーがいった。「印刷所で盗むことも出来れば、販買人の手から盗むことも出来る。この事務所からでも盗み出すことが出来るのです。いつもテーブルの上に置いてあるのですから」

こうして私たちの唯一つの手がかり——もし手がかりといえるなら——も無駄になってしまった。私はソーンダイクがどうするだろうと、好奇心をもって様子を見ていた。けれども私が見たところでは、別に何もしている様子がなかった。私たちはほかにたくさんの仕事を持っていたので、ソーンダイクもその方の事を考えているだろうと思っていた。

　それから一週間ばかり経ったある夕方のこと、彼が久しぶりにこの事件に就いて、口を切ったが、それが私にとって、すこぶる意外な話であった。

「明日は外出してみようと思っている」と彼がいった。「明日はベスナル・グリーンに行って、一日、または一日の大部分を過ごすことにしよう」

「何か事件に関係した用事なのか?」と私が訊いた。

「うん、バルカム氏の事件だよ。あれからポールトンと行商人やコーヒー店を調べていたら、とうとう本物にぶつかった」

「どうして調べた?」

「大道興行師なぞを探し廻った。僕の手許にある材料を基として」

「材料!」私が叫んだ。「だって材料なんか少しもなかったじゃないか」

「バルカムが銀行に放火しかけた事件を話してくれたね。あの話が僕等の探している人間に対するあるヒントを与えてくれたのだ。それからまだ材料があることは君だって知っている通りだ」

「大道興行師に関係のある話は思い出せないよ」

「直接の関係は無いかも知れぬ」と彼が答えた。「しかし五つ六つ仮定を作った中では、これが一番正確に近い。多分こんな男だろうと思う奴が、ある時期に現われる所を発見した。それで明日はそいつをちょっと見てやろうと思うのだ。君もいっしょに来る気があるのなら、先にいって置くが、立派な服なんかは着て行かれない所だよ」

私たちは翌日の朝、十時ごろ家を出たが、ベスナル・グリーンでめだたぬ服装は、テンプルでは人眼を惹くに違いないから、足早やにテューードル街を抜けて、ブラックフライア停車場に急いだ。

ソーンダイクはいつもの調査箱は提《さ》げないで、経木を編んだ見すぼらしい鞄を提げている。ステッキも持っていない。

私たちはオールドゲートで下車して、ワランス街を通って、ベスナル・グリーンの方に向かったがソーンダイクの道がまっすぐで、足並が速いところを見れば、早や胸に確かな目的を抱いていることが分った。けれどもいよいよベスナル・グリーンの迷路にさしかかると、さすがのソーンダイクも歩度をゆるめて、街角や四辻に来るごとに、立ち止っては町名を読んだり、ときおりポケットからカードを取り出して、そこに認めてある何曜日という日付や、街の名を読んだりした。

こうしてあてもなく場末の街を徘徊しているうちに、二時間ばかりの時間が過ぎてしまった。

私が欠伸《あくび》を嚙みしめながらいった。

「もういくら探したって駄目だよ。ぐずぐずしているうちに、僕らの方がだれかに尾行されだしたらしいぜ。僕はもうちゃんと、背の低い、穢《きた》ない服を着た男が、後ろの方からついて来るのを見たんだ、もっとも今は見えないが」

「そりゃあたりまえだよ」とソーンダイクがいった。「なにしろこの辺は物騒な所だから、だれが見ても僕等はよそから来た者としか見えないのだ」それから外の空気を吸うべくコーヒー店の店前に出ている一人の男に向いて、「やあ、お早よう！　きれいな空気を吸いに出ているんだね？」

「きれいな空気は家の奥にだってあらあ」とその男が答えた。「時に先日話した奴がここを通ったよ。鼠使いの外国人だ。あいつが鼠の曲芸をしているところが見たいのなら、ボルタース・レンツの空地《あきち》に行ってみたまえ」

「ボルタース・レンツ？」とソーンダイクが繰返した。「サルカム街を曲った所かい？」

「うん、途中から右に廻るんだよ」

ソーンダイクは彼にお礼をいって、また歩きだした。次の角を曲る時に私は振り返って後ろを見た。ちょうどその時、先ほどから私たちの後を追っていた背の低い男が、ある家の戸口からまた姿を現わして、見失うまいとするように、熱心に尾行を続けていた。

ボルタース・レンツというのは石を敷いた広い街路だ。一方は崩壊した家屋のたくさんある空地に続いている。崩れかかった家をそのままほっ散らかしてあるので、その穢なさは口でいえないほどだ。穢ないのはそればかりでない。付近の家からむやみやたらに野菜、肉、塵芥を持って来て棄てるので、空地全体がまるで大きな塵棄場のようになって古いゴミ箱のような臭《におい》がしている。

けれどもそこには穢いのもおかまいなしで、付近の住民が黒山の様に寄り集っていたが、多くは女子供だ。そして群集のまん中に一人の男が鼠の曲芸を演じている。私たちもその群集に混って、曲芸を見た。

ちょうどその時、一匹の白鼠が、小さい旗の挿してある棒を登っていたが、見ていると、その白鼠は棒を素早く登り切って、その小旗を口にくわえ、また棒を伝い降りて、それを主人に渡した。

次にはその白鼠に小さい馬車を曳《ひ》かせ、馬車の上に外套を着た白鼠を載せて一巡させたが、主人はこの外套を着た白鼠を、観客に向って、マーフィー夫人と紹介した。

私はみんなが曲芸を見ている間に、その舞台や主人を見た。舞台は手製らしい四つの車輪のある、小さい手車の上の、蝶番つきの板を広げたもので、舞台の一方に大きい檻《おり》があって、内部を針金で二つに別けて、一方には白や、斑《ぶち》の鼠ばかりを入れ、一方には野生の鼠ばかり入れてある。野生といっても、普通の茶色のノルウェー産の鼠は一匹もなく、昔風のイギリス産の黒鼠ばかりだ。

私はそのことをソーンダイクに話した。

「そうだね」と彼がいった。「多分ここらへんで捕ったのだろう。ここらへんの下水道には茶色の鼠がいるが、家には黒鼠が多い。君はあの主人をどう思う？」

私は一通り主人を観察していたが、また改めて窃《ひそ》に彼を見た。中肉中背で顔色は蒼白く、黒い眼を始終きょときょと動かして、観客の様子を見ている。逆立《さかだ》ちになった荒い頭髪のある頭には帽子を冠《かぶ》らず、頤《あご》には鬚《ひげ》がもじゃもじゃ生えている。

「多分スラヴ族の一種だろう」と私がいった。「ロシア人かも知れない。あるいはレット人かも知れない。もっともあの鬚の作り方はまずいねえ」

「まずい」とソーンダイクが頷いた。「しかしよくあれぐらい扮装できたものだ。さあ、行こう、つれが追いついた」

振り向いて見ると、さっきから私たちの後をつけていた背の低い男が空地まで来ている。よく見ると、この男は私たちの実験室の勤勉なるポールトンだったので、開いた口がふさがらなかった。いつも小綺麗な風をした助手も今日ばかりは見違えるほど穢ない服を着て、汚れた手をしているが、私たちに気がつかぬふりをして群集にゆるゆる近づくさいに、にっこり笑った顔には、いつものポールトンが表われていた。

私たちが群集を立ち去りかけると、突然、わッと叫ぶ声がして、見物人がどッと四方に飛び退いた、と思うと一匹の黒鼠が、空地の上を矢のように素早く、塵捨場の方に飛んだ。多分主人が檻を開けた時自分の曲芸の順番を待っていた鼠の中の一匹が——恐らくはまだ新参で馴れ切っていない一匹——が隙を見て逃げだしたのであろう。「ここらへんにはあんな鼠がたくさんいるんですよ」と一人の女が華やかに笑って私にいった。「まあ月夜にでもここに来てご覧なさい、ほんとに鼠だらけですよ！」

私たちはボルタース・レンツを出て四辻の方に行った。途々、私はソーンダイクの不思議な調査にどんな筋があるんだろうと怪しんだ。鼠使いのきょときょと動く目つきや、抜け目なさそうな態度に怪しいところがあるのは疑うべくもないが、もしこれがバルカム氏の銀行放火事件の犯人と同一であるとすれば、どうしれそれがソーンダイクに分ったのだろう？　また鼠の曲芸と、銀行の放火に、どんな関係があるのだろう？　私には調査が進んだとも思えなかった。

しばらく歩いて、街角を曲る時ちょっと立ち止って後を振返ると、後からさっきの見物人がぞろぞろ帰って来る。多くは子供等だ。やがて例の鼠使いが、布片で包んだ檻をのせた車を曳きながらやって来る。その後からまた子供が沢山、ぞろぞろついて来る。最後に少し離れて、見えつ隠れつ車を追いながらポールトンがついて来る。

ソーンダイクがいった。

「都市衛生を研究しようと思えば、あんな見世物を見物するのもいいね」

私たちはまた引返して元の空地に帰った。その時にはもうだれもいなかった。二人は家が倒れたままになって、柱や煉瓦が積み重なっている場所を歩いてみた。

「さっきの女がいった通りだ」とソーンダイクがいった。「ここは鼠の楽園だ。どこに行ってもうまい隠家《かくれが》と食物ばかりだ」

私は小さい穴の入口に死んでいる一匹の鼠を指さしながら、

「君がいったことも本当だ。君はさっき、この辺には黒い鼠がいるといったがあすこに死んでいる鼠は黒いよ」

ソーンダイクはその鼠の屍体の傍によって、しばらく見詰めたのち、手袋を出して右手にはめながら、

「こりゃ少々色が薄いが、ムス・ラトゥスの模範的見本だ。持って帰って、よく試験してみよう」

彼は周囲を見廻して、人気のないのを確かめたのち、鞄の中から大きなブリキの罐を取り出して、蓋を開けた。蓋の切目にはワセリンが塗ってある。彼はかがんで、手袋をはめた手で鼠の尾をつまみ罐の中に入れて、しっかり蓋をし、それから鞄の中にしまった。それから手袋を脱いで傍の塵の溜った所にその手袋を投げ棄てた。

帰り途に、どうかしてソーンダイクの口から、彼の調査の目的と方法を聞こうとしたが、それは駄目だった。彼は一般的の事よりほか、何も話さなかった。

「ある人が銀行の貴重品室に爆発物の仕掛をしたとすれば、何かそこに理由がなけれ

ばならない。そしてその理由が明白になったならその動機がどんな行動を要求するかということを考えてみるといい。その行動が想像ついたら、その行動にたずさわっている人物を探すのだ。その人物が発見されたら、たいてい事件の解決がつく。あとは手を下しさえすればいいのだ」

「その理窟は僕にもよく分っているがね」と私がいった。「しかし銀行に火をつけようとした者があったとして、その人をただちに平常ベスナル・グリーンの裏街で鼠に曲芸をさせるのを稼業としている人とみなすことは出来ないと思う」

「君のいう通りだ。これは必ずしもすべての場合に応用できる論理とはいわれない。けれども僕が今度扱っている事件は、他の事実もある程度まで分っているのだ。ただその事実を結びつけさえすればいいのだ。そうすれば、曲芸師は銀行事件の犯人でないことになる」ソーンダイクは静かに笑った。

「彼が犯人でないとすると？」

「とにかく、彼は必要な人物だ。もう二、三時間すればもっとはっきりするよ」

私は友人達と共に食事をする約束があったので、急いできたない服を着替えて出かけたので、次の二時間に、どんな事が起こったか、それは知らない。

けれども十時半ごろ、家に帰ってみたら、ソーンダイクは安楽椅子に坐って、例の楽器に他事を忘れていた。もう調査は解決したのだ。

「ポールトンはどうした？」と私が訊ねた。

「旨くやってくれた」とソーンダイクが答えた。「ポールトンはベスナル・グリーンから鼠使いの跡をつけて、ラトクリッフの小路の彼の住みかを突き止めたばかりでなく、大変な手柄をしてくれた。僕が十、二三枚の伝写用紙をとじて、それにフランス語で鼠の馴らし方を書いて置いたのだが、例の鼠使いが家にはいりかけると、急にポールトンが呼び止めて、その馴らし方を書いた帳面を出して、意見を乞うたのだ。鼠使いは最初はぶつぶつ怒っていたが、帳面を見ると非常におもしろがって、丁寧に全部読んでしまった。そして鼠の馴らし方は、ここに書いてある通りだ。実験するなら自分の鼠を二つ三つ分けてやってもいいといったそうだが、それはポールトンが断って、鼠はまた今度近いうちに受け取りに来るといって、帳面だけ返して貰って帰って来た。帰るとすぐその伝写用紙をばらばらに解いて石版で写してみたら、ほら、この通りだ！」

云いながら、ソーンダイクがポケットブックから数枚の紙片を取り出して、テーブルの上に置いたが、それにには疑うべくもない指紋が、幾つも石版刷になっていた。

しばらく瞬きもせずそれを見入っていた私は、ふとその指紋に見覚えがあることを思い出した。

「この拇指の指紋はラベージ氏の手紙入から出た地図にある指紋と同じじゃない

か？」私が訊いた。

「同じだよ」と彼が答えた。「ここに地図の指紋も、セルロイドの指紋もあるから、三つを比較してみたまえ。左手の拇指ばかりじゃない、他の指の指紋も同じだから」

なるほど、比較してみると彼のいう通りだ。

「どうも僕には腑に落ちないねえ。こりゃラベージ氏が持って来た昆虫学者の指紋じゃないか。君が探しているのは、バルカム氏の方の犯人だろう？」

「ところが表面違うようでも、バルカム氏の犯人と、ラベージ氏が持って来たガラス管の持ち主は同一人にちがいないと、僕は思うのだ。しかしこんなことは、すぐ分るだろう。ミラー君はラトクリッフの鼠使いの家を、明日の朝襲うことに手筈を決めた。何しろおもしろいに違いないから、僕も行ってみようと思っている。どうだ、君もいっしょに行かないか？」

「ぜひ行こう」と私が同意した。「なにがなにやらさっぱり分らぬが、とにかく、僕も行ってみよう」

「解らなければ暇があった時、両方の事件を系統を立てて説明してあげよう」

翌日の朝、六時、私たちは警部ミラー、私服を着た三人の岩乗な巡査なぞと共に、ラトクリッフのオールド・グラヴェル・レーンにあるある空屋の中で、偵察者の合図を今や遅しと待っていた。私たちは皆んなナフタリンの臭の激しい職工服を身に纏っていた。そしてズボンの裾は靴下の下に巻き込み、両手の袖も紐でゆわえ、靴下と靴にはどっさりワセリンを塗って、てんでにピストルを用意していた。私は何やら分らないながら、こうしたいでたちを見るだけで、次の瞬間に起こるべき活劇が想像されて、異様の緊張を覚えた。

六時十五分、偵察が帰って、鼠使いの家のドアが開いたことを知らした。ミラーと一名の巡査を先頭に、しばらくして一同が後に続いた。

鼠使いの家は、私たちの会合所から余り遠くなかった。開け放したドアのそばには、みすぼらしい一人の男が張番をしていて、ミルクの瓶を持った、だらしない服装の女を、家の中にはいらせないようにしていた。女はへたな英語で、しきりに中に入れてくれと、せがんでいた。私たちは彼等の前を通り、ドアをはいって、暗い廊下に立ったが、ちょうどこの時、階下のとある室からミラーが姿を現わした。

「ここは女の部屋ですよ」と彼がいった。「台所はまるで鼠の運動場のようで、何百という鼠がいます。二階に上ってみましょう」

ミラーの後について、一同が二階に上った。ミラーが二階の手前の部屋のドアを開けようとしたが、内から鍵をかけているのか、それとも閂《かんぬき》を卸しているのか、どうしても開かぬ。で今度は隣りの部屋を試してみた。同様に開かぬ。

そこでミラーは、ちょっと手を上げて一同に合図をして見せ、それから鋭い口笛で、上手に流行歌を吹き、何も敷いてない床板を、やかましく踏み鳴らした。

するとただちに手前の部屋の内から、荒々しい男の声がして、スリッパを履いた跫《あし》音《おと》が床の上に聞こえたかと思うと、やがて閂を激して抜く音がして、勢いよくドアが開いた。私は開いたドアの奥に、汚れた寝着を着た鼠使いを見た。けれども見たというのは、ほんの一瞬間で、彼は私たちを見るととっさに激しくドアを締めかけた。巡査がその閂を押し開けて、勢い込んで室内に飛び込んだ。鼠使いは寝台を飛び越え、次の部屋に隠れて、内から閂をおろした。

「さあ大変だ、今度はちょっと厄介だ」とミラーがいった。

ミラーの言葉は本当だった。そのドアを開けようとすると、突然ズドンと一発、鼓膜が破れるような音がして、ドアに一つ穴が開いた。

巡査たちはその穴から部屋の内に向けてピストルを撃った。唸るような物音、ガチャンと瓶の粉砕する音なぞが続いて起こった。巡査たちが脇に除《よ》けると、内からドアめがけて、むやみに発射するので、見るまにドアが穴だらけになった。

その間にミラーと、ソーンダイクと、私の三人は跫音を忍ばせて手前の室を出て、次の室のドアを外から、三人一時に力を込めて押しかかった。偉大な男が三人力を合わしたので、さすがのドアも蝶番が毀れて内側に倒れ、三人は部屋の内によろめき込んだ。

その瞬間は私たちに取って、危機一髪という時であった。私たちがよろめく足を支えようとする間に、鼠使いはピストルでミラーの顔を狙《ねら》った。ソーンダイクはドアが倒れた勢いで、部屋の中央までよろめき込んだが、すかさず鼠使いのピストルを下からうんと握り締めたので、弾丸は天井にあたって、バラバラと漆喰《しっくい》の雨が落ちた。すると、敵もかなわぬと見て取ったものか、急に態度を変えて、ピストルはソーンダイクの手に残したまま、部屋の隅に駆け寄ってテーブルの上に幾つも並べてあるブリキの円筒の一つを取ろうとした。が、ちょうどこの時、後からソーンダイクが追いついて、彼の手が円筒に触れぬ間に、寝着の背を摑んで、うんと後に引っ張った。ミラーも駆け寄って彼に組みついた。そこに猛烈な格闘が始まった。鼠使いは腕と、足と、歯を使って、さながら野猫のように狂暴にたけり狂って、なおも一同をテーブルの方に曳きずって行こうとした。

ところがこの時、だしぬけに一発のピストルの音がして、一同がしんと急にしずまり返った。故意か偶然か、鼠使いはソーンダイクの手からピストルを奪って、引金に指を触れ、自分のこめかみを撃ったのだ。

「まあよかった！」とミラーが立ち上って額の汗を拭いた、「危ないところだった！もしあなたがお止めにならなかったら、みんなのろしのように吹き飛ばされるところでした！」

「じゃあの円筒は爆弾ですか？」と私が訊ねた。

「いつだったかちょうどこれと同じ円筒を二つ、私が中央郵便局から取り去ったことがありますが、内を調べて見ると火薬が詰めてありました。それからあの戸棚に並べてある四角な奴は、ラザフォード銀行の貴重品室から取り出したのと少しも違っていません」

　話しながらドアの方を見ると、驚ろいたことに、下で見た女がいた。女は牛乳のびんを手にして、死闘のあとを怖ろしそうに見つめていた。ソーンダイクも気づいて、女の方へ歩みよっていた。

「この家に病人がいますか？」

「へい」と女は死者から目をはなさずに答えた。「二階に病人の紳士がいますだが、私には見せないで、あの男が看病しておりましたです」と曲芸師の方へ頭をしゃくった。

「二階へ行って病気の紳士を見ましょう」とソーンダイクがいった。「ミラー君はこない方がよい」

　二階には、死にかけの病人がいた。チフスだった。そしてベッドにはしらみや蚤がうじゃうじゃしていた。

「この事件の全体の意味は僕にもたいていい想像がついた」と家に帰る途で私がソーンダイクにいった。「けれどもなぜ君が二つの事実を結びつけたか、それが了解できないんだよ」

「まず理窟を考えて、それから二つを結びつけてみるのだ」とソーンダイクが説明しはじめた。「出発点はラベージ氏が持って来たアルミニュームの箱であるが、あの中にはいっていたしらみ、蚤のガラス管は、いろんな疑問を起こさせる。なるほど、君がいったように、昆虫学者が採集したものと思えば思えぬ事もないが、しかしよく考えてみると、そうでないことが分る。蚤は生きていた。あのガラス管の一方に、穴を開けた覆いがしてあったところを見れば、蚤を生かして置くのが目的であるに違いない。しらみは死んでいた。しらみは食物がないとすぐ死ぬ。君が気づかなかった驚ろくべき事実はあの蚤は普通の蚤ではなくて、アジア産の鼠の蚤ということなんだ」

「それには気がつかなかった」と私が白状した。

「それからまた、あの羊皮紙の覆いには、アニシードの香がつけてあったが、このアニシードという奴は、鼠の大好物なんだ。アニシードの匂いさえすれば、どんな鼠でも集まって来る。けれども蚤に取っては、なんでもない。ではなぜあの羊皮紙にアニシードの匂をつけたのだろう？　この疑問に対する答えはすこぶる奇抜なものではあるが、他に適当な答えが無い以上、この答えを仮定として推理を進めるよりほかない。答えはこうだ。もしこのガラス管を鼠に与えるなら――たとえば鼠の孔の口にでも落してやるなら――鼠はアニシードの香に惹かれて、その覆いを食い破るに違いない。

するとそこから蚤が飛び出して、鼠にたかるという順序になるのだ。つまり換言すればあのガラス管の目的は、鼠の蚤を散布するためなのだ。

「では何が目的で、鼠の蚤を散布するのだろう？　この疑問はまた驚くべき事実を思い起こさせる。ガラス管の中には鼠の蚤と人のしらみがいて鼠の蚤はペストを、しらみはチフスを伝播するのだ。だから鼠の蚤やしらみを散布するということは、悪疫を散布することになるのだ。

「ここでちょっと、あの地図のことを考えてみたまえ。あの地図に鉛筆で輪を描いてあったところは、下級の外国人ばかり雑居している貧民窟ばかりだ。そして貧民窟には鼠がたくさんいる。又しらみがいる、ここでまた符合が得られた訳だ。それからセルロイドにａｂ＋－の記号をして数字を書いてあったが、あの数字は、地図の数字が示す地方を意味するもので、ａは鼠ペスト、ｂはしらみチフス、＋はその地方で悪疫の散布に成功したこと、－は成功しなかった事を示している。これは非常に想像を逞しくした説のようだが、しかしこれが最も合理的な解釈なんだ。

「ここまでは僅かな観察を基として作った仮定であるが、この仮定が事実に証明されるかどうかは疑問である。これを事実に証明しようと思えば、あの蚤が悪疫を持っているか、どうかということを調べてみなくちゃならない。で僕は一つのガラス管から、一匹ずつの蚤を取って、ハフキン氏の鍾乳石試験してみたら、確かに悪疫のバチルスがある事を発見した。しらみでも同様だった。だから僕の仮定には間違いがなかったということになる。

「次に為すべきことは、ガラス管の持ち主を探すことだ。地図には鉛筆で輪が描いてあったが、この輪は多分、鼠に関係ある地区だと想像される。

「そこで僕は輪の描いてある地区に出かけて、土地の人と、鼠を捕る人や、鼠の穴や、下水掃除人や、とにかく、鼠に関係あるいろんな人と話をしてみた。するとある男が大道興業師の鼠使いの話をしてくれた。ここまで話せば、君にも後はすぐ分るだろう。僕は間もなくその鼠使いを発見した。そして彼が馴れた白鼠ばかりでなく、悪疫伝播に最も適当した黒鼠を飼っていることも発見した。あの空地に一匹の鼠が死んでいたが、試験してみると、その鼠は、悪疫で死んだことが分った。最後にポールトンがあの男の指紋を取って帰った。これが調査の結末になった。そのうえ役所に行って聞いてみたら、近頃場末に悪疫が非常に多くなったということも分った」

「市役所は悪疫の防禦には努めなかったのか？」と私が訊いた。

「当局はロンドンドックが悪疫の根源地だと思ったものだから、盛んにその方面の鼠を捕ったそうだ。狂人のような犯人が病毒を伝播していたことなんか、ちっとも知らなかったのだ」

「では君は悪疫伝播を企てる男が銀行放火を思いついた理由をどう考える？」

「それは僕にも確実には分らなかった」とソーンダイクがいった。「ただ推理を働しただけだ。だって、考えてみたまえ。二つの犯罪は殆ど同じだ。一つの型が二つに変化したものに過ぎない。二つとも社会の敵であるところの、狂人に近い、道徳観念のない男の、病的な破壊を好む心から出発していることが分る。ただ一つの実際的の手がかりは、ピルチャーの手紙であった。あの奇妙な字体は、地図とセルロイドに書いた字体そのままであった」

「鼠使いはなぜ自分で悪病に感染しないで済んだろう?」

「多分一度ぐらい感染したことがあるかもしれぬ。清潔にすればチフスはさけられ、ペストはハフキン氏悪疫予防法を講じ、自分方の女にもそれを勧めていたかも知れぬ」

この事件はこれでお終いだが、私は話を終る前に、ソーンダイクが市役所から莫大の報酬を貰ったことをつけ加えて置かねばならぬ。

「これを受け取るだけの事は僕等もしたつもりだ」とソーンダイクがいった。「しかしラベージ氏も分け前にあずかるだけの資格はあると思う」

果してそれから二、三日して温顔のラベージ氏が市役所から貰った報酬を持って訪れ、ソーンダイクからこの事件の意外の報告を聴いて帰ったが、帰る時には聖フランシス老猫院の寝床や、小屋や、籠を購うべき寄付金をポケットに入れて喜びに顔を輝かしていた。

空室　マーキー（伴大矩訳）

マーキー

経歴不詳。

【底本】『新青年傑作選　4　翻訳編』（立風書房、1970年）

一

　華やかな国際都市パリは、今仏蘭西《フランス》植民大博覧会の開会を前に、湧《わ》きかえるような昂奮と殷賑《いんしん》の裡《うち》に包まれていた。

　世界の隅々から、幾十、幾百万の見物人が、あたかも、甘いものにたかる蟻群《ぎぐん》のように、この輝かしい国際的催物をめざして、陸続と蒐《あつま》って来た。

　そうした幾百万人のお上りさんのうちに、地球の向側の天津《テンシン》から、遙《は》るばるやって来た名もなき二人のアメリカ人がいた。二人とも女だが、その中の一人は、始終落ちつきのない鼠色の瞳をして、梳《くしけず》りにくい灰色がかったブロンドの頭髪《かみ》で、美しい生きしきた若い女。そしていま一人の連れの女は、やはり同じ色ではあるが、なんとなく憂愁に沈んだ眼つきをした、地味な服装《みな》りの婦人だった。

　永い間、東洋で、プロテスタント派の伝道に従事していた宣教師の未亡人、ヘンリイ・テイバー夫人の眼は、今までに多くの悲愁な事物をみてきてるだけに物珍しい周囲の風物に眼をみはらなかった。それでも、初めて汽車の窓からパリの景色を眼《ま》のあたり見る嬉しさに寸時も落着かない娘の様子を見ると、何となく我がことのように思われるのだった。

「マーシァ、お前、荷物は大丈夫かい？　わたしは少し……」

と、テイバー夫人は、娘に声をかけた。

窓外の景色に夢中になっていた娘は、母の方に向きなおり、いたわるような眼つきで、

「あ、お母さん、また頭痛がなさいますの？」

「ええ、ずきんずきん痛んで、前よりか悪いようだわ。あたしはね……」

と、云いかけたが、急に何か思いあたったらしく、テイバー夫人は、言葉の途中で口籠《ごも》った。そしてわざとにっこり笑った。

マーシァは、母の笑顔を眺めて、ホッと安堵《あんど》の胸を撫でた。そしていくらか熱のある母の額をやさしく触ってみたが、こうした頭痛の起ることは、ほとんど持病とでも云っていいくらい周期的な徴候だったので、母の病気がひどくならないで、長い間憧憬《あこが》れていたパリ見物が心行くまで出来ればよいと、それればかり祈るのであった。


列車がプラットフォームに辷《すべ》り込むと、そこへ番号の付いた制服の赤帽が蝟集《いしゅう》した。そのうちの、特にめだって鰐足《わにあし》の赤帽が、テイバー夫人と娘マーシァの手荷物を取って、意気揚々と群衆を押しのけながら、二人を税関の方へ案内した。そして通関すると、その赤帽は、すぐまた手荷物を抱えながら母娘《おやこ》を、ガール・ド・リヨンの降車口

の自動車溜りに案内した。

　鰐足の赤帽は、テイバー夫人の一番大きな荷物をもち上げて、自動車の運転手台に放り込んだ。こうしている時、四周《あたり》に眼を配っていたマーシァは、停車場から出て来て、自動車溜りの方へ駈けて行く二人の紳士の姿を、ちらっと見た。何とはなしに、それが目をひいた。一人は、取るに足らない老人であったが、他の一人は、背《せい》のすらりとした黒眼の青年で、彼女の若い視線を惹かずにおかなかった。話し合っている訛《なまり》から考えると、二人とも彼等同様アメリカ人に違いなかった。

　ところが、その青年は、何と思ったのか、いきなりテイバー夫人の雇った自動車に乗り込んで、頻《しき》りにフランス語で運転手に話しかけた。が、運転手から、自動車を間違えていることを注意されると、初めて恐縮したような、顔つきをして、ふたたび自動車から降りたが、その瞬間、ふと、マーシァの視線を捕えて、その青年は、帽子を取っててていねいに詫び言を囁いた。これは、ほんの一分間の出来事であった。

「おい、クロード、ぐずぐずすると遅れるよ。」

　青年と連れ立った老人が、苛立《いらだ》たしそうに青年に呼びかけた。

　青年は、おとなしく老人の方に駈け寄ったが、マーシァは、意外な場所で、見ず知らずの青年から言葉をかけられた軽い驚きと、昂奮に胸の高鳴りを覚えた。微かな溜息さえもらした。

「マーシァ、あたし達、二三日ぐらいは贅沢《ぜいたく》をしてられるけど、そう長く見栄が張れないんだから、二三日もすれば、どこかで安い下宿屋を探さなければならないよ。」

独り言のように、テイバー夫人は、そう呟《つぶや》きながらマーシァの顔を覗きこんだ。そして運転手に向って、オペラ街にあるミネルヴァ旅館を名指した。自動車が動き出すと、彼女は、突飛な提案をした。

「ねえ、マーシァ、旅館の部屋は、二室つづきのに泊らない？　あたし、頭痛がとてもひどいんだから。」

そして、彼女は、落ちついて寝たいために、自分一人の部屋を取ろうと、言葉を続けた。

ミネルヴァ旅館の帳場に控えていた番頭は、テイバー夫人とマーシァが、部屋の注文をした時、頭を掻きながら、当惑そうに、

「誠にお気の毒でございますが、二部屋つづきの室は、折悪しくただ今塞《ふさ》がっておりますので、シングル・ルームでは、いかがでしょうか？　シングル・ルームでございましたなら、五階に一ツ、七階に一つずつあいておりますでございます。」

テイバー夫人は、仕方なく軽く頷《うなず》いて、自分の名前を宿帳に書きつけた。マーシァもまた、すぐその下の行に、学生らしい垂直な文字で署名した。薔薇《ばら》色の頰をしたベル・ボーイが二人を案内して、エレベーターで五階へ登った。あらゆる印象に生き生

きしているマーシァは、案内されている間、四周《あたり》の物事に、異常な好奇の心を動かしていた。ベル・ボーイの可愛らしい桃色の頬にも、彼女の注意を惹くことを忘れなかった。それのみならず、彼女は、案内された五百十三号室に、タオルを持って来た、瘦《や》せぎすの小間使や、恐ろしく贅沢《ぜいたく》な家具に驚きの目を見はるのだった。

「マーシァ、まだ五時になったばかりなのだから、どうだろう、七時頃まで休んだら？　それから夕食をしましょうねエ。」

と、母親に呼びかけられて、マーシァは、ハッと我に返った。

「ええ、ママ、そうなさい。そうすれば頭痛も治るでしょう。」

マーシァは、そう答えて、母が横になるのを見届けて、自分の部屋へ出て行こうとすると、そこへちょうど、ボーイが、水差をもって来た。彼女は、廊下に出て、母の部屋の番号である「五一三」号を銘記した。それからボーイの後に跟《つ》いて、七階の自分に当てがわれた部屋の前に立った。

部屋の番号は、「七一三」だった。母の部屋の番号にも、不吉な十三という数字が付いているのを思い出して、彼女は、ふと、その場に立ち塞《ふさが》った。

「でも、あたしは御幣《ごへい》なんか担ぎはしないわ。」

と、独り言のように呟いた。そして水差に水を入れて持って来るように命じた。

親思いの彼女は、母の云った言葉通り、夕食までの時間を利用して、ゆっくり休もうとした。けれどもどういうわけか、少しも寝付かれなかった。と、そこへ、ボーイが水差を運んで来てくれたので、彼女は、コップに水を注いで、グッと一と呑みにしてから、窓際に近寄った。

今まで昂奮していた彼女の神経は、一杯の水でいくらか鎮まった。気持が落ちつくと、急に眠気を覚えて来た。彼女は、椅子に凭《もた》れて、うとうととまどろんだ。そうして、鰐足の赤帽、林檎《りんご》色の頬をしたベル・ボーイ、痩せぎすの小間使、まるまると肥った自動車の運転手の顔が、活動写真のように、夢に現われて来ていずれも何事かを、彼女の耳の側《そば》で囁くようだった。

と、いきなり背のすらりとした黒眼の美青年が、ステッキを振りながら現われた。

「おや、クロード！」

と、思わず叫んだが、次の瞬間、クロードの姿が消え失せてしまった。

「あッ！」

マーシァは、悪魔の群が、どこからとなく忽然《こつぜん》現われたので、ぎょっとして眼を醒《さ》ました。

（夢だったのだわ。）と彼女は、初めて驚怖に戦《おのの》いていた緊張からぐったりなった。自分の体が、ベッドの上に横《よこ》たわっているのに気が付いて、ほっと安堵した。

それから彼女は、ようやく頭のうちに明晰さを取り戻したが、その時、またしても、マーシァは、一つのショックを受けた。

彼女は、四周《あたり》を見廻わして、初めて部屋の中の暗くなっていることに気がついた。たぶん九時頃になっているのだろう。もっと遅い時刻のようにも思われた。事実、枕もとに置いてあった腕時刻の針はなんと十二時を指しているではないか？

真夜中！

（おや七時間も寝過したのだわ）と、直感すると、なぜ七時の夕食に、母が来なかったのであろうか？

何とも云えない不吉な予感に襲われたマーシァは、電気仕掛の人形のように、いきなりベッドから跳《は》ね上ると、電気を点《とも》して、衣装を着けるが早いか、あたふたと廊下に飛び出した。

廊下は、森閑として、あたりに咳《せき》払いさえ聞えなかった。エレベーター・ボーイが、眠そうに欠伸《あくび》しているのを見ると、彼女の腕時計の針が指していた時刻に間違いないようだ。彼女は、五階で停止したエレベーターから、ひらりと飛出した。

そうして「五一三」号室の扉《ドア》を叩いた。しかし内からは答えがなかった。コツコツと、彼女は、一層ひどく叩いた。

（お母さんは熟睡なさっているに違いないわ）と、思いながら、こんどは扉の把手《ハンドル》を廻した。

扉は、わけなくスウーと開いて、マーシァは、室の中に足を踏み込みながら、

「おっかさん、あたしなの、マーシァよ。」

と、寝ているであろう母に言葉をかけた。

けれども、部屋の中は、森閑として、人の気配がしなかった。彼女は、無意識に電気のスイッチを捻《ひね》った。

「あッ！」

その瞬間、彼女は、手の甲を口に当てながら、無意識に、扉の方に後ずさりした。あまりの驚愕《きようがく》に、言葉が咽喉《のど》元に詰ってしまった。さつきから襲われていた不吉な夢の怖しさに、彼女は、ただ「あッ」としか叫べなかった。

母の室は、がらんとして、まったく藻脱《もぬ》けの殻《から》だ。しかも、なんとベッドも鏡台も椅子も机も敷物も取り出されているではないか！　更に驚くべきことは、窓際に垂れ下っているべき帳《とばり》もなければ、シェードもなく、壁間《へきかん》にかかっていた額縁も剝ぎ取られて、部屋の中は、文字通りのがらんどうとなっているのだ。

彼女は、廊下の外に出て、扉の番号をよく改めた。部屋の番号は確かに「五一三」だ。彼女は、あたかも、頭に一撃を加えられ、くらくらと眩暈《めまい》がしたかのように、ふらふらしながら廊下を歩いて往くと、ふと、母の部屋にタオルを運んで来てくれた痩

ぎすの小間使に、ばったり出会《であわ》した。

その瘦ぎすの小間使の真面目くさった顔をまともに見た刹那《せつな》、彼女は、催眠術にかかった人間が、鋭い拍手の音に正気づくように、初めて我に返った。彼女は、母の部屋の番号を見誤ったのではないかと呟《つぶや》いた。

「あたしのお母さんの部屋、五百十三号ではなかったのかしら？　四百十三号か、それとも六百十三号ではなかったかしら？」

瘦せぎすの小間使は、素気《すげ》ない身振りで、

「お嬢さま、妾《わたし》は、あなたのお母さまのお部屋を存じません。それにお目にかかりませんのでございますよ」

マーシァの、柔和な碧《みどり》の瞳が、見る見るうちに異様に光った。

「あたしの母を知らないいんですの？」

彼女の言葉は、緊張していた。

小間使は、マーシァのあまりの熱心さに、いささかびっくりしたようだったが、物腰やさしく、

「いいえ、あなたのお母さまにはお目にかかりませんのでございますよ。」

と、繰り返した。

マーシァは、廊下をエレベーターの入口へ向って飛ぶように走って行った。

「早く降して下さい！」

彼女は、運転手の顔を見て、「あたしの母さんの泊っている場所を知ってる？」と、口早に訊ねた。

エレベーターの運転手は、まるで狐《きつね》につままれたように、ぼんやりとマーシァの顔を見た。彼女は、自分の胸のうちの驚きに対する、運転手のこともなげな態度に、腹立たしくもあり、また泣きたくもあった。

「最初、あたしと母をエレベーターで上げて下さった時には、何階で停めてくれたの？」

と、彼女は、突き込んだ。

「七階へ御案内致しましたよ。」

運転手は、やっとこう云った。

「でも、一番最初に母と一緒の時のことをお訊ねしているんですよ。その時は何階で下ろしてくれましたの？」

運転手は、両肩を竦《すく》めながら、

「七階でございます。その時はお嬢様おひとりでございましたよ。」

マーシァは、顔を顰《しか》めてちょっと考えた。そして、エレベーター運転手には、目もくれず、後方《うしろ》に振り向くと、あたふたと廊下を走って部屋係の番号の前に立ち止った。

「阿母さんはどこへ行ったんです？」

彼女は、ほとんど泣き出さんばかりだった。しかし、その番頭は、五時頃、マーシァの部屋を決めた部屋係ではなかった。彼は、不審な顔を、マーシァに向けて、

「お嬢さま、阿母さまとおっしゃいますけれど、なにぶん、お名前をお知らせ下さらなくては――」

しかし、マーシァの耳には、もはや、そんな悠長な質問がはいらなかった。

「支配人はどこです。支配人を呼んで下さい！」

「おあいにく、ただ今部屋に退《ひ》けております。たぶん、就寝中でございましょう。」

「起して下さい。あたし支配人に会いたいんです。大変なことが起きたんですもの。」

と、彼女は、ほとんどヒステリックになる気配が見えた。

番頭は、すこしの間、考えこんでいたが、

「はい、かしこまりました。では、支配人をお呼び致しましょう。お嬢さま、どうぞしばらくの間腰をおかけになって下さい。」

しかし、マーシァは、椅子に坐らず、苛立《いらだた》しそうに、その場に立っていた。

一方、支配人は、まだ寝床に入っていなかったらしく、間もなく、笑顔を作ってやって来て、マーシァの前で、慇懃《いんぎん》にお辞儀をした。支配人の名は、シュパン――ジャン・シュパン――だった。

「お嬢さま、何か御用でございますか？」

マーシァは、自分の昂奮を極力自制しながら、「あたしは、母と一緒に、今日五時ガール・ド・リヨンに着き、すぐその足で、この旅館に来たんです。母は「五一三」号室へ、あたしは「七一三」号室を当てがわれましたが、夕食までには、まだだいぶ時間があるので、七時頃まで休むことにしたんですが、あたし寝過してしまって、」

マーシァの声は、にわかに甲高《かん》くなった。「眼が醒めてみると、阿母《おつか》さんがいらっしゃらないんです。お母さんの部屋の中が藻ぬけの殻《から》になっているんです！」

彼女の胸は、息苦しそうに動いた。

「しかしお嬢様、それは何かお間違いじゃございませんでしょうか」と、シュパン支配人は、ていねいに言葉を続けた。「とにかく、さっそく、調べましょう。失礼でございますが、御名前は？」

「マーシァ・テイバーですの。あたしの母の名のすぐ下に署名してあります。」

シュパン支配人は、肥った指先で、宿帳のページを操った。

「はあ、ございました。確かに、お名前はマーシァ・テイバーさんでございますね。お部屋は七百十三番となっております。」

と、云ってシュパン支配人は、彼女の方に振り向いた。彼女は、不審そうにシュパン支配人の拡げていた宿帳を見て、思わず手を額に上げた。なぜなら、彼女の署名したラインのすぐ上には、何と名前不詳のフランス人の名前が署名されてあるではないか。彼女の母の名前が書き付けられてあるはずなのに。

彼女は、いきなり、ふらふらとなって倒れかかった。シュパン支配人は、抱くようにして、

「お嬢さま、どうぞおかけ下さい。」

と、云って彼女の腕を支えた。しかしマーシァは、

「いいえ、いいえ、警官を呼んで下さい。アメリカ領事を呼んで下さい！」

と、支配人の手を払いのけて叫んだ。が、それきり彼女は、その場に失神してしまったのであった。

二

正気づいた時、彼女は大きな応接室の真中にある安楽椅子に横《よこたわ》っている自身を発見した。そして、彼女の四周《まわり》には、見知らぬ人々が物珍しく彼女を見守っているのだった。

と、どこからとなく、彼女の耳に声がした。

「テイバーさん、お気持は良くなられましたか？」

彼女は、一生懸命に自分の知能を取り返そうとして眉を顰《しか》めた。

「テイバーさん、まあ、おせきにならないで。」

と、またしても声がした。

その声は彼女がいつだったか、どこかで聞いたことのある声だったが、急には思い付かなかった。しばらくの間、彼女は、唇を噛んで考え込んでいると、

「クロード!」

咄嗟《とっさ》に、上を眺めた拍子に彼女の視線は、はからずも、彼女の記憶にやっとはっきり蘇返《よみがえ》ったクロードの黒い瞳にぶつかった。ぎょっと、軽い驚きを感じながらも、優しそうに眺めるクロードの視線に接して、マーシァの胸には、何とも云えない嬉しさがこみ上って来るのだった。

「停車場で見た女!」

クロードも、思わず叫んだ。

こうした昂奮と混雑の瞬間でさえ、彼女は、彼女の名前を記憶している青年が、すぐ傍に立っていることを、はっきり意識せずにいられなかったし、それだけ、また彼女は嬉しくてならなかった。

クロードと呼ぶ黒い瞳の青年は、やがて以前よりも改まったようすになって、

「僕はクロード・ウィレットと云ってアメリカ領事官の者です。何かお役に立とうと

思って、やって来たんです。」

「えッ！　あたしあなたのお助けをお願いしたいのです。」

と、彼女は、急に元気づいて云うのを、彼は遮って、

「実は、あなたのことについてお尋ねした結果、事件の解決に、何らかの曙光を与えてくれそうな人々が、ここに集っているのですが、あなたの御気分は、いかがですか？　お話しになれるでしょうか？」

「ええ、もう大丈夫ですわ。……あたしの母のことなんです。」

と、彼女は、飛び上るようなようすで云ったが、すぐクロードからの返事がなかったので、

「御承知の事でしょうが、あたしは、母と一緒に停車場に着いたんですの。」

と、彼女は言葉を付け足した。

その時、四周《あたり》に集っている人々の間から、一人の男が前へ出て来た。彼女の注意は、たちまちクロード・ウィレットの方から、その人の方に惹かれた。ウィレット青年もまた、襟《えり》に薔薇結びを付けている威《い》かめしい風采をした、その男を、マーシァに紹介した。

「マーシァさん、実は、この旅館の支配人の依頼で、警察署長アルマンさんを呼んで頂いたようなわけですよ。それにアルマン署長は、表立たずにいろいろ御心配になっ

て、あなたや――」

「あたしの母に会った方々をですか?」

「そうです。あなたやあなたのお母さんに会った人々、たとえば停車場の赤帽、運転手、この旅館のベル・ボーイなどを、ここへ参考人として集って貰ったようなわけです。」

クロード・ウィレットは、そう云って、数名の参考人が四周《あたり》に集っている理由を、マーシァに説明した。

彼女は、やや安心して、

「そう? では、あたしこの方々におたずねしてみたいのですけど。」

と、云って、傍に立っているシュパン支配人に、林檎《りんご》色の頬をしているベル・ボーイを呼んで貰った。彼女は、無邪気なベル・ボーイの顔を、まともに見つめながら、

「あなた、妾《わたし》を覚えてるでしょう?」

「はア」

「それで、妾を何番の室に案内してくれたの?」

「七百十三号室でございます。」

「それは判ってるの。その以前に、あたしの母と、あたしを何番の部屋に案内してくれたの?」

と、彼女は、すぐさまベル・ボーイに突込んだ。しかし、青年は、無言でしばらくの間、考え込んだ。彼女は、息をこらえてボーイの返答を待った。

「奥様は、お一人で七百十三号室へお上りになりました。」

と、ボーイは、勇敢に答えた。

マーシァは、またしても絶望的な気持になりかけた。どうしてこれらの外国人は、見え透《す》いたような嘘を彼女に向って吐くのだろうか、と彼女は考えずにはいられなかった。

そこへクロード・ウィレットが、

「あなたは、駅の赤帽と自動車の運転手を御存じですか？」

「ええ、見覚えがありますわ。」

彼女の言葉と前後して、周囲の人々の間を押しのけて、がっちりした赭顔《あからがお》の男が現われた。

「あなたがあの時の運転手さんね？」

と、彼女は、いきなり叫んだ。運転手は、無言のまま軽く点頭《うなず》いた。

「あたしがあなたの車に乗った時、誰と一緒だったか覚えているでしょう？」

「あなたお一人でしたよ。どなたとも御一緒ではございませんでした。」

運転手の答は、いとも素直であった。マーシァは、あたかも、頭を強く撲《う》たれたかのように、運転手の言葉を聞いて、ふらふらとその場に倒れそうになった。

「あなた、あたしを気狂《きちが》いとでも思ってるの？」と、彼女は、くるりと向き直って、四周《あたり》に立ち塞っている人々の顔を口惜しそうに眺めた。そしてクロード・ウィレットの方に向いて、

「でも、クロードさん、あなたは、妾《わたし》を気狂いとお思いにならないでしょう？」

「いいえ、もちろん、そんなこと……。」

と、彼は、用心深い答をした。

クロードは、やがて最後の参考人を呼んだが、質問は、警察署長のアルマンが試みた。

「お前は、このお嬢さんの荷物を運んだ赤帽だろう？」

鰐の赤帽は、マーシァの顔を、つくづく見つめていたが、やがてアルマン署長の方に向き直った。

「は、帽子をお被《かぶ》りになると、ちょっとお見それ致しましたが、確かにこのお嬢様だったと存じます。」

「そうです、この人が私と母の荷物を運んだんです。」と、マーシァも、傍から相槌《あいづち》を打った。

「それでは、このお嬢様のほかに誰かお連れがあったろうね?」

「いいえ、お一人で」

鍔足の赤帽が、云い終らないうちに、マーシァは、鋭い声で、

「みんな、あっちへ行って下さい。」

と、吐き出すように言い放った。そして、クロード・ウィレットの手を取って、二三歩前に進みながら、

「クロードさん、この人たちに、あたしは母と一緒であったと、おっしゃって下さい。どうしてみんなは、あたしを馬鹿にするんでしょうかしら?」

しばらくの間、彼等の間に、沈黙が流れた。が、やがて口を切ったのは、アルマン署長だった。

「ウィレットさん。あなたはどうお考えになられますか?」

こう云われて、クロード・ウィレットはびっくりした。彼は、意外にも、急所を突かれたように、すぐには答えようがなかった。彼は、マーシァの方を、横目で見ながら口籠《ごも》った。

「ぼ、僕は、はっきりと……」

「ほう、そうおっしゃると、つまりこの方は、お一人で停車場からお出《いで》になったのですね?」

「はあ、僕は」と、クロードは、きまり悪そうに、ちょっと、眼を下に落しながら、「僕は、マーシァさんが、お母さんと御一緒だったと申上げたいのですが」と、云ったあとしばらく躇《ため》らって「けれども、やっぱりテイバーさんは、お一人でいらっしたようでした。」

と、続けたが、その刹那《せつな》、マーシァは、

「あなたまでが⁉　失礼なッ……」

と、怒りに燃えて、まるでヒステリックな声で叫びながら、いきなり、クロードの胸倉に、突っかかって来たが、そのまま彼女は、失神したように、ふらふらと卒倒しかかった。クロードは、咄嗟《とっさ》の間に、彼女の体を、両腕で支え、単独《ひとり》で、ぐったりした彼女を抱えて、ロビーからエレベーターに入り、やがて七階の彼女の部屋にはいり、優しくベッドに寝かしたのだった。

三

植民大博覧会の閉場式が行われて間もなく、クロード・ウィレットは、パリのアメリカ領事館でかつて、マーシァの自動車に誤って乗込んだ時一緒にいた老人の事務室で何事か話し合っていた。

「またテイバー事件かね？」

「そうです。」と、クロードは、事もなげに答えた「僕は、あの事件を迷宮に入れたままにしておきたくないのです。例のテイバー嬢の病気も、ほとんど全快して、療養院から退院して、パリに帰って来るそうですが、僕は一度、彼女に会って話したいと思っているのですが。」

「迷宮入りだって、君は云うけれど、事件は、とうの昔、解決しているではないかね。問題は、あの女の錯覚ということで解決している。つまり、巴里《パリ》に到着する以前、彼女は母を失って、急に精神に異常を起したに違いないではないか？」

「でも、巴里在留のアメリカ人が発狂したなんてことになると、問題が重大ですよ。とにかく、この事件に幕を下ろす以前、ぜひ一度僕は、あのテイバー嬢に会いたいのです。」

老人は、しばらくの間、無言のうちに、机の上をペンでコツコツ叩きながら、クロード青年の顔を凝視《みつめ》ていたが、やがてその話題を転じたいような口振りで、

「クロード君、君は、いやにこの問題を気にしているのだね。この夏中、ほとんど口癖のようにしていたが、聞くところによると君は、テイバー嬢を見舞に、たびたび病院を訪問したそうだね。元来、儂《わし》は、君の将来のことについちゃ相当の責任を持っているのだが、外交界で出世するには、方面違いの女などに、関心を持っちゃ黙目だか

ら、その点は、特と考慮して貰いたいのだ。」

「と、おっしゃると、もし、僕が、あんな気狂い女と結婚するようだったら、外交界から引退しろという意味なんですか。」

クロード青年は、老人の言葉を待ったが、老人は、口を緘《かん》していた。

「ところで、もしもテイバー嬢が、当り前の婦人で、精神には少しも異常のないことが確証されたなら、そしてまた別に反対がなければ、将来の外交官の夫人に迎えるのには、御異存はないでしょうな？」

老人は、ちょっと咳《せき》払いをして、口籠りながら、

「いや、その場合には、また話が違うだろう。無論、反対するはずはなかろう。テイバー嬢の身許にしても、別段、悪いというわけではないからね。」

「それは、僕もよく承知しているんです。そう云ったからとて、僕が気狂い女と結婚するなんてことは絶対ありませんよ。事実、僕がテイバー嬢と結婚する心配は無用ですよ。」


その夜遅く、クロード・ウィレットは、サンラザール停車場のプラットフォームで、郊外列車の辷《すべ》り込んで来るのを待ち迎えていた。夜更けの列車なので、降りた客は、比較的少数だった。クロードは、歩いて来る客のうちに、すぐ当のテイバー嬢の姿を

見出した。

「テイバーさん！　ちょいとお話し申したいんですが？」

と、彼はマーシァの傍《そば》に走り寄った。しかし彼女は、左に右に身をかわしながら、クロードから逃げようとした。

「あなたは、ひどい人ですわ。あの時、あたしを、まるで狂人扱いなどなさって……」

と、云う彼女の前に、クロードは立ち塞《ふさが》って、「ですが、あの時は……」

「あたしに嘘をおつきになったではありませんか？」

「いいえ僕は、少しも嘘を云わなかったですよ。よくわたしの言葉をお聞き下さい。あの時、僕は、あなたがお母さんと一緒だったとは云いませんでした。それは事実なんです。正直な話、ガール・ド・ノール駅で、ふとあなたにお目にかかった時、あなたが、お母さんや、お父さんや、あるいは、お兄妹《きょうだい》と大勢一緒だったか、そんなことを、僕は少しも気づかなかったのでしたよ。ただ僕は、あなただけに見とれていたのでした。」

クロードは、テイバー嬢と一緒に、プラットフォームを降りて、駅の外へ出た。

「あなたどこでお泊りなんですか？」

「あたし、ミネルヴォア旅館へ行きたいんですの。」

「おや！　またあの旅館へ？　なぜあそこへいらっしゃるんですか？」

　クロード青年の質問に対して、マーシァは、紙入の中から青い電報を、彼に手渡した。その電報は、ミネルヴォア旅館から特に彼女に発した招待状だった。

「あたしが気狂いだったかどうだか、今にお判りになるわ。」

と、彼女は、数ヶ月以前の快活さを初めて取戻しながら朗らかに微笑した。

やがて、自動車が、ミネルヴォア旅館の前に止ると、中では例のシュパン支配人が、彼女を待ち設けていた。

　クロード・ウィレットは、マーシァを連れて、シュパン支配人の案内で、広間にはいった。そこには、警察署長アルマン氏を初め、問題の「五一三」号室の奇怪なテイバー夫人失踪事件に関係した人々や、市役所の高官がぎょうぎょうしく控えていた。シュパン支配人は、ていねいにお辞儀をして、マーシァに椅子を提供した。そして彼女が、その椅子に腰をかけると、彼は徐《おもむ》ろに口を切って、

「テイバー嬢」と、始めた。「パリ市及び当旅館並びに拙者シュパン支配人は、あなた様に対して、衷心遺憾の意を表し、あわせて我等の力において能う限りの賠償を致したいと存じます。同時に、もしあなた様が、われわれの経験しなければならなかった事情をお聞きになれば、恐らくあなた様にしても、私どもに対して、御同情なさったに違いないと信じます。そこで、このことについて、お話しを申上げますれば……」

「そんなことは、どうでもいいんですよ。それよりも、妾《わたし》の母は、どうしたんです。

あなたがたは、妾の母のことを御存じではないのですか？」

と、マーシァは、数ヶ月前、しかも同じその場所で起った不可解な母の失踪を思い出し、胸を病《いた》めながら一生懸命に訊ねた。やがて、シュパン支配人は、声を落して、

「お母さまは、お亡くなりになりました。」

マーシァは、いきなりその場に倒れそうになりかかったが、辛じてクロードの強い腕に支えられて、啞然《あぜん》としてしまった。しかし、それも束の間のことで、やがて彼女は、わざと平常の態度を装いながら、

「シュパンさん、どうぞ、母の死亡について本当の事情をお話しになって下さい。」

と、語尾に力を入れた。

シュパン支配人は、ちょっと咳払いをして、やや威容を改めた。

「それでは、これからお話し申上げます。いったい、われわれ巴里人《パリ》ほど、我等の市《まち》を熱愛する市民は、世界広しといえどもほかにはないと思うのでございます。ここにおりまする人々は、みんな生えぬきの巴里人でありますから、もし巴里全市の名誉が嚇《おびや》かされるような場合があれば、全市民が一団となって、その名誉保持のために努力するのでございます。」

シュパンは、そう云って、マーシァの顔を、まともに見据えながら、また言葉を続けた。

「さて、今年六月のことでございます。あなたは、お母さまと御同道で、当旅館にいらっしゃって、二室つづきの部屋をお求めになられましたけれども、折悪しく二室つづきの部屋がございませんでしたから、とにかく、別々のお部屋を差し上げました。お母さまには五階の『五一三』号を、あなた様には、七階の『七一三』号室を、それぞれお願い致しました。それから起きた事件については、たぶん、お記憶になられるでございましょうが、ここにその当時の模様を申上げますると、次のような次第でございます。

あなたのお母さまは、その時、ベル・ボーイに飲水を持って来るようにおっしゃられました。そこで、そのボーイが、水差を持って上った後、あなたを七階のお部屋にお案内申上げましたのでございますが、それと相前後して、あなたのお母さまは、またもボーイをお呼びになられて、至急にお医者を呼んでもらいたいとおっしゃられました。そこで、さっそく、係医《かかりい》のボーヨー博士を差し向けましたのでございました。ところが診察を終えて階下に降りて来た博士は、真蒼《まつさお》な顔をして、何か異常に昂奮されて、一言も云わず、私の腕を引っ張って、私の事務室に入るや否《いな》や、扉《ドア》に鍵を下ろし、更に鍵穴を手で塞いだのではありませんか。私は、ボーヨー博士の気が狂ったのではないかとさえ思いましたが、やがて、低い声で『五一三』号室の婦人は、伝道師ですかと訊ねたのです。

私は、何気なくそうだと答えますと、博士は、『あの婦人は病気だ』と云って、あたかも、弾丸のような速さで、聞くだに怖るべき事実を告げました。『テイバー夫人は、猛烈な伝染病にかかっている』と、博士に云われた時私はあまりびっくりしてその場に倒れそうになりました。しかもここミネルヴァ旅館内に、あの恐るべき黒死病が発生した時の、私の驚きを。実際、私は、その時の気持をどうお話し致していいやら想像がつきません。お嬢さま、たぶんアルマン署長を御承知でございましょう？　アルマン署長は、その時、すぐ御出張なさいまして、咄嗟の間に、故意にあなたをこの大事件の犠牲者に致しますと同時に、あなたのお蔭でこの巴里全市が救われましたのでございます。もしもあなたのお母さまの御病気である黒死病の報道が、全市に拡がりでもすれば、せっかく、植民大博覧会を見物に世界各国から集って来た幾百万の外国人は、一夜にして巴里から逃げ出すことは明かです。それは巴里全市にとっては、償《あがな》い難い大損害でございます。」

シュパン支配人は、ちょっと息をついて、また言葉を続けた。

「さて、その時、私ども当面の難関は、実はあなたでございました。なぜと申しますと、もしもあなたが、あなたのお母様の容体の真相を少しでもお知りになると、勢い問題が表面化する結果とならざるを得ないのでした。ところが、その時、偶然にもあなたは、ボーイに水を持って来るように申付けられたのです。しかもあなたは、ボーイの運んでいった水の中に薬のはいっているのをお気づきにならずにお飲みになった。もちろん、水に混入した薬は、絶対に安全でした。あなたは、水をお飲みになってから、七時間お眠りになられました。その間に、あなたの御母様は、すぐサンラザールの黒死病隔離所に移しましたが、その時お母さまは、すでに人事不省でございました。もちろん、お亡くなりになられた後でも、出来る限りていねいに埋葬式を挙行しました。」

シュパン支配人は、そう云って、手を額にあてながらマーシァの顔を見た。

「いや、よく判りましたわ。でもあの時母の部屋の中が、なぜがらんどうのように空になっていたのですか?」

「あれは、こうなんでございます。あなたは、最初私どもが予想した程、長くお眠りにならなかった結果、私どもが、あの部屋の後片づけの最中に、階下へお降りになられた。もちろん、あのような、猛烈な伝染病でございますから、患者の部屋の物は、全部取りはずして焼棄てなければならないのでした。小間使が、ちょうど、部屋の消毒に取りかかろうとする場合《とき》、はからずも、あなたと廊下で会ったのでございます。そうした突発事件を、すらすらと内密に片づけるには、つまり万全の方法を講ずる必要から、旅館の雇人から、あなたを御存じであろう人々、つまり停車場の赤帽、自動車の運転手、ベル・ボーイ、小間使等をみんなコーチして、芝居を打たせたのでした。」

　こうしてシュパン支配人は、テイバー夫人の奇怪な失踪事件の真相について、一部始終語り終ってから、やっと椅子から立ち上った。その時、今まで緊張して聴いていたクロード・ウィレットが、いきなり起ち上りざま、

「ちょっとお待ち下さい。」と、鋭い声で、シュパン支配人に突っ込んだ。「シュパン君、しかし、あの場合、そんなことをしなくても、何らか別の方法がなかったのですか？」

　彼の語気には、明かに憤恚《ふんい》の情があった。

「いいえ、ウィレットさん。あの場合、別に方法がございませんでした。第一、マーシァさんに伝染しては一大事でしたからね。……でも、お嬢さんは、お母さんの失踪にびっくりなさっただけで、病気が感染していないと判って、私どもは、本当に安堵の胸を下ろしたような次第でございました。」

　と、事もなげに答えるのだった。

南神威島　西村京太郎

西村京太郎　にしむら・きょうたろう

1930年、東京生まれ。1963年に『歪んだ朝』でオール讀物推理小説新人賞、1965年に『天使の傷痕』で江戸川乱歩賞を受賞。1978年に『寝台特急殺人事件』を発表、さらに1981年に『終着駅殺人事件』で日本推理作家協会賞を受賞し、鉄道ミステリー・トラベルミステリー隆盛の立役者となった。2004年に日本ミステリー文学大賞受賞、2019年には「十津川警部」シリーズで第4回吉川英治文庫賞を受賞した。数々のベストセラーを生み出し、その作品の多くが映像化されている。

【底本】『華やかな殺意　西村京太郎自選集1』（徳間文庫、2004年刊）

コノ島ニ昔ヨリヒトツノ宗教アリ　呪詛《マジナイ》ニ似タリトイエドモ時人之《コレ》ヲ信ジ之ヲ喜ブコト甚《ハナハダ》シ　新ニ子ヲ挙グルモノ、農漁ヲオコスモノ、病ニカカレルモノ必ズ物ヲ献ジテ吉凶ヲ問イ啓示ニ従ウ故ニコノ島平和ナリ

（南神威島風土《ふど》細覧《さいらん》）

1

陽は明るかったが、南西の風が強く、海面は白く波立って、二百トン足らずのＫ丸は、南神威島には接岸出来なかった。止《や》むなく沖に投錨《とうびょう》し、島からは漁船が迎えに来た。

島への客は、私と中年の行商人の二人だけだった。

陽焼けした逞《たくま》しい半裸の若者が、漁船をあやつっていたが、波をかぶるたびにギシギシと薄気味の悪い悲鳴をあげ、島は眼の前にありながら、なかなか近づけなかった。

私は、魚の匂《にお》いのしみついた船べりにしがみついていて、吐きたくなるのを堪えていたが、大きな荷物を持った行商人は、平気な顔で、しきりに私に話しかけてきた。

「わたしは、南神威島へはこれで三度目ですがねえ。まあ、何もないところだが、空気はいいし、海はきれいだし、それに、女が開放的でいいですよ。サービスが何とも

いえんですねえ。今、都会じゃフリーセックスとかいってますがねえ。あの島は昔からフリーセックスみたいなもので、特に外から来た人間にはサービスがいいですよ。まあ、一寸《ちょっと》した女護《にょご》が島といったところですかねえ」

男の「ねえ、ねえ」というういい方が、私には耳障りだった。妙にねちねちと絡みついてくるような喋《しゃべ》り方なのだ。私が黙っていると、行商人は、

「あんたさんは、レジャーとかいうやつで、来られたんですか？　今は、離島ばやりだから」

と、私の顔をのぞき込むようにしてきいた。血色のいい赧《あか》ら顔が近づくと、ぷーんとアルコールの匂いがした。私は、男がK丸の船室で、ウイスキーの角瓶をチビチビあけていたのを思い出した。

「仕事です」

私は、胸を押さえながら短くいった。吐気《はきけ》は相変らず続いていたが、どうやら島へ着くまでは、吐かずに済みそうだ。

「仕事ねえ。へえ」

行商人は、感心したような、小馬鹿にしたような、どちらとも受けとれる笑い方をした。私は、そんな相手の視線に反発するように、「僕は医者です」といった。行商人と一緒に考えられては迷惑だという気持もあった。

「島に医者がいなくて困っているということなので、行くことにしたんです」

「お医者さんですか。こりゃあお見それを」

行商人は、大袈裟《おおげさ》に自分の頭を叩《たた》いて恐縮して見せた。そんな仕草が、いかにも悪ずれした商人の感じで、ますます眼の前の男が嫌になってきた。どうせ包みの中の品物だって、ガセネタとかいうインチキ品だろう。私は、精一杯顔をしかめて見せたつもりだったが、行商人は、相変らなず馴《な》れ馴れしい態度で、

「こんな離れ島に、あんたさんみたいな若い先生が来られるなんて、本当に感心しますねえ」

と、下手な言葉で賞めあげた。私は苦笑するより仕方がなかった。何日か前にも、もう少し洗練された言葉でではあったが、同じように、南神威島行を賞賛されたことがあったからである。

私のために開いてくれた送別会の席上だった。恩師のＳ教授が、ひどく感動した表情で、「君のような若い人が、犠牲的精神を発揮して、離島へ行ってくれるのは、素晴らしいことだ」といった。私は、神妙に聞いていたが、正直にいえば、私の南神威島行は、恩師のいうような立派な使命感のためではなかった。

私は、女のことでごたごたを起こし、東京を離れたかっただけのことである。それも、女にヤクザのヒモがついていて脅かされたのだから、恰好《かっこう》の悪い話だった。だか

ら、行先は何処《どこ》でもよかった。外国、それもフランスかドイツあたりに行ければ一番有難かったのだが、それには金もなかったし、行ってから向うで生活する自信もなかった。そんな時に、南神威島で医者がいなくて困っている、給料も悪くないという話を持ち込まれて応じただけのことである。手軽く応じたのは、南神威島という名前から、漠然と、九州南端から沖縄へ向って弓形に伸びる神威列島の中の一つの島だろうと考えたこともあった。青いサンゴ礁《しよう》の海を眺めて、暫《しばら》く暮してみるのも悪くないと思ったのだが、契約を終ってから、改めて地図を見てびっくりしてしまった。神威列島を北から南へいくら探しても、南神威島という名前は見つからないのである。見つからない筈《はず》であった。確かに神威列島には属していたが、この島だけが、まるで他の島から仲間外《はず》れにされたように、南東へ二百五十キロも離れた洋上に、ポツンと浮んでいたからである。勿論《もちろん》、飛行機の便はなく、神威本島から船で十時間以上かかるという。「交通不便な離島のため、風俗習慣が昔のまま残っている。生活は貧しい」と、案内書には、極く短く紹介してあった。民俗学者なら喜ぶかも知れないが、私は、文化果つるところに島流しにされるような気持にさせられた。契約をすませたあとでは、今更断るわけにはいかなかったが、何とか理由をつけて、二年という契約期間内に東京へ帰ろうと考えた。

そして、もっと正直にいえば、魚の匂いのしみついた小舟に揺られ、赧ら顔の中年男にねちねち話しかけられている中《うち》に、私はもう、この南の孤島に来たことを後悔しはじめていた。

2

漁船は、ようやく島に近づいた。

港といっても、小さく切れ込んだ入江で、海底サンゴを敷きつめた入江の水面は、外海から流れ込んでくる潮のために白く泡立っていた。飛沫《しぶき》が、身体に降りかかってきたが、水は温かい。まだ四月下旬で、東京では薄寒い日もあったのに、ここはもう夏だった。

コンクリートの細長い桟橋が見え、二十人ほどの島民が、私を迎えに出てくれていた。制服の駐在巡査の姿が見えたが、男は、その若い巡査を含めて四人だけで、あとは女ばかりだった。女たちは、みんな白いじゅばんに紺がすりのもんぺという恰好で、強い陽差しを避けるために、麦藁《むぎわら》帽子や手拭《てぬぐい》を頭にかぶっていた。

「こりゃあ大変なお出迎えですねえ」

行商人が、ニヤニヤ笑いながら私の顔を見た。が、私は、返事をしなかった。まだ吐気が消えていなかったし、女たちが一様に陽焼けした顔で年齢も定かでなく、魅力も感じられなかったからである。

漁船をあやつっている若者が、桟橋に向って何か大声で叫んだ。その訛《なま》りの強い言葉は、私には丸っきり意味がつかめなかったが、桟橋の女たちが甲高《かんだか》い笑い声を立てたところを見ると、何か彼女たちをからかったのだろう。

若者がロープを投げると、四、五人の女たちがその先をつかみ、船を桟橋に引き寄せた。

ロープは固定されたが、揺れる漁船から一段高い桟橋に飛び移るのは、意外に難しかった。行商人は、大きな荷物を背負いながら器用に飛び移ったが、私は、タイミングを誤って、ぶざまに桟橋の上で転倒してしまった。それを見て、女たちは、明るい、それでいて何処か残酷なひびきのある透明な笑い声をあげた。

巡査が、あわてて私の手をつかんで立たせてくれた。

女たちは、今度は、全員で漁船を浜に引き揚げはじめた。彼女たちは、その作業が楽しそうだった。ロープを引きながら、歌を唄っている。私は、千葉の海岸で、地引網を引く漁婦たちの掛声を聞いたことがあるが、あの荒々しい声に比べると、ひどく間伸びした、ゆったりとした唄い方だった。意味はわからなかった。一つだけわかったのは、女たちが、「マグハイ――」と唄うたびに、若い漁婦が笑い声をあげることだった。どうやら、マグハイというのは、セックスに関係したこの島の方言らしい。

私は、この島の女は開放的でしてねえと笑った行商人の言葉を思い出した。その行商人は、さっさと姿を消してしまっていた。

　私に対しては、長々とした挨拶《あいさつ》が始った。まず、島の村長だという小柄な老人が、深々と私に向って頭を下げ、

「こんな離れ島に、ヤマトからようこそお出で下されました。何もございませぬところですが、ごゆっくり滞在して下されませ」

　と、ひどく丁寧な口調で挨拶した。私は、何となく大昔の宮廷言葉でも聞いているような気がした。ヤマトというのが、最初は何のことかわからなかったが、何度も出てくる中《うち》に、どうやら大和のことらしいとわかってきた。この島の老人は、今でも内地のことを大和と呼んでいるらしい。東京では、時代が狂気じみた早さで動いているのに、ここでは、殆《ほとん》ど停滞しているのかも知れなかった。

　島の小学校の校長だという太った男も、私に向って同じように丁寧な挨拶をした。残ったもう一人の男は、南神威島郵便局の局長で、この初老の男も、「こんなところに、ようこそお出で下されました」と、自分たちの島を卑下したような挨拶をした。この三人に駐在の巡査を加えた四人が、島の有力者ということらしかった。有力者全員が、揃《そろ》って出迎えてくれるというのは、最大の歓迎の印として感謝すべきなのだろうが、私は、桟橋での長々とした挨拶に辟易《へきえき》した。まるでこれは儀式だった。男たちが、挨

拶の丁重さと長さを競っているような気さえした。四月下旬だが暑くてかなわなかった。ここでは、春の季節がなく、今頃の季節を若夏と呼ぶそうだが、言葉は美しくても、陽差しは強烈で、私の腋《わき》の下からは、汗が流れ落ちていた。

三十分近くかかって、やっと彼等の挨拶が終り、私は、集落に案内された。漁船の引揚げをすませた女たちは、甲高い声で何か喋りながら、ぞろぞろと私たちの後からついて来た。方言なので正確にはわからないが、どうやら、私のことをあれこれ品定めしていることだけは確かのようだった。彼女たちはよく笑い声をたてた。私は、次第にいらいらしてきた。この小さな島では、四六時中、彼女たちの井戸端会議の対象にされるのだろうか。

集落に足を踏み入れると、私は、その貧しいたたずまいに改めて驚いた。人口僅《わず》か三百余の貧しい島という知識は持っていたが、これほどとは思っていなかった。神威本島と比べても、ここは段違いに貧しい感じがする。民家は全《すべ》て昔ながらの藁葺《わらぶき》屋根だったし、白っぽく乾いた道路は、歩く度にポコポコと音を立てた。車の姿も見えず、代りに、牛車がのんびりと動いていた。子供たちは、素足《はだし》で歩き廻《まわ》っている。そうした集落の貧しさとは対照的に、空は底抜けに明るく、巨大なソテツ、パパイヤ、アダンなどが、深く豊かな緑を作っていた。まるで、自然が豊かすぎるので、その前で人間がいじけてしまっているように、私には見えた。

私は、集落の端にある診療所に案内された。「南神威島診療所」という看板は、真新しくなっていたが、建物自体は、古ぼけた木造家屋だった。それでも、藁葺屋根ばかりの中では目立つトタン屋根で、近代的な匂いのする貴重な存在のようだった。中に入ってみると、医療器具が不十分なことにすぐ気がついた。小さな個人医の備品より貧しいくらいだった。村長は、何分予算が少なくてと、何度も恐縮して見せた。私が、仕方なしに、これで十分ですよというと、やっと安心したように、皺《しわ》の多い顔に微笑を浮べた。

女たちは、相変らず、窓の向うに顔を並べて、私を眺めていた。子供たちの小さな顔ものぞいている。まるで、これでは檻《おり》の中の動物だなと苦笑した時、ふいに、甲高いサイレンが鳴り出した。途端に、窓の向うに並んでいた顔が消えてしまった。

「一体、何です？」

私が、驚いてきくと、村長が、ニコニコ笑いながら、

「今日は、年に一度の解禁の日でござります」

「解禁？」

私が、もう一度きくと、今度は駐在の巡査が、若いだけに、多少テキパキとした口調で説明してくれた。

「この島には、オオミズナギドリという海鳥の群棲地《ぐんせいち》がありましてね。保護鳥ですが、

今日に限って獲っていいことになっているのです。なかなか面白いもんです。一緒にいかがですか？　先生の歓迎会はその後でということで」

村長や校長も、集落総出のこの行事を、ぜひ見に行きなさいと私にすすめた。娯楽らしい娯楽のないこの島では、今日の解禁が、最大のレクリエーションで、学校も役場もそのために臨時の休みをとるのだという。私は、暑さと、桟橋での長い挨拶で、多少げんなりしていたので気乗りがしなかったが、何度もすすめられるので、不承不承、重い腰を上げた。

島には、標高二百メートル足らずの神威岳があり、オオミズナギドリは、この山の南側斜面に、深さ一メートルぐらいの穴を掘ってそれを巣にする。そのため、土砂崩れが起きたり、樹の根が枯れることがあったりするので、年一回に限って獲ることが許されている。この鳥は、地面からすぐ飛び立つことが出来ず、斜面をヨタヨタ歩いて勢いをつけてからでなくては、飛び上がれない。そのため素手でも捕えることが出来る。そんなことを、山道を登りながら、巡査が手ぶりを交えて説明してくれた。この巡査に限らず、島の人たちは、私と話すときはかなり標準語を使ったが、彼等同士の会話になった途端に、私には意味のわからない方言を使い出す。その使いわけが鮮やか過ぎて、私は、感心するよりも戸惑いを感じた。他所者《よそもの》である私に気を使って、苦労して標準語を使っているのか、それとも、他所者に対する用心深さから使いわけているのか、私には判断がつきかねた。

急な山道には、両側に、ビロウ樹やフェニックスが生い茂っている。面白いのは、キングバナナという野生のバナナだった。その誇らしげな名前とは裏腹に、小指ぐらいの小さな実しかついていなかったからである。味もよくないという。頂上近くで振り返ると、島の殆ど全景を見渡すことができた。それほど、この島は小さかった。集落は、島の中央部に一塊りになっていた。水を殆ど雨に頼っているのと、土地が石灰質のせいか水田はなく、僅かな砂糖キビ畠とサツマイモ畠が見られるだけだった。

だが、島を取り巻く海は、流石《さすが》に美しかった。東京湾の茶色く濁った海は論外だとしても、青い海が本来の海の色だと私は思っていたのだが、今、眼の前に広がる海は、青というより濃い緑色だった。これがエメラルドグリーンというのだろう。島の北側には、帽子をかぶせた恰好で環礁《リーフ》が連なり、そこだけ白く泡立っている。海から吹き上げてくる風までが、青く染っているような感じだった。

私は、煙草に火をつけた。何の脈絡もなく、香港で遊んだ時のことを思い出した。私の南神威島行が決ったあと、医大時代の仲間が、当分島流しになるのだから、その前に命の洗濯をして来いと、香港旅行をさせてくれたのである。考えてみれば、香港も島だから、友人たちは洒落《しゃれ》のつもりだったかも知れない。だが、同じ島でも、香港とこの島では違い過ぎる。香港には何でもあったのに、ここには何もない。映画館もバーも、ましてボウリング場のある筈もない。テレビも映らないとみえて、アンテナは一本も見えない。林立するテレビアンテナを見馴《みな》れた私には、アンテナが一本もない景色が、何か異様に見えて仕方がなかった。

ここにあるのは、美しい自然だけだ。だが、その自然もすぐ見飽きてしまうのではあるまいか。

私は、途中で見たキングバナナのことを思い出した。あのバランスを欠いた果実が、この島を象徴しているような気がしてならない。美し過ぎる自然と、生活の貧しさのアンバランスを。

山頂に辿《たど》りつくと、反対側から歓声が聞こえてきた。

南側のゆるい斜面が、赤松林になっていて、そこに、女や子供たちが、クワやシャベルを持つて集っていた。男の姿が少ないのは、漁に出ているのだろう。

私は、近くにあった岩に腰を下して、見物させて貰《もら》うことにした。誰もが楽しそうだった。ピクニックにでも来たみたいに、持参したムシロを広げ、食事をとっている親子の姿も見える。村長は行事といういい方をしたが、確かに狩りの殺伐《さつばつ》さは感じられない。私を案内してきた巡査も、ワイシャツの袖《そで》をまくりあげて、行事の仲間入りをした。歓声が絶えず聞こえている。私は、桟橋で聞いた女たちの笑い声に、残酷なひびきを感じたのは、錯覚だったのかも知れないと思いはじめた。この島の人たちは、貧しいが、明るくて素朴なのに違いない。

私の傍《そば》で、三十歳くらいの女と、その娘らしい五、六歳の少女が草むらにかくれているオオミズナギドリの巣を見つけ、クワで掘り起こしていた。母親も娘も、その作業に夢中だった。女の陽焼けした浅黒い顔に、汗がしたたり落ちている。クワが土にめり込む度に、もんぺに包まれた分厚い腰が、ブルブルとふるえた。逞しく強靭《きょうじん》な感じだった。

やがて、オオミズナギドリの頭部が見えてきた。黒く小さな眼が、怯《おび》えたようにキョロキョロと周囲を見廻している。鋭い嘴《くちばし》を持っていたが、女は、巧みにそれをよけながら、頑丈な手で鳥の首をわしづかみにし、ズルズルと巣から引きずり出した。オオミズナギドリは、一メートル近い褐色の羽を精一杯に広げて、甲高い鳴き声をあげたが、その瞬間、女は足をふんばり、腕に力をこめて、ひねり殺してしまった。女の腰が、またブルブルふるえた。娘が小刀を差し出すと、女は、それで鳥の腹を裂きはじめた。血が飛び散り、まわりの草や土が赤黒く染った。汗を流しながら、黙々と小刀を振い、切り裂いた腹から臓物をつかみ出して、今掘った穴に投げ捨てた。

むッとする血の匂いが、私を押し包んだ。周囲の空気が急に生臭くなったような感じだった。作業が終ると、母娘は満足そうに微笑し、殺したオオミズナギドリを竹籠《たけかご》に入れて、次の獲物を探しはじめた。

女の手には、まだ血がこびりついている。強い陽差しが、その血を黒く乾かしていく。私は、また吐気に襲われた。他の女たちも、鳥を殺し、小刀で腹を切り裂いて臓物をつかみ出している。肉を保存するためには、それが一番いい方法なのだろうとは頭で理解できても、私は、眼の前で行われている光景に、次第に我慢ができなくなってきた。集落総出の楽しいピクニックというイメージは、私の頭から消えてしまった。私は医者だから、血の匂いには慣れている。だが、切り裂かれた鳥の腹から飛び散る血は、手術の時の血とは別のもののような気がした。

陽差しは相変らず明るかったが、私の吐気はなかなか消えてくれなかった。

3

その夜、島に一軒だけという旅館で、私の歓迎会が開かれた。

旅館といっても、兼業の雑貨店の方が主な感じで、薄暗い土間には、神威本島から船で運ばれて来た日用品が並べてあって、軒下には、「パン、石鹸《せっけん》、タバコ入リマシタ」と下手くそな字で書かれたボール紙がぶら下っていた。

砂糖キビから作った酒と、オオミズナギドリの肉料理が出され、旅館の女主人と若い仲居が給仕をしてくれた。が、私は、昼間の光景が眼先にちらついて、鳥の肉にはどうしても手が出なかった。

例によって長々とした有力者たちの歓迎の挨拶があり、そのたびに杯のやりとりが行われた。私は、この献杯という日本的なやり方が嫌いだった。医者の私から見れば、不潔極りない。だが、主賓では断るわけにもいかず、私は、いやいやそれに応じた。

いつの間にか、この旅館に泊っていたあの行商人まで酒席にもぐり込んできた。彼は、この島が気に入っているようだった。村長や校長の肩を叩いては、「こんないい島はない」と大声でいい、盛んに杯を口に運んでいた。酒席はだんだん乱れてきた。行商人が脂肪太りの腹を突き出すようにして裸踊りを始める頃になると、私は、酒席から逃げ出して、庭に降りた。

夜の闇の中から、太鼓の音が聞こえた。その方向に眼をやると、昼間登った神威岳の中腹で、篝火《かがりび》が赤く燃えていた。確かあの辺りに、小さな祠《ほこら》があったが、あれが、この島の神社《やしろ》でもあるのだろう。今夜は、オオミズナギドリの収穫を祝って、夜通し祭りが行われるらしい。

夜に入っても、暑さは残っていた。私が、煙草に火をつけたとき、背後から、「こんなところで、何をしているんです?」と、行商人に声をかけられた。彼はご機嫌で、アルコールの匂いをプンプンさせていた。私が、篝火を見ているのだというと、行商人は、白い歯を見せた。

「丁度祭りの日に来たなんて、今年はついてますねえ」

と、楽しそうにいった。

「あんたさんも、これから一緒に神社《やしろ》に行ってみませんか。なかなか結構な見ものですよ」

行商人は、口元に淫蕩《いんとう》な笑いを浮べて、祭りの楽しさというのを話してくれた。この島には、昔海女《あま》がいたことがあり、その風習が祭りに残っていて、乳房を剝《む》き出しにした海女スタイルの女たちが、篝火の周囲で踊り狂うのだという。

「色はまっ黒ですがねえ。みんな、いいオッパイをしていますよ」

行商人は、ニヤニヤ笑った。私は、篝火に照らし出された半裸の女たちの姿を想像してみた。それは、健康でエロチックで、楽しい光景である筈なのに、私の気持は弾んで来なかった。踊り狂う女たちと、昼間オオミズナギドリの腹を切り裂いていた女たちとが、どうしても重なり合ってしまうからである。

「祭りの主祭者を、ここではツカサというんですが、これが小柄で貧弱な老人でしてねえ」

行商人は、私に向って祭りの説明を続けた。何も知らない私は、彼にとって最良の聞き手に映るらしい。私が黙って聞いていたのは、村長たちとの退屈な酒宴より、行商人の話を聞く方がいくらかましだったからに過ぎず、祭りに興味をかき立てられたからではなかった。

「この島の名前が南神威島というように、神さまが作った島だという伝説がありましてねえ。南神威島版の天孫降臨ですかねえ。ツカサは、その神の子孫で、神さまの声を聞くことが出来るというんで、絶大な権力を持っているんですよ。昔は、例の特権もあったそうだから、羨《うらや》ましい話じゃありませんか」

「例の？」

「例のっていえばわかるでしょうが。処女を全部味見できる特権ですよ。もっとも、あの老人じゃあ、身体が利かんでしょうがねえ」

行商人は、ニヤッと笑って、私の脇腹を突ついた。彼は、ひとりで自分の話に熱中していた。

「祭りには、島の若者の中から選ばれた何人かが、鬼の面をかぶって、神の使者になるんですがねえ。ツカサの老人が殺せと命令すると、その鬼たちは、犠牲《いけにえ》の人間の手足をつかんで、容赦なく引き裂いたそうですよ」

その言葉で、私はまた、島の女の手で切り裂かれるオオミズナギドリの白い腹を思い出した。

「それは昔のことでしょう？　今は、駐在の巡査だっているんだから」

「まあ、そうでしょうがねえ」

行商人は、酔いで赩く光る顔を、つるりと撫でた。まるでそんな野蛮な行為でも行われている方が楽しいようないい方だった。

「どうです？　一緒に神社《やしろ》に行こうじゃありませんか。今夜はみんな熱につかれたように浮れているから、よりどり見どりで女を抱けますよ。それも、こうやって女の腰に手を廻して、マグハイしようといえば、たいていＯＫですわ。マグというのは、女のあれのことですがねえ」

行商人は、手ぶりを交えて私を誘った。私も女は嫌いではない。香港で抱いた中国娘の柔らかい身体は素晴らしかった。だが、陽焼けした肌の、残酷な笑い声を立てるこの島の女には、食欲がわかなかった。それに、私は疲れていた。

私が断ると、行商人はブツブツ文句をいいながら、山の方へ歩いて行った。私を、話のわからない人間とでも思ったことだろう。あの男の方が、私より強靭な神経を持っているようだ。

私は、酒席に戻る気にもなれず、旅館を出て、診療所に引き揚げてしまった。

診療所は、奥が六畳の座敷になっていて、そこで寝泊りできるようになっていた。

私は、裸電球をつけ、陽に焼けた畳の上に、ワイシャツ姿のまま寝転んだ。この島では、電気の供給は夜八時までということだったが、腕時計の針はもう九時に近かった。今夜は祭りなので特別なのかも知れない。それとも、医者である私にだけ与えられた特権なのだろうか。

　暑く、寝苦しかった。それに、単調な太鼓のリズムも、私の神経をいらだたせた。内地の祭りで聞く太鼓は、勇壮で、いかにも祭りらしい華やかさを持っているものだが、今聞こえている太鼓は、雨垂れのように単調で、陰鬱《いんうつ》だった。

　私が寝返りを打った時、ふいに、診療室の方で猫の鳴き声が聞こえた。猫の嫌いな私は、舌打ちをして立ち上り、診療室に降りて電気をつけた。机の下に、白い仔猫がうずくまっていた。

「しッ――」

と、追い立てたが、猫は、歯を剝き出しただけで机の下から動こうとしない。私は次第に腹が立ってきた。猫が嫌いというだけでなく、今日ぶつかった島のさまざまな出来事が、私の気持を荒々しくさせていた。私は、手を伸ばすと、猫の襟首をつかんで、手荒く外へ投げ捨てた。

　私は、また座敷に戻って寝転んだ。私は、ひどく疲れているのを感じた。

（この島は気に入らないな）

　そんな言葉を、何回か口の中で呟《つぶや》いているうちに、私は、浅い眠りに落ちていった。

　どのくらい眠ったのか覚えはない。目覚めた時、私は、部屋の中に人の気配を感じた。電灯はいつの間にか消えていて、その代りに、開いたままになっていた窓から、青白い月の光が射し込んできた。東京に比べて、空気が澄んでいるせいか、夜気までが青白く染っている感じで、私は、自分が目覚めたのを知っていながら、なお、夢の中にいるような奇妙な気持がしていた。

窓のところに、女が一人立っていたのに、私が声をあげなかったのは、その奇妙な雰囲気のせいだった。私は、夢の続きの感じで、その女をぼんやり眺めた。女は、ひどくゆっくりした動作で、もんぺを脱ごうとしていた。上半身はもう裸だった。月の光の中で、二つの乳房が重たげに揺れている。女は、完全な裸身になると、畳に膝《ひざ》をついた。その時になって、私は、やっと、月の光の呪縛《じゅばく》から解放され、あわてて起き上った。女は、まるで祈るような恰好で、両腕を私に向って差しのべた。女の顔が近づくと、その浅黒い顔に見覚えがあるのに気がついた。昼間、私の傍で、オオミズナギドリの腹を切り裂いた女だった。分厚い腰のふくらみにも記憶がある。

私には、彼女が何故そこにいるのか、何故裸になっているのかわからなかった。

女は、私ににじり寄り、私の首に手を廻してから、呪文でも唱えるように、

「神さまのおぼしめしだに」

と、楽しそうにいった。彼女の浅黒い肌からは、磯の匂いがした。髪には赤い花をさしていた。原色の毒々しい赤さを持った南の花だった。その赤く大きな花弁は、甘酸っぱい香りで私を押し包んだ。

私は、女の腕を振りほどこうとしたが、首に回された逞しい腕は、びくともしなかった。

「神さまのおぼしめしだに」

女は、同じ言葉を繰り返しながら、ずしりと重い乳房を、私の胸に押しつけてきた。私は、畳の上に押し倒された。太いがっしりした腰がのしかかってくる。彼女の肌は、濡《ぬ》れてでもいるように、湿っていた。

「可愛がってやるげに」

女は、ニッと笑った。

その時、私は、窓の外に鬼を見た。鬼は、青白い月の光を全身に浴びながら、じっと、私と女を見下していた。

「おタキよ」

鬼は、低い澱《よど》んだ声で、女に呼びかけた。

「神さまはお喜びじゃ」

その声に励まされるように、女は、一層激しく身体を押しつけながら、私のワイシャツのボタンを外しにかかった。私は、女の身体の重みと、磯の匂いに似た体臭と、南の花の甘い香りに圧倒されていった。

ふっと、鬼の顔が窓から消えた。だが、驚愕《きょうがく》が、私の身体を萎《な》えさせてしまった。

それでも、女は、まるで神に奉仕するような生真面目《きまじめ》さで、恥部を押しつけ、いつまでも腰をゆすり続けていた。

私にとって、まるで、一つの悪夢のようなものだったが、本当の悪夢が始ったのは、その二日あとだった。

4

島の生活は、単調で退屈だった。そして、私には何か薄気味が悪かった。その理由は、私自身にもよくわからない。鬼と見たのは、鬼の面をかぶった島の若者とわかっても、薄気味悪さは変らなかった。

美しい自然が、唯一つの救いだったが、クラクラするような直射日光の烈《はげ》しさが、私をげんなりさせた。さして歩き廻ったわけでもないのに、顔も腕も、赤く焼けてヒリヒリしてきた。

その日も、私は、昼近くなってやっと眼を覚ました。強い陽差しが、枕元まで白っぽい陽溜《ひだま》りを作っている。今日も暑くなりそうだった。

起き上って診療室に出てみると、机の上に朝食の仕度がしてあった。あのお夕キという女が、朝、昼、晩と、食事を運んで来てくれる。村長の配慮だった。

昔風の黒塗りの四角い膳の上に、料理が並んでいる。貧しいこの島では、贅沢《ぜいたく》なご馳走《ちそう》だった。米も内地のものだったし、豚肉の入った味噌汁《みそしる》は、ここで作られるソテツの味噌ではなく、普通の大豆味噌だった。それだけ、私に気を使ってくれているのだろうが、私は、あまり食欲がなかった。

私は、少し箸《はし》をつけただけで投げ出し、診療所を出て海岸に向って歩いて行った。

桟橋近くの浜では、手拭をかぶった女たちが、腹を裂いた魚を陽に干していた。魚の匂いが、狭い浜に充満していた。

女たちは、作業を続けながら、ゆっくりしたテンポで歌を唄った。それは、私がこの島に着いた時、漁船を浜に引き揚げながら唄っていた歌と同じものだった。この歌は、私が診療所にいる時も、時々風にのって聞こえてきた。行商人が、その歌詞を訳してくれたが、それによると次のような意味だという。

さあ楽しくやろう
女衆のもんぺの紐《ひも》が切れるまで
さあ楽しくやろう
男衆のふんどしの紐が切れるまで
そして仕事が終ったら

みんなで楽しくマグハイしよう
ハーマンコーノ・ヤーレ

東京で、この歌と意味を聞いたのなら、私は、素朴さと野性味に感心したかも知れない。少なくとも、不快には感じなかったろう。だが、この島で、これからも何回となく聞かされるのかと思うと、その単調な、物憂い唄い方が、私の神経に触った。私の持っている都会的な波長と合わないのだ。

私は、女たちの傍を通り抜けて、環礁《リーフ》の見える小さな入江に出た。そこに、赤と白に塗りわけられたカヌーが二艘《そう》つないであった。

人の姿はなかった。風上のせいか、女たちの唄も聞こえて来ない。二百メートルほど沖に見える環礁《リーフ》には、白い波頭が歯を剝き出していたが、入江の中は、鏡のように静かだった。風が環礁《リーフ》を渡って吹いて来る。が、じっとしていると、汗が吹き出してくる。私は、ワイシャツを脱ぎ、ランニング姿になってから、足先を海水につけた。気持が良かった。水は透明で、色彩の豊かな熱帯魚が、群をなして泳いでいるのが見える。だが、素足で水溜りを歩いたり、泳いだりしてはいけないと、巡査に注意されていた。この辺りの海には毒の強い魚がいて、刺されると死ぬことがあるのだという。美しい自然も、私にはあまり楽しいものではなさそうだった。

私は、煙草に火をつけた。が、その時、また吐気に襲われた。あわてて煙草を捨て、口を押さえた。掌に白く濁った唾液《だえき》が附着した。私は、汚れた手を海水で洗った。何故、吐気が続くのだろう？

船酔いが続いている筈はない。陽差しが強過ぎるせいだろうか。ここは真夏の暑さだ。それに精神的なものもあるだろう。食欲がないのもそのせいに違いない。

ハンカチを海水で濡らし、火照《ほて》った顔や腕を拭いていると、「先生ッ」と、大声で呼ばれた。

振り向くと、駐在の巡査が、こちらに向って駈《か》けて来るのが見えた。巡査は、息を弾ませながら、

「急病人です。先生」

と、いった。私は緊張し、吐気を忘れた。この島は気に入らないが、いる間は、医者としての務めを果たさなければならない。

「病人は誰です？」

「村長さんと、旅館の人間です」

「症状は？」

「下痢気味で一寸熱があります。みんな気分が悪いといっています」

「食中毒かな」

「とにかく、すぐ来て下さい」

それだけいうと、巡査は、あたふたと引き返して行った。

私は、診療所に戻り、鞄《かばん》に診療器具を詰め込んで旅館に向った。

病人は、村長と旅館の女主人と、それに若い仲居の三人だった。村長が、何故旅館で発病したのかわからなかったが、巡査が妙な笑い方をしたところをみると、ここの女主人とどうかなっているのだろう。

病人は、三人とも殆ど同じ症状を見せていた。熱は三十九度近くあり、恐らくその熱のためだろう、村長は、身体の節々が痛いと訴えた。

私は、最初、単なる食中毒だろうと軽く考えた。この島の人間は、生魚を食べることが多いから、魚による食中毒ではないか。だが、旅館の女主人の胸に、赤い斑点が出ているのを発見して、食中毒の診断がぐらついた。鮮やかに丸い斑点で、ジンマシンとも違う。それに、ジンマシンなら、一度に三人も同じ症状を示すとは考えられない。

「痒《かゆ》いですか？」

と、私がきくと、女主人は、「少し」と、小さな声でいった。

「最初は、どんな具合でした？」

「初めは、何だかひどく吐きたくて――」

彼女がいうと、傍にいた巡査が、それを補足するように、

「そういえば、村長さんも、さっき洗面器にゲエゲエやっておられましたよ」

と、私にいった。

(吐気か)

私は、この島に着いて以来、間欠的に襲ってくる吐気のことを思い出した。あれは、この病気の初期の症状なのだろうか。

「何か食当りするようなものを食べませんでしたか?」

念のために、三人にきいてみたが、心当りがないという返事しか戻って来なかった。

村長が、急に、枕元の洗面器に吐きはじめた。あわてて巡査が背中をさする。もう胃が空っぽとみえて、吐いたのは、白く濁った唾液だけだった。

私は、もう一度、村長の胸を開いて診た。老人の瘦《や》せこけた胸にも、旅館の女主人のそれと全く同じ赤い斑点が浮き出していた。私は、忙しく頭の中で、いくつかの臨床例を思い出しては比較していた。不安が高まってくる感じだった。

「どんな具合ですか?　先生」

と、心配そうにきく巡査には、安心させるように、

「多分、食当りでしょう。薬を作っておくから、後で取りに来て下さい」

と、いって、ひとまず診療所に戻った。相変らず太陽はギラギラと照りつけ、診療

室の中も、むッとする暑さだった。

私は、ギシギシと不快な音を立てる木製の回転椅子《いす》に腰を下ろして、薬品棚に眼をやった。薬瓶や包帯を入れた箱や、注射器などが雑然と並んでいる。薬品目録を見ると、一通りの薬は揃っているようだ。私を迎えるので、二百五十キロ離れた神威本島から大急ぎで取り寄せたのだろう。だが、あれが特殊な伝染病だとしたら、ここに並んでいる薬は何の役にも立たない。

ふいに、猫の鳴き声がした。この間の白い仔猫が、また机の下にもぐり込んでいた。追い払おうと椅子から立ち上ったとき、私は、また強い吐気に襲われた。

あわてて洗面器に吐いた。同じ症状だ。白く濁った唾液しか出なかった。村長が、旅館で吐いたのと同じだった。便所に駆け込むと、水のような便が出た。追い打ちをかけるように、下腹に刺すような痛みを感じた。便所に駈け込むと、水のような便が出た。気のせいか、身体が熱っぽく感じられる。体温を測ると、三十八度を超えていた。

一体何の病気だろうか。単なる食当りでないことは、もうはっきりしている。

ふいに、激しい恐怖が私を捕えた。

（あれではないのか？）

5

その法定伝染病の名前を口にするのは恐ろしかった。島に医者が私一人しかいないこと、碌《ろく》な薬がないこと、東京は勿論、神威本島からも遠く離れていること、そうしたいくつかの不利な条件が、私を恐怖に落とし込むからである。

だが、事実は確めなければならない。それが医者の仕事でもあるし、また、事実を知る以外に、恐怖に打ち勝つ方法もない。

私は、もう一度、薬品棚に眼をやった。中学校の理科教室にでもありそうな小型の顕微鏡しかなかった。これでは、病原菌を検出することは出来そうもない。神威本島へ唾液か尿を送って分析して貰うにしても、運ぶだけで十時間以上かかってしまう。東京へ送るとなれば猶更《なおさら》だった。

残された方法は、動物実験しかなかった。

私は、机の下にうずくまっている猫に眼をやった。猫は、怯えたように、後ずさりした。私は、棒を使って追い出すと、襟首をつかんだ。猫は、甲高い悲鳴をあげたが、私は、構わずに四肢を机に縛りつけた。

手を洗い、注射器を取り上げた。熱のせいか身体がふらつく。やがて、私の身体にも、赤い斑点が出てくることだろう。

私は、洗面器から自分の唾液を注射器で吸い上げた。机に縛りつけた猫は、歯を剝き出し、神経に触る鳴き声をあげた。

猫のブヨブヨした皮膚をアルコールで拭いてから、注射針を突き刺した。猫の身体が小さくけいれんした。

注射が終ると、私は、猫を床に放した。猫はまた机の下にもぐり込み、きょとんとした眼で私を見上げた。

あとは、反応が現われるのを待つより仕方がない。旅館の病人には、取りあえず下痢止めの薬を与えた。

陽が落ちても、猫の様子にこれといった変化はなかったが、夜半を過ぎると、動作が次第に緩慢になってきた。ミルクを与えてみたが、飲もうとしなかった。刺戟《しげき》を与えても反応が鈍い。ただ、弱々しい鳴き声をあげるだけで動こうとしない。

夜が明け、陽が射し込んできた。徹夜の疲労から、つい、うとうとしかけた時、猫がふいに、走り出した。まるで方向感覚を失ってしまったみたいに、やみくもに壁に向って突進し、ぶつかってどさりと床に倒れた。起き上ったが、腰がふらつき、口からよだれを垂している。五、六歩ヨタヨタと歩いたが、また床に倒れた。もう、鳴き声をあげる元気もないようだった。白く濁ったよだれが、床に長く尾を引いている。

医学書にあった通りの典型的な症状だった。私の背筋を冷たいものが走る。もう疑う余地はない。間もなく猫の身体がけいれんし始め、そして死ぬだろう。

私は、ワイシャツを脱いで、自分の身体を調べてみた。やはり、胸から腹にかけて、赤い鮮明な斑点が浮んできていた。

(やられたな)

と、唇を噛んだとき、ガラス戸の向うに人影を見て、どきッとした。

おタキというあの女が、ガラス越しに、ぽかんと口をあけて私を見つめている。私は、あわててワイシャツを身体に巻きつけた。

おタキは、暫く同じ姿勢で私を眺めていたが、眼を伏せると、ガラス戸を開け、いつものように朝食の膳を持ち込んだ。そのまま、黙って机の上に置くと、私に黙礼して出て行った。

私は、猫に眼をやった。仔猫は、床に倒れたまま動かない。抱き上げると既に死んでいた。

私は、タオルで、吹き出す汗を拭いた。ちらりと朝食に眼をやったが、食欲は全くわいて来なかった。

私が猫の死骸を始末し終ったとき、駐在の巡査が、疲れた顔でやって来た。

「また病人が二人増えました。校長と郵便局長です」

「あれは食当りなんかじゃない。伝染病です」

私は、ふらふらする身体を、机に手で支えるようにしていった。若い巡査の顔色が変った。

「本当ですか？　先生」

「こんなことで冗談はいえません。すぐ、新しい患者を旅館に運んで、他の人たちから隔離して下さい」

私は、消毒液を用意して、巡査と一緒に旅館へ急いだ。

とにかく、伝染を喰い止めなければならない。それから血清だ。それも、この病気の場合、症状があらわれてから少なくとも二十四時間以内に、注射しなければならない。間に合うように血清が入手できるだろうか。

伝染病が発生したというニュースは、あっという間に島中に広がっていった。それは、異常と思えるほどの早さだった。島の狭さもあるだろうが、それ以上に、運命共同体意識が強く働いているためのようだった。

私は、郵便局の無線電話を使って、神威本島の病院へ連絡をとった。すぐ繋《つな》がったが、空中状態が悪いのか、機械が悪いのか、ガリガリと雑音が入って聞き取りにくかった。自然に声が大きくなった。

「三日前に、南神威島へ赴任した医者です」

と、私は大声でいった。相変らず、頭がふらふらする。

「この島で伝染病が発生しました」

私が病名をいうと、電話口に出ている本島の医者が、「本当ですか？」と、声を大きくした。

「間違いありません。動物実験の結果もプラス反応です」

私は、猫に現われた症状をくわしく説明した。相手は黙って聞いていたが、

「それなら間違いないが、しかし、不思議ですなあ」

「何がです？」

「神威列島では、いまだかつて、発生したことのない病気だからです。一体、どんな経路で伝染したのか、それが不思議ですね。今、香港や東南アジアで流行の徴候があるようですが、そこからの旅行者が南神威島へ入ったということも聞かないし――」

「――」

私は、思わず言葉を呑《の》み込んでしまった。突然の伝染病の発生と、自分も罹病《りびょう》していることのショックから、発生源が誰かという肝心なことを考えずにいたのである。いや、無意識に考えまいとしていたのかも知れない。

この伝染病は、外来者がこの島へ持ち込んだとしか考えられない。そして、外来者は私と行商人の二人しかいない。あの行商人が、最近香港や東南アジアを旅行して来

たとは考えられなかった。もし、そうならば、あの饒舌《じょうぜつ》から考えて、海外旅行の自慢話をしない筈がないからである。残るのは私だけだし、私は、ここへ来る直前、香港で遊んでいる。そして、吐気は、K丸から漁船に乗り移った時に、既に起きていたのだ。間違いなく、この私が、今度の伝染病の発生源なのだ。医者の私が。狼狽《ろうばい》は二重になった。

「どうかしましたか？」

電話の向うで、神威本島の医者がきいた。相変らずガリガリと雑音が入ってくる。

私は、「いや」と、あわてていった。

「それで血清ですが、そちらにありますか？」

「調べるから一寸待って下さい」

と、相手はいった。返事を待つ間、私は、手の甲で額の汗を拭きながら、周囲を見廻した。一緒に来た巡査も、旅館の方が心配だと先に帰っていた。誰も見ていないことに、私は、ほっとした。自分が発生源だということを、誰にも知られたくなかった。私は、この島の人間がよくわからなかったし、信用していなかった。伝染病の元兇《げんきょう》が私だとわかったら、彼等が何をするかわからないという不安があった。それに、自分が医者だという自尊心もある。医者が伝染病を運び込んだということほど、不名誉なことはない。私は、血清が来たら島民には隠して、自分に注射する積りだった。

相手の声が、電話に戻ってきた。

「去年、東南アジアに流行した時、念のために本土から取り寄せたのがありますが、そちらは、患者は何人です？」

「六人ですが、それが——？」

きき返してから、私は不安がわき上ってくるのを感じた。

「六人ですか」

と、相手の声が少し甲高くなった。またガリガリと雑音が入る。

「困りました。こちらには、五人分しか血清が残っていないのですよ」

「五人分だけですか？」

私は、新しい狼狽に襲われた。困惑というより恐怖に近かった。

「本土から血清を運んで貰うとすると、どのくらいかかりますか？」

「どんなに急いでも、二十四時間はかかりますよ。神威本島までは飛行機で運べますが、ここからそちらまでは船しか使えませんから、どうしても二十四時間かかります」

その数字は、絶望的だった。「それじゃ間に合わない」と、私は、喘《あえ》ぐようにいった。

「この病気は、発病してから二十四時間以内に血清を注射しなければならないことは、ご存知でしょう。もう十二時間たってしまっているのです」

「しかし、残念ながら五人分しかないのですよ」

またガリガリと雑音。私の神経が、一層いらだってくる。

「とにかく、それだけでも至急送って下さい」

と、私は、いった。

「あとは、本土から取り寄せるようにしますか？」

「お願いします。それから、血清が五人分しかないことは、私以外には知らせないで下さい。動揺させたくないのです」

「わかりました。手助けが必要なら、私が応援に行きますが」

「いや」

私は、あわてて断った。本島の医者が来たら、私が発生源だと簡単にわかってしまう。

「血清さえ届けば、私一人で大丈夫です。心配はいりません」

必要以上に強くいって、私は、電話を切った。郵便局を出ると、相変らず太陽がギラついていた。私は、緊張のために忘れていた吐気が、また襲いかかってくるのを感じた。

私は、危険な立場に立たされてしまった。血清が届いたら、いやでも一人分足らないことが明らかになる。その時、私はどうしたらいいのか。医者である私は、自分を犠牲にして、他の五人の患者を助けるべきだろうか。それが、医者の義務だろうか。

病気をこの島に持ち込んだのは私なのだから、その責任をとって、犠牲になるべきだろうか。

だが、私は、死にたくなかった。命が惜しかった。責任を取り、自分を犠牲にして五人の患者を助ければ、美談にはなるだろう。だが、私は、そんな美談の主に祭り上げられるのは真っ平だ。何よりも、こんな離れ島で死にたくなかった。

私は、旅館に向って歩きながら、自分を助ける方法を考えていた。

6

血清が届くまでの間、私は、間欠的に襲ってくる吐気を必死で抑え、表面は、努めて平静を粧《よそお》っていた。そのため、ひそかに強壮剤の注射までうった。

島の人々に、私が発病していることを知られるのは、病原菌を持ち込んだのが私であることを知られることであるし、それは、私自身の死につながりかねない。

伝染病のことが伝わってから、旅館の周囲に、島民が集りはじめた。最初、数人の人影を見た時、私は、五人の患者の家族が心配で様子を見に来たのだろうと思った。だが、その人数は、少しずつ増えていき、午後になると、この島の人口三百余人の殆どが集ってしまった。老人も若者も子供もいた。赤ん坊まで、母親に背負われて来ていた。

彼等は、叫びも泣きもせず、ただ黙って旅館を取り巻いていた。一時間、二時間と時間が経過しても、彼等は一向に立ち去る気配を見せなかった。立っていた何人かがしゃがんだだけで、人垣は崩れない。その一様に陽焼けした顔は、殆ど無表情で、私には、彼等が何を考えているのかよくわからなかった。

「一体、みんなは何を見ているんです？」

私は、顔をしかめて巡査にきいた。眺められているのは、あまり気持のいいものではない。自分に負い目のある場合は猶更だった。

「みんなは心配しているんです」

と、巡査はいった。「しかし」と、私は、人垣に眼をやった。

「あんなことをしていたって、仕方がないでしょう。家に戻って、いつもの通り仕事をしたらどうなんです？」

「誰もそんな気になれんのだと思います。ここの人間は、全員が一つの家族みたいなもんなんです。だから、みんな集っているんです」

巡査は、それが当然だという顔になっていた。運命共同体という言葉が、私の脳裏をかすめた。三百何人かの大家族集団に監視されているのだ。その分厚《ぶあつ》い人垣を眺めている中《うち》に、私は、自分の迂闊《うかつ》さに気がついて、新しい狼狽を感じた。

おタキという女のことだった。彼女は、診療所のガラス戸越しに、私の身体に赤い斑点が出ているのを見た筈である。猫の死骸も見たかも知れない。もし、それを、彼女が誰かに喋っていたとしたら、間違いなく、眼の前の集団全員に伝わってしまっているに違いなかった。

おタキの姿は、なかなか見つからなかった。が、私の不安は消えてくれなかった。島民全部が、私の発病を知っているのではないかという不安、私が伝染病の犯人と知っているのではないかという恐れは、私に取りついて離れなかった。そんな気持になったせいか、眼の前の人垣が、五人の患者を心配しているのではなく、私一人を監視しているようにさえ思えてくる。ここへ来るまで、三百四十六人という島の人口は、あまりにも少ない数字に思えたのだが、今、彼等に取り囲まれていると、圧倒されるような巨大な集団に見えてくる。

夕暮が近づくと、風が強くなった。その時刻になって、やっと、神威本島から、血清を積んだ船が到着した。

私は、巡査と二人で、桟橋へ受け取りに行った。島民たちは、一定の間隔を置いて、ぞろぞろとついて来て、私が血清の入った箱を受け取るのを見守っていた。私はもう、彼等のことで巡査に文句をいわなかった。巡査も、彼等の一員だからである。

血清は、やはり五人分しかなかった。私は、箱に入っている五本のアンプルを眺め、それが、一人の人間の死を意味していることを改めて感じた。勿論、私以外の人間の死をだが。

丁度、夕陽が水平線に沈もうとしていた。巨大な燃えるような落日だった。真っ赤な太陽が、ブヨブヨと小刻みに揺れながら、あたりを赤く染めて沈んでいく。この島に着いてすぐの時、私は、落日の美しさに息を呑んだのだが、今日は、同じ光景が、不吉で気味が悪かった。

旅館に戻る途中、私は、血清のアンプル一本を、巡査に内緒で、素早くワイシャツのポケットにかくした。その瞬間、私は、旅館で寝ている病人の誰かに死の宣告をしたのだが、それを考えまいとした。陽は完全に落ちて、海から涼しい風が吹いていたのに、私の額にはやたらに汗が吹き出ていた。

旅館に戻ると、行商人が、鼠《ねずみ》みたいに怯えた眼で、少し吐気がすると訴えた。村長、旅館の従ねずみ業員、校長、郵便局長、そして行商人も発病してくると、あの歓迎会の席での杯のやりとりが感染の原因だとわかってくる。やがて、巡査も発病するだろうが、行商人と巡査は、本土から送られてくる血清で十分間に合うだろう。

私は、行商人に安心するようにいってから、物かげにかくれて、血清を自分の腕に注射した。その瞬間、皮膚の痛みと同時に、心の底にも、小さいが鋭い痛みを感じた。私は、くびを振って、その痛みを追い払おうと努めた。私は医者だ。もし私が倒れてしまったら、五人の患者も死んでしまうかも知れない。医者は私一人なのだ。だから、最初に自分に血清をうつのが当然ではないか。私は、古ぼけたレコードが同じ言葉を繰り返すように、先刻と同じ自己欺瞞《ぎまん》の言葉を、自分に向って繰り返した。穴だらけの論理であることは、私自身が一番よく知っていた。私は、自分の命が惜しいから、こっそりと血清をうったのだ。ただそれだけにすぎない。これでもう、私は死ぬことはないだろう。だが、本当に安全かどうかわからなかった。おタキのことがあったし、私自身の問題も残っている。私は、自分が悪に徹し切れるかどうか自信がなかった。

私は、病室に戻ると、巡査を呼んで、四本しか入っていない血清のアンプルを見せた。

「驚かせてはいけないと思って黙っていたんだが、神威本島には、血清が四本しかなかったんです」

「じゃあ、一人分足らないんですか？」

巡査は、顔色を変えて、箱をのぞき込んだ。私は、患者たちから眼をそむけ、「そうです」と肯いた。

「本土からも送って貰いますが、あの五人には間に合いません」

私は、意味もなく腕時計に眼をやった。私の吐気は消えていた。私はもう死ぬことはない。それが何を意味しているのか、私自身にも、正確にわかっていたかどうか。

「どうしたらいいんです？　先生」

巡査は、泣き出しそうな顔になっていた。私は、また、意味もなく腕時計に眼をやった。ガラスに、私の顔が歪んで映っている。

「僕にもわかりません。患者が五人で、血清は四人分しかないのです。誰と誰に注射するかは、そちらで決めて下さい。僕には決められない」

「――――」

巡査は、何かいいかけて止《や》めてしまった。彼は、ひどく頼りなげな眼になって、病人たちを見、それから、窓の外を見た。旅館の周囲には、依然として島民たちが人垣を作っていた。

旅館には明りがついたが、集落は暗いままだった。島民は一人残らず、旅館の周囲に集ってしまっているのだろう。彼等は、もう数時間も動かずにいる。一体、いつまで彼等はそこにいるのだろう。

巡査は、途方に暮れた顔で考え込んでいたが、蒼《あお》ざめた顔で村長の枕元に近づき、何か小声で話しはじめた。村長の指示を仰ぐつもりなのだろう。

だが、人間一人の死を、村長は、どうやって決める積りなのだろう。恐らく結論は出せまいと私は思い、待たされる時間の長さが、また私を苦しめるだろうと覚悟したのだが、意外に簡単に、巡査は戻って来た。更に驚いたのは、巡査の顔から困惑の表情が消えていたことだった。

「神さまのおぼしめしに従うことにしました」

と、巡査は、落着いた声で私にいった。私は、呆気にとられた。

「神さま？」

「神さまのおぼしめしなら、誰もが納得できます。ですから、これが唯一の方法です。他に方法はありません。この島の人間ならすぐ気がつく筈なのに、どうも私も、あわてでしまって――」

巡査は、生真面目にいい、部屋を出て行った。彼は、そのまま、島民たちが作っている人垣に向って歩いて行った。巡査は、島民全部に、全てを話す気らしい。

私は、おタキのことを考えて不安に襲われた。彼女が、私の発病を喋っていたら、島民たちは、不審に思って騒ぎ出すかも知れない。私は、息を殺して、彼等を見守った。

巡査が、何か喋ると、急にざわめきが生れ、そのざわめきは、波のように人垣全体に広がっていった。彼等は、旅館に殺到して、「先生も発病している筈だが、血清はどうしたんだ？」と、私を詰問するだろうか。そうなったら、どんな弁明が残されているだろう。

彼等は、動き出した。が、それは、旅館に向ってではなく、暗い神威岳に向ってだった。

私は、戻って来た巡査に、彼等が何をしに神威岳の方へ歩き出したのかきいてみた。

「神社《やしろ》へ行ったんです。神さまのお告げを聞くためです」

巡査は、神威岳へ眼をやった。

「血清が足りないことも、みんなに話したんですか？」

「知らせました。この島の人間は、全員が一つの家族ですからね。だから知る権利があるし、知っていた方がいいんです」

それでも、彼等が私を詰問しなかったところをみると、彼等は、私が発病したこと、私が病菌を持ち込んだ犯人だということを知らないのだ。おタキが喋らなかったのか。だが、運命共同体的なこの島の空気を考えれば、彼女が仲間に話さなかったとは考えられなかった。とすると、彼女は、何も見なかったのか。見られたと思ったのは、私の疑心暗鬼だったのか。

暫くして、山腹の一カ所に、ぼうッと篝火が燃え上った。

太鼓が鳴り出した。相変らず単調で陰鬱な音だった。

「こんなことをしていて、間に合わなくなったらどうするんです？　患者全員が助からなくなってしまう」

私は、声を尖《とが》らせた。私にとって苦痛でしかない仕事は、一刻も早く終らせたかった。だが、巡査は、落着き払って、「神さまのお告げを待ちましょう」と、いった。その信じ切った眼にぶつかって、私は、黙るより仕方がなかった。

神の啓示を待ち、それに従って一人の人間の死を決めるなどというのは、馬鹿げている。時代錯誤だ。

だが、私には何も出来ない。それは、私に、提案者になる資格がないためばかりではない。一人の人間に死を与えるという絶対的な行為の前には、理性は無力でしかないからである。多数決や籤引《くじび》きで、一人の死を決めるわけにもいくまい。死を与えられるのは、絶対者だけだ。となると、やはり、神ということになってしまうのか。私は、頭が混乱してくるのを感じた。

私は、寝ている患者たちに眼を向けた。五人とも、黙って、じっと審判が下されるのを待っている。その静かな態度を、立派とも崇高とも思わなかった。私には、奇妙で、薄気味が悪かった。血清が足りず、彼等の一人が死ななければならないことは知っている筈だ。それなのに、何故、羊みたいに大人しく、神のお告げとやらを待っているのだろうか。それほど、彼等にとって、神は絶対のものなのか。一体、どんな神さまだというのだ?

私は、いらだち、意味もなく廊下を歩き廻った。患者たちの沈黙が神経に触るのだ。間もなく、彼等の一人が死ぬ。殺すのは私だ。彼等がそれを知っていて、沈黙という武器で、私を責めているようにさえ思えてくる。

「早くしてくれッ」

我慢しきれなくなって、私は、誰にともなく怒鳴った。

ふッと、太鼓の音が止んだ。

7

静寂が来て、一瞬、夜の闇が前より深くなったような気がした。

その闇の中から、蒼ざめた月の光の下に、鬼の面をつけた若者が現われた。能面のように洗練されてはいないが、荒削りで、泥絵具で赤や緑に彩色された面は、かえって不気味だった。

鬼の面をつけた若者は、旅館の前で立ち止り、迎えに出た巡査に向って一声叫んでから、手にした矢文を投げた。

矢は、巡査の足元に突き刺さった。普通の時だったら、私は、恐らくこの大袈裟な儀式に、腹を抱えて笑ったことだろう。だが、今は、何か悪夢を見ているような心地で、笑えなかった。

鬼の面をつけた若者は、また闇の中に消えた。巡査は、結んであった紙片を広げ、それを、寝ている病人の一人一人に、見せて廻った。見せる方も見る方も、一言も口をきかなかった。儀式がまだ続いているのだ。

巡査は、私のところへ戻って来ると、低い声で、

「さあ、始めて下さい」

と、いった。

「どう決ったんです」

私がきくと、巡査が答えるより先に、一番端に寝かされていた村長が、

「私は必要ありませぬ」

と、いった。衰弱のために声は弱々しかったが、ふるえてはいなかった。微笑さえ浮べていた。そのことが、私を狼狽させた。

「こんなやり方は馬鹿げている」

と、私は、叫んだ。だが、村長は、

「これが、一番いいのです。みんなが納得できるし、私も、おのれを納得させられますからな」

と、蒼白い顔に微笑を浮べて、私を見上げた。

「そんな筈があるものか」

と、私はいった。が、その言葉は、自分にもわかるほど弱々しかった。法律とか正

義といった言葉が浮んでも、頭の中で空しくから廻りするだけだったからである。

「さあ、早く始めて下さりませ」

村長が、丁寧な言葉で、私を促した。

私は、もう何もいえなかった。この島全体が狂っているのだ。いや、正常すぎるのだろうか。

私は、機械的に、村長を除く四人に、血清を注射していった。誰も何もいわなかった。村長は、眼を閉じ、何か祈りの言葉のようなものを呟いていた。終ると、私は、逃げるように旅館の外に出た。間もなく、村長の小さな身体に死が訪れるだろう。それを見守る勇気は私にはない。

私は、診療所へ帰りたかった。ひとりになって、酒でも飲まなければやり切れない。

私は、足音を忍ばせて、旅館を離れた。

だが、五、六歩進んだところで、私の足は竦《すく》んでしまった。暗闇の中から、ざわざわと、島民たちが現われ、さっきのように、大きな輪を作って、旅館に近づいて来たからである。私は、彼等に押される恰好で後ずさりをし、旅館の玄関に逃げ込んだ。

彼等は、さっきと同じ位置で立ち止った。彼等は、何のために、また集って来たのだろう。神の啓示が実行されるかどうかを確めに来たのだろうか。それとも、死ぬ人間のために、鎮魂歌でも合唱しに来たのか。それなら早く唄うがいい。

私は、暫くの間、島民たちと睨み合っていた。といっても、睨み合ったというのは私だけの意識で、彼等が何を見、何を考えているのかは私にはわからなかった。私は、次第に息苦しくなり、彼等に背を向けて、部屋に戻った。

村長の顔には、既に白布がかけられていた。私は眼をそらせた。

これで、全てが終ったのだろうか。私は、終って欲しかった。

8

夜半になって、行商人が発病し、元気だった巡査も、吐気を訴えはじめた。この二人には、翌朝本土から届けられた血清が間に合った。

伝染病の発生は、そこでピタリと止った。やはり、あの酒席での杯のやりとりが感染の原因だったようだ。

二日後の夕刻から、死んだ村長の葬儀が、神威岳の神社で行われた。

連日の好天が崩れ、朝から、湿り気を帯びた南の風がソテツや砂糖キビの葉をザワザワとゆすっていたが、葬儀の始まる頃から雨になった。

その雨の中を、鬼の面をつけた四人の若者が、白布に包まれ、ハイビスカスの花で飾られた村長の遺体を担ぎ、祈りの言葉を唱えながら山道を登って行った。その後に、松明《たいまつ》を手にした島民たちの列が続く。松明が雨に濡れて、ジイジイと音を立てた。

私は、診療所の窓から、長く続く松明の列を眺めていた。参加する気にはなれなかった。

神社《やしろ》で篝火が焚かれ、太鼓の音が聞こえてきた。太鼓の音は陽気なものと考えていたのだが、陰鬱に聞こえることのあることも、この島へ来てから初めて知った。

今日は夜通し、あの太鼓は鳴り続けるのだろう。

風も強くなり、雨が激しくガラス戸を叩いた。私は、睡眠薬を飲んで横になった。薬の力でも借りなければ眠れそうになかった。

薬のおかげで、どうにか眠ることが出来たが、私は、嫌な夢を見た。

夢の中で、姿の定かでない神が、私に死の宣告を下した。

「あの男を殺せ」と、その神が叫び、鬼の面をつけた若者が、私に襲いかかって来た。

私は夢中で診療所に逃げ戻り、ふるえる手でガラス戸に錠を下した。だが、鬼たちは、追って来て、激しく戸を叩き始めた。

「出て来い。お前を殺してやる」と鬼たちは叫び、戸を叩き続けた。ドン・ドン・ドン——私は、ガラス戸を叩く音で眼を覚ました。

ガラス戸が音を立てている。一瞬、夢と現実がごっちゃになったが、これは夢の続きではなかった。誰かが、診療室の戸を激しく叩いているのだ。

　夜が明けかけているらしく、部屋の中は薄ぼんやりと明るかった。診療室に降りてみると、表戸のカーテンに人影が映っていた。

「誰です？」

　と、私はきいた。が、相手は、返事をする代りに、一層激しく戸を叩いた。私は、舌打ちをしてカーテンをあけてみた。ガラスの向うに、ずぶ濡れの行商人が、真っ青な顔で立っていた。私が戸をあけると、行商人は、いきなり私の腕をつかんで、

「先生。わたしを助けて下さい」

　と、声をふるわせた。私には、相手のいう意味がわからなかった。とにかく、中へ入れて椅子に坐《すわ》らせた。行商人は、病人のように身体を小刻みにふるわせていた。

「病気がぶり返したんですか？」

「そんなんじゃありません。わたしは殺されるんだ」

　行商人が、喘ぐようにいう。私は、ますますわからなくなった。

「殺されるって、誰にです？」

「奴等にです」

「奴等？　島の人たちのことをいってるんですか？」

「決っているじゃありませんか。奴等は頭がどうかしちまってる。村長が死んだのを、わたしのせいにしようとしているんです」

「まさか」

「奴等には、前科があるんだ」

「前科？」

「本で読んだことがあるんですよ。ある時、この島に難破船が漂着したが、その船員の中に天然痘《てんねんとう》の患者がいた――」

「その話なら、僕も知っていますよ。そのために、島民の半数が天然痘で死んだというのでしょう」

「問題はその後です」

行商人は、指先を絡み合せたり解いたりしながら、早口でいった。

「島の神さまが復讐《ふくしゅう》を命じて、島民たちは、船員全員を八つ裂きにして殺してしまったんです」

「しかし、百年も前の話ですよ」

「百年前も今も、この島はちっとも変っちゃいないんです。年寄り連中は、今だって百年前と同じように、内地のことを大和と呼んでいるし、得体の知れない神さまのお告げを、何の疑いもなく実行するのは、先生だってご覧になったじゃありませんか」

確かに私は見た。村長は、神の啓示に従って、自分から死を選び、島民たちはそれを黙認した。この島では、神の意志が支配している。少なくとも、人間の生死についいては。

「しかし、だからといって、何故、あなたが殺されるんです？」

「わたしは見たんだ」

「何を見たんです？」

「今まで、わたしは神社《やしろ》にいたんです。いやな予感がしたんで、様子を見に行ったんです。村長の葬式は夜中に終ったのに、奴等は、まだ神社の傍にへばりついて動かずにいるんです。奴等は待っているんです」

「待つ？　何をです？」

「村長が死んだ責任を誰にとらせるか、その名前が告げられるのを、じっと待っているんです。八つ裂きにする人間の名前を聞こうと、息を殺して待っているんです。犠牲《いけにえ》に誰が選ばれるか、もうわかっています。わたしなんだ。奴等は、今度の病気は、外部の人間が持ち込んだと思っている。百年前の難破船の時と同じなんですよ。だから、犠牲に選ばれるのはわたしなんだ」

　行商人は、怯えた眼で山の方を見た。雨の音に混って、あの陰鬱な太鼓の音は、依然として聞こえてくる。私は、何も終っていなかったのを知らされた。伝染病の発生が止んだ時、これで全てが終ったと思ったのは早計だったのだ。何か恐ろしいことが始ったに違いない。

私はまた、神というものについて、その本質を見誤っていたことに気がつかざるを得なかった。神は残忍で、常に犠牲を求めるものだということである。キリストの神でさえ、キリスト自身を犠牲に求めたではないか。まして、シャーマン的な匂いの濃いこの島の神が、復讐に犠牲を要求するのは当然かも知れない。私は、何故、そこまで考えなかったのだろうか。

「しかし――」

と、私は、狼狽をかくして行商人にいった。

「ここには駐在の巡査だっているじゃありませんか。法律に外れたようなことを許す筈がありませんよ」

「あのお巡りだって、この島の人間ですよ。奴等の仲間なんだ。その証拠に、村長が死ぬのを黙って見てたじゃありませんか。神のお告げを信じているんです。だから――」

言葉の途中で、行商人は、ふいに顔をこわばらせ、診療所の外へ飛び出した。私もつられるように外へ出てみた。行商人は、診療所の前に突っ立って、耳をすませている。雨はまだ降り続いていた。私は、手をかざすようにして、雨滴を避けながら、

「どうしたんです?」

と、行商人にきいた。

「聞いてごらんなさい。太鼓の音が前より早くなった。あれは、復讐が近づいたことを告げているんです」

行商人が、かすれた声でいった。確かに、太鼓のひびきは、急調子になっていた。

私は、神威岳に眼を向け、雨に打たれながらじっと神の啓示を待っている三百何人かの島民の姿を想像してみた。きっと、誰も彼もずぶ濡れになっているだろう。そのかたくなな島民の方が、神そのものより、私には恐ろしかった。

「助けて下さい。先生」

行商人は、私の腕をつかんだ。

「助けろって、どうすればいいんです？」

「奴等が押しかけて来たら、病気をばら撒《ま》いたのはわたしじゃないと、先生がいってくれればいいんです」

「僕のいうことを信用しなかったら？」

「先生は医者だ。医者が違うといえば信じると思うんです。お願いします。わたしを助けて下さい。わたしは、こんな島で死にたくないんだ。あと八日すれば、船が来る。その間だけでもいいんです。奴等が来たら、わたしじゃないといって下さい。お願いします」

私には返事が出来なかった。ここに外来者は二人だけだ。行商人に罪がないことを証明することは、私自身が罪を認めることになる。そんなことは、私に出来る筈がない。それに、この島の神が万能の力を持ち、全てを見透すことが出来るなら、行商人でなく私を犠牲《いけにえ》に選ぶだろう。それを考えれば、行商人を助けるどころではなかった。私自身が危険にさらされているのだ。

太鼓の音は、いよいよ急調子になってきた。それを聞いている行商人の顔は、死刑の宣告を待つ囚人のように、血の気を失っていた。だが、私も、同じように、蒼白な顔をしていたに違いなかった。

9

雲が引きちぎれ、その裂け目から、再びギラギラする太陽が顔をのぞかせた。

「太鼓が止んだ――」

行商人の声が、のどに絡んだ。

全ての音が消えてしまった。島全体が、息を殺し、何かを待ち受けている感じだった。

私は、何か叫びたくなるのを、必死で押さえつけていた。伝染病を持ち込んだのは行商人じゃない。私だ。私が病菌をばら撒いたのだ。そんな言葉をわめきたくなってくるのだ。沈黙がもっと長く続いていたら、私は、自分の命取りになりかねない言葉を叫んでいたかも知れない。

だが、その前に、重苦しい沈黙は、低いざわめきによって破られた。そのざわめきは、次第に大きくなり、近づいてくる。島民たちが、神威岳から降りてくるのだ。

行商人が私を見た。私は眼をそらした。それでも、行商人は、暫くその場を動かなかったが、島民たちの姿が見え出すと、恐怖に耐え切れなくなったように、突然、「死ぬのは嫌だッ」と叫んで、海岸に向って走り出した。

島民たちが、診療所に近づいて来た。鬼の面をつけた四人の若者が先頭に立っていた。陽の光の下で見ても、原色で彩られた面は不気味だった。だが、他の島民の顔も、まるで仮面をつけているように硬かった。深い疲労が、彼等から表情を奪い去ってしまったのか。それとも、神の啓示の執行者だという使命感が、彼等の顔をこわばらせているのだろうか。

彼等は、診療所の前で立ち止り、一斉に私を見、それから、逃げていく行商人を見た。

私は、その時、自分の罪を告白すべきだったろう。私が犯人だ。村長を死なせたのは私だ。犠牲《いけにえ》が必要なら、私を神に捧《ささ》げろと。

だが、私は、告白する代りに、黙って、逃げて行く行商人に眼をやり、さも困ったものだというように、島民たちに向って肩をすくめて見せた。

私は裏切った。行商人を。私自身を。そして、もし私にも神があるとすればその神を。それも、もっとも卑劣な方法でである。

「あいつを殺せ」と、行商人を指さした方が、まだ人間らしい行為だったと思う。ただ肩をすくめただけで、何をいったわけでもないという弁明の余地を残しておいて、私は裏切ったのだ。

島民たちは、ゆっくりと向きを変え、行商人を追い始めた。

私も、自分の裏切りがどんな結末をもたらすかを見るために、彼等の後について行った。

行商人は、雨上りのぬかるみに足を取られ、二度、三度と転びながら、桟橋の横を走り抜け、カヌーのつないである小さな入江へ逃げた。彼は、二艘の中の一艘に飛び乗ると、沖へ向って懸命に漕《こ》ぎ出した。

小さな浜は、忽ち島民たちで埋めつくされた。

沖から吹いてくる風が強く、サンゴ礁の海は泡立っていた。行商人は、夢中で櫂《かい》を振り廻している。が、彼の乗ったカヌーは、まるで一カ所に止っているようにしか見えなかった。

鬼の面をつけた四人の若者は、もう一艘のカヌーに乗り込んだ。彼等の動作はゆっくりしていものたが、物馴《ものな》れていて的確だった。

若者たちのカヌーが漕ぎ出されていくのを、私は、離れた所から眺めていた。先端を朱く塗った四本の櫂が、キラリと陽に輝く度に、行商人のカヌーとの差は、ぐいぐいと縮まっていく。まるで勝負にならなかった。猫と鼠だった。

「やめろッ」

と、私は叫んだ。だが、その声は、波と風の音にかき消されてしまった。いや、波や風の音にかき消されるほどか細い声だったと、いい直さなければならない。私は、小さく叫んだだけで、一歩もその場から動こうとしなかったのだから。

虹が空にかかっていた。陽は痛いほど明るく、海はあくまでも青い。その美しい景色の中で、二艘のカヌーはまるで競技《レース》でもしているように近づき、重なり合った。私は眼を閉じた。悲鳴も怒号も聞こえなかった。眼を開いたとき、相変らず陽は輝いていた。ただ、行商人と、彼の乗っていたカヌーだけが消えていた。今まで、行商人のいた空間だけが、ぽっかりと穴があいてしまったように感じられた。

私は、膝がガクガクとふるえ、その場にしゃがみ込んでしまった。血が飛び散り、阿鼻叫喚《あびきょうかん》の地獄が現出した方が、まだ私には耐え易かったかも知れない。何事もなかったような静けさが、かえって、私に強い反省を強いるからである。

鬼の面をつけた四人の若者は、ゆっくりとカヌーをあやつって入江に戻ってきた。

仮面をつけた四人の死刑執行人。だが、彼等は、カヌーから降りると、無言で、静かに集落の方へ歩み去った。入江を埋めていた島民たちも、同じように無言で、散って行った。

私だけが、入江に取り残された。

10

八日後に船が来たが、私は、乗ることが出来なかった。逃げ出すには、私が背負ってしまったものが重過ぎたといったらいいだろうか。それとも、心の何処かに残っていた良心が、逃げ出すのを許さなかったからといったらいいかも知れない。

私は、それから二年間、島にとどまって診療所で働いた。私は、この島で二人の人間を殺した。しかも自分が手を下すことなしにである。その贖罪《しょくざい》のつもりだったが、たかが二年間の務めだけで、許されるようなものでないことは自分にもわかっていた。

島は、何事もなかったように、平和で明るく、そして退屈だった。

男たちは、陽焼けした逞しい肌を海風にさらして、エメラルドの海へ漁に出て行った。その中には、鬼の面をつけていた四人の若者も混っていたが、彼等の顔に、精神の傷痕《きずあと》を見つけ出すことは難しかった。神の啓示に従っただけのことだから、一人の人間を殺したことには何の苦痛も感じないのだろうか。それとも、仮面の下での行為は、人間を責任感から解放してしまうのだろうか。素顔の時と、仮面をつけた時とでは、別の人格になってしまうのだろうか。私にはわからなかった。

わからないといえば、島の女たちも同じだった。彼女たちも、次の日から何事もなかったように、あのマグハイしようという労働歌を唄いながら働き、時々、あの明るくて何処か残酷な笑い声を立てた。

おタキという女も、勿論、彼女たちと一緒だった。おタキは、相変らず、私のために食事を運んで来てくれたが、眼が合っても、その陽焼けした顔には、不安も、非難の表情も浮ばなかった。私は、彼女はやはり何も見なかったのだ、私の発病を知らなかったのだと思わざるを得なかった。

私の不安や、自責の念とは関係なく、島は、見事に全体の秩序を回復し、それは、私がいた二年間崩れることがなかった。

私は、殆ど島の人たちと口をきかなかった。少なくとも、自分の方から親しさを強めようとはしなかった。神社《やしろ》にも行かなかった。

ツカサと呼ばれる神の言葉の伝達者は、たった一度、遠くから見たことがあった。一寸猫背の、小柄で平凡な老人だった。彼は、昔の死装束に似た白帷子《かたびら》を着、頭に白い花をつけていた。その粧《よそお》いが、何を意味するのか、私にはわからなかったし、わかりたくもなかった。事件に関係したことは、何もかも忘れたかった。

私は、黙って医者としての仕事だけを果たした。二年の間の、私の唯一の楽しみといえば、サンゴ礁の海で釣糸を垂れることぐらいだった。そんな私を、島民たちがどんな風に眺めていたかも、私にはわからない。わかるのは、私が彼等にとって他所者《よそもの》でしかあり得なかったということだけである。十年、二十年いたとしても、この関係は変らなかったろう。

二年間が過ぎ、私が、島を去る日が来た。

晴れてはいたが、来た日と同じように風が強く、サンゴ礁の海は白く泡立っていた。

桟橋には、新しい村長を筆頭に、島の有力者たちが、私を見送りに来て、着いた時と同じように、のんびりした送別の儀式が行われた。

「こんな離れ島に、二年間もよく辛抱して下されました」

と、彼等は同じ言葉を繰り返した。私は黙って頭を下げ、沖のK丸に送ってくれる漁船に乗り移った。彼等は、何も知らないのだ。私が、医者としての使命感から、二年間ここにとどまったと思っている――

漁船が、K丸に向って進み出したとき、船を漕いでいるのが、事件の時、鬼の面をつけていた若者の一人なのに気がついた。逞しい身体をしていたが、丸顔の平凡な若者に見えた。

島が次第に遠ざかるにつれて、私は、無性に二年前の事件について、その若者に話しかけたくなった。二年間の長い沈黙の反動だったかも知れないし、事実を告白したくなったのかも知れない。

「二年前のことだがね」

私は、わざと若者の顔を見ないようにしていった。

「君たちは、行商人の乗ったカヌーを沈めた。君たちの神さまは、本当に行商人を殺せといったのか？　本当に病気を持ち込んだのは行商人だと信じたのかね？」

「全て神さまのおぼしめしです」

若者は、落着いた声でいった。何の動揺も示さない相手の態度に、私は、いらだってきた。

「神さまだって、間違えることがあるとは思わなかったのかね？　罪のない人間を殺してしまったと考えたことはなかったのかね？」

「神さまは、島のことをお考えです。間違ったお告げはなさらんです」

若者は、微笑した。その信じ切った表情が、私の神経に触った。私は、急に、眼の前の若者に憎しみを覚えた。二年間、私が苦しみ続けたのに、この若者は、いや、この若者だけではなく、島の人間全てが、べったりと神に寄りかかり、のほほんと過ごしていたことに、憎しみを感じたのだ。

「あの行商人は、無実だったんだ」

と、私は、思わず、いってはならない言葉を口に出した。

「僕が一番よく知っている。何故だか教えてやろう。僕自身が、あの伝染病を持ち込んだ張本人だからだ。あの時、僕も発病していたんだ。君たちが気がつかなかっただけだ。いや、君たちだけじゃない。君たちの信仰している神さまとやらも、知らなかったんだ。だから、罪のない行商人を殺してしまったんだ。神さまは、間違いを犯したんだ」

私は、自分の言葉が命取りになることはわかっていたが、同時に、若者の胸をぐさりと突き刺すことも期待した。私は、若者が狼狽すると信じた。狼狽してどうするだろう。怒り出すだろうか。怒って、行商人を殺したように私を海へ突き落とすだろうか。

だが、若者は、怒り出しもしなかったし、狼狽さえしなかった。彼の陽焼けした顔に浮んだのは、穏やかな微笑だった。

「おれも、先生の知らないことを教えてあげられます」

「何をだ？」

「先生は、一度も神社《やしろ》にお出でにならなかったですね。お出でになれば、おわかりになったでしょうが」

「一体、何がいいたいんだ？」

「おタキは、神さまにお仕えする巫女《みこ》です。おタキは、先生が病気にかかったことを知っていました。だから、勿論、神さまも知っておいででした」

狼狽したのは、私の方だった。彼等は、何もかも知っていたのだ。

「それなら、何故、僕を罰しなかったんだ？　何故、罪もない行商人を殺したんだ？」

「神さまは、島のことをお考えです」

若者はゆっくりと櫓《ろ》を動かしながら、同じ言葉を繰り返した。

「先生は、この島に必要な方です。神さまは、それをよくご存知です。でも、誰か罰を受けなきゃなりません。それが掟《おきて》というものだし、正義というものです。掟が守られなかったら、島の秩序は保てません。あの行商人は、島に来る度に、インチキ品を売りつけていました。だから罰せられても仕方がないのです」

「それで、正しいことが行われたと思っているのかね？」

「神さまは、正しいお告げをなさったです。その証拠に、先生は二年間、島にとどまって下さった。おかげで、その間、おれたち島の人間は、病気の心配をせんですみました。全て神さまのおぼしめしです」

若者は微笑を崩さずにいった。その顔は、自信に満ちていた。

私は、自分の敗北を感じた。

K丸に乗り移る時、私は、平衡を失って、タラップの上でぶざまに転び、危く海に落ちそうになった。

漁船の若者が、それを見て笑い声をあげた。あの明るくて、何処か残酷な笑い声を——

疫病船　皆川博子

皆川博子　みながわ・ひろこ

1930年、朝鮮京城（現ソウル）生まれ。1972年、『海と十字架』で児童文学作家としてデビュー。翌年「アルカディアの夏」で小説現代新人賞を受賞し、その後はミステリーをはじめ幅広いジャンルの作品を執筆する。1985年、『壁　旅芝居殺人事件』で第38回日本推理作家協会賞を受賞。その後も、直木賞や柴田錬三郎賞、吉川英治文学賞を受賞。2012年、『開かせていただき光栄です』で第12回本格ミステリ大賞を受賞し、翌年には第16回日本ミステリー文学大賞に輝く。2015年、文化功労者に選出。

【底本】『鎖と罠　皆川博子傑作短篇集』（中公文庫、2017年刊）

1

暗い事件だった。四十一になる女が、六十一歳の老母を扼殺《やくさつ》しようとしたというのである。未遂に終わったのが、せめてもの救いであった。

被告人の宮沢初子《みやざわはつこ》は、犯行後、警察に電話して自首している。

係官が駆けつけたときは、一時仮死状態にあった母親はすでに意識をとり戻していた。のどにどす黒く指の痕が残り、「娘に殺される……殺される……」と嗄《しわが》れた声で泣きわめき、係官にとりすがった。

初子は、殺意のあったことをはっきり表明したので、尊属殺人未遂として起訴された。

弁護人はいらないと初子は、強く拒《こば》んだという。

国選弁護人として初子の弁護を担当することになった安達兼太郎《あだちけんたろう》は、拘置所の面会室で初子を待っていた。

頭の芯《しん》が重く、肩から背筋にかけて、どす黒い疲労がたまっていた。彼は、指に力をいれて首筋を揉《も》んだ。

妻の加代子《かよこ》が、今日一日、平静にもちこたえてくれるだろうか。その不安が、躰《からだ》の中に重い疲労となってよどんでいた。

昨夜、一晩中加代子は錯乱の発作を起こして荒れた。追いつめられた獣のように部屋の隅にうずくまり、彼が近寄ろうとすると、悲鳴をあげて、手あたり次第に物を投げつけた。

また、入院させなくてはならないだろうか。しかし、入院は、加代子の心の傷をいやすことにはならなかった。ただ、安達が負いきれぬ荷を他人に預け、一時的に日常の暮らしが楽になるというだけのことであった。

平静をとり戻し退院してくると、加代子は、入院させたことで安達を恨み、あの女に会うために私を遠ざけたのだろう、私の留守中にあの女をひき入れて、二人だけでいい思いをしたのだろうと言い、その言葉に誘発されたように、また、錯乱の発作をくり返すのだった。雪子《ゆきこ》とは別れた、一度も会ってはいない、と安達が辛抱強く説いても、加代子の耳には入らなかった。

彼は、加代子のことを念頭から遠ざけ、彼が引き受けた仕事について考えをまとめようとした。

あまり気の晴れるような仕事ではなかった。被告人に対して先入観を持つまいと思っても、安達は、母親の殺害を試みたという宮沢初子に、不快感を抱かずにはいられなかった。

安達の母は一年前に死亡しているが、彼は、肉親に対する愛着が人一倍強く、ことに、母親を何ものにも代えがたく思っていた。父親を早くに亡くし、少年期を、母と弟と三人で躰を寄せあうようにして生きてきた、そのためかもしれない。どのような理由があるにせよ、母親に害意を持つということは、彼には許しがたかった。

自分が検事であれば、容赦《ようしゃ》なく初子を糾弾《きゅうだん》するところだ。しかし、彼は、職業上、初子の側に立って、何とか彼女に有利な弁論を陳《の》べねばならなかった。

初子は、犯行を自首したものの、動機については語ろうとしないということだった。動機がわからなくては、弁護のしようがない。

こった筋肉をもみほぐそうと、首をまわしているとき、看守に伴われ、宮沢初子が面会室に入ってきた。その顔を一瞥《いちべつ》した瞬間、安達は、抜き身の刀剣を間近に見たように、冷やりとしたものを感じた。

それと同時に、──加代子に似ている……と思った。

顔立ちがそれほど似ているわけではなかった。

憔悴《しょうすい》しているものの、初子の表情は、しずかだった。

だが、ほんのちょっとしたきっかけで、その表情が、皮を一枚めくるように裏返り、憑依《ひょうい》した巫女《みこ》のような狂おしいものがあらわれそうな気がした。

その物狂いの顔が、加代子に重なった。

「お世話になります」宮沢初子は低い声で言った。視線を安達にむけたまま、「でも、私、弁護はいりません。どんな刑でも受けるつもりでいますから」

「悔悟《かいご》しているのだね」

悔悟の情著しく、極刑に服する覚悟でいるということは、弁護の上で好材料の一つになると思った。

「いいえ」

思いがけないことに、初子は、きっぱり首を振った。パーマをかけない髪を断髪にしているのと、贅肉《ぜいにく》のない躰つきのせいで、遠目には若く見えるが、間近く見ると、瞼《まぶた》が落ちくぼみ、年よりなお老《ふ》けて見えるほどだった。血色の悪い頬はなめらかで、鞣《なめ》した羊皮のようにしなやかだった。

この女には、性を感じさせない色気がある——と安達は思った。ひどく矛盾しているが、そうとしか言いようがなかった。

「どんな刑でも甘んじて受けるというのは、後悔しているからだろう」

「いいえ」

たそがれの薄闇に、ひっそり棲息《せいそく》しているような、ものしずかな初子に、安達は、奇妙な連想だが、政治関係の確信犯に似た、したたかなものを感じた。

「あなたは、取調べの係官に、犯行の動機を語ることを拒否しているということだが、私には話してくれるだろうね。母親を手にかけるというのは、たいへんなことだ。自分の立場は、十分に釈明しなくてはね」

「よろしいんです。私、立場をよくしようなどとは思っていませんから」

ふてくされているようには見えなかった。

「しかし、何の理由もなくあのような犯行に及んだとなると、あなたの精神状態が疑わしくなる。精神鑑定は受けたのかね」

「いいえ。私、正気です」

薄い、微笑のような翳《かげ》が、一瞬、口もとをよぎって消えた。微笑したために、かえって淋しそうな表情になった。その翳りが、安達を捉《とら》えた。

安達は、好奇心めいたものを持った。

係官が近所の者から聞きこんだところによれば、初子と母親の間は、これまで、険悪な様子は全く見られなかったということだった。

母親は、どちらかというと陽性でお喋《しゃべ》りな方で、〝がらっ八《ぱち》ですよ〟と評する者もいたという。

初子は陰性で、無口だった。〝おとなしい、静かな人ですよ。どうしてあんな恐ろしいことをしたのか、不思議ですねえ〟近所の人々の証言は、一致していた。

〝お母さんは、だらしないけれど、初子さんは、きれい好きで几帳面《きちょうめん》な人ですね〟と言う者もいた。

初子と母のマツは、北十条の、小さい町工場が立ち並ぶあたりにアパートの一室を借りて同居していた。

初子は近所の無認可の保育所で働き、マツは手内職をしていた。暮らしは楽ではないようだった。

狭い一間で、女が二人きりで鼻をつきあわせて暮らしていれば、いくら実の親娘でも、気持のこじれることがいろいろ生じてくるのではないだろうか。

安達は、妻の加代子と、一年前に死亡した母の、何ともやりきれない葛藤《かっとう》を思い浮かべた。

早くに未亡人となり、女手一つで安達とその弟、二人の息子を育て上げた母は、気が強く意地っぱりで、嫁の加代子との間に争いが絶えなかった。

それまでは、息子の前で愚痴一つこぼさなかったのに、腰が痛い、頭が痛い、心臓が苦しい、と安達に訴えるようになった。

私が心臓が苦しいと言っても、加代さんは仮病だと言って、とりあってくれないいんだからね。

お母さんにもっとやさしくしてやってくれ、と安達が加代子に注意すると、やさしくしてほしいのは、私の方だわ。

加代子は、激しく泣いた。

お医者さんだって、お母さんの心臓発作は仮病だって言っているわ。あなたの気をひくためよ。私はそんなお芝居はできないから、お母さんにどんな意地悪をされても、黙ってがまんしているんだわ。

そのくせ、二人とも見栄《みえ》っぱりなのか、他人の前では弱みをさらさなかった。いかにも、仲好くやっている嫁姑《しゅうとめ》のようにふるまい、近所の人からも羨《うらや》ましがられていた。

初子とマツは、実の親娘だし、初子は独り身だから、安達の家とは事情が違うが、近所の人の目には触れない確執《かくしつ》が、二人の間にはあったのではないだろうか。

――女というやつは、思いつめると目先が見えなくなるから……。

母と妻のたえ間ない争いの間で揉《も》みしだかれた年月を、安達は、苦い思いで嚙《か》みしめ直した。

事務所から帰宅すると、母と妻、二人の女は、かわるがわる安達に、ヒステリックに愚痴をぶちまけた。

安達が加代子に、お母さんは年寄りなんだから、おまえがもう少し辛抱してくれ、家にいるときぐらいはおれをのんびりさせてくれと強く言うと、加代子は押し黙ってしまった。意地になったように、いっさい愚痴は言わなくなったが、内攻した怒りが、全身から発光しているような凄《すさ》まじい気配をみせた。

母は母で、おまえは、私がじきに死ぬからと、加代さんに言ったんだそうだね、どうせ私は年寄りだ、さっさと死ねばいいと思っているんだろう、と泣いた。

母の口からそのような言葉を聞くのは、安達にはたまらなかった。

彼がほかの女とかくれた生活を持つようになったのも、そこにいる間は、母と妻の葛藤から身をさけることができて、くつろげるからだった。愛人の森《もり》雪子は服飾デザイナーとして十分な収入があり、窮屈な結婚など望まず、気楽に情事をたのしんでいた。それだけに、二人の間は長続きした。雪子と過ごす時間は、安達には貴重なものだった。彼は、加代子と離婚し、雪子を妻にする気はなかった。それは、同じ地獄をまたくり返すことだとわかっていたからだ。母と関わりない情人であればこそ、雪子との時は快楽にみちたものであったのだ。

加代子が彼を愛していることもよく承知していた。彼は、母をも妻をも、突き放すことができなかった。

独り身の初子の場合は、訴える相手を持たないだけに、怒りや憎しみは、心の中で、いっそう鮮烈《せんれつ》になっていったのではないだろうか。

彼は、自分の身にひきくらべながら、想像をめぐらせた。

初子の犯行の動機について、世間で取り沙汰《ざた》されていることが、一つだけあった。

彼は、それを信じていなかった。世間の、無責任な興味本位の憶測《おくそく》としか思えなかった。

しかし、彼は、試しにそれを口にしてみた。

「お母さんに殺意を持ったのは、あなたが大金に目がくらんだためという説もあるんだがね」

初子の表情が、ふいに激しく動いた。鋭い閃光《せんこう》が眸《ひとみ》に光った。

安達は意外だった。

犯罪実話を売物にしている週刊誌などは、登場人物の名は一応偽名にしながら、露骨に、欲のために娘が母親を殺そうとしたと書きたてていた。

思いもかけぬ大金が、母に贈与されることになった。欲に目がくらんだ。母親が手に入れた大金を、少しでも早く、自分の自由にしたいため……。

だが、そのような記事は、初子が母親を扼殺した後（実際には、母は蘇生《そせい》したのだが）逃亡しようとも、行為を隠蔽《いんぺい》しようともせず、警察に電話して自首した事実を、故意に無視していた。

母親マツの弟、後藤永助《ごとうえいすけ》は、昭和三十一年、ブラジルに設立されたジャミック移植民会社のトメアスー移住地に移民し、ピメンタ、蔬菜《そさい》、果実等の栽培に成功し、産を成した。後藤永助は現地で結婚したものの、子供はなく、妻も五年前死亡し、独り身だった。

最近、永助は他界し、遺産が唯一の肉親であるマツに贈られることになったのである。

マツに遺産が入れば初子の生活もうるおうのだし、その全額が（相続税を差し引かれるとしても）いずれは初子の手に渡るのだから、金のためにマツを殺さねばならない理由はなかった。また、もし財産めあてであれば、もっと巧妙な、犯人が初子とはわからない方法をとらなくては無意味であった。殺人犯人とわかれば、相続権は消滅する。

「もちろん、私、そんなことは信じない。だが、あなたが真相を語らなければ、世間では、欲に目がくらんだと信じてしまうよ。世間の人間は、真実よりは、刺激的な嘘の方を事実と思いたがる」

初子は、目を上げた。

「そんなふうに言われているんですか、私が欲のために……」

初子は、切れの長い目に青ずんだ光を浮かべ、安達を凝視した。白眼と黒眼の境が、鮮やかにくっきりしていた。

「私が母を……したのは」初子は言った。殺そうとしたという言葉は、口の中にあいまいに消えた。「たしかに、叔父の遺産のためですわ」

「だが、それでは、なぜ……」と安達が言いかけるのをさえぎって、初子は続けた。

「母に遺産を相続させないため。母に、安楽な老後を送らせないため、でした」

安達は、背に悪寒が走るのをおぼえた。

それほど、初子の言葉は残酷だった。

「そんなに、お母さんが憎かったのか」

激した声を上げたくなるのを押さえた。

妻を迎えたために、母の晩年が安らかでなかったことを、安達は今もなお辛く思っている。

加代子には酷《むご》い姑だったが、安達にとっては、気丈《きじょう》で、しかも、息子にはやさしい母だった。母と共に作り上げた歴史の方が、加代子との絆《きずな》より、はるかに長く、密接であった。乳離れができないとか、母の軛《くびき》から逃れられないとか、そんな消極的な女々《めめ》しい感情ではなかったが、その強固な絆が、加代子を不幸にしたのも事実だった。

母親に安楽な老後を送らせぬため、という初子の言葉は、自分でも思いがけぬほど、彼を激昂《げっこう》させた。

女というのは、こんな陰湿な憎悪のあらわし方をするものか。女の心は、こんな屈折した動きをするのか。

だが、多額の金は、憎悪をやわらげる力を持っていなかったのだろうか。

初子と母親の間に確執があるとしたら、経済的な不如意《ふにょい》が、その原因のかなり大きな割合を占めていたのではなかったろうか。

生活にゆとりができれば解決される部分があったのではないか。母に贈られる遺産は、初子をもうるおすはずなのに。

それとも、母は、娘をおいて再婚でもしようとしていたのか。マツは六十一、もう女の火は消え果てる年ごろだが、それでも、晩年を共にしたいという男性があらわれ、遺産の相続分が減るということも、考えられた。金目当ての男がマツに言い寄り、マツはその言葉にだまされたのかもしれない。

「憎かったのではありません」初子は、暗く沈んだ声で言った。

「哀《かな》しかったのです」

「哀しかった？　何が？」

初子は、黙って目を伏せた。他人の介入を拒む、かたくなな姿勢だった。

「母は、どう言っているでしょうか」

「私はまだ、お母さんには会っていないのだが」

係官の話では、マツは、怯《おび》えきって、「娘は頭がおかしくなった。急に大金が入ったので、気が狂ってしまった」と言いつづけているということだった。マツも、気持が動転しきっているようだった。「娘には罪はない。牢屋に入れたりしないでくれ」

と言ったかと思うと、「あの娘が警察から帰ってきたら、また私を殺そうとするに決まっている、助けてほしい」と泣き叫んだりしたという。

「母には、わかっているはずです。母は、遺産の相続権を放棄したでしょうか」初子は、抑えた声で言った。

「いいや。そんな話はきいていない」

「先生、母に、金を受け取るなと言ってください。あの人は、倖《しあわ》せになる資格はないんです」

「おかしなことを言うね。あなたのお母さんは、遺産を残してくれた後藤永助氏に、何かひどいことでもしたのかね」

「いいえ。叔父には関係ないことです。あのお金は、まるで、天からの恵みのようなものです。母は、天恵を受けてはいけないんです」初子の声は、少しずつ昂《たかぶ》ってきた。

「もう少し、わかるように話してごらん」

初子は両手で顔をおおった。肩が震えた。心の奥の昂りが、もの静かな仮面をひきはがしたかに見えた。

「母に手をかけた後、私も……」

顔をおおったままなので、初子の言葉は不明瞭《ふめいりよう》だった。意識して喋っているのではなく、心の中の思いが、我れ知らず言葉になって溢れ出てくるようにみえた。「私も、自殺するつもりでした」初子は顔を上げた。涙の痕はなかった。

「思いとどまったのは、畳に仰向けに躰を投げ出した母の姿が、あまりにのびのびと気楽そうに見えたからです。死ぬということは、いっさいの重荷から解放されることだ、私が自殺すれば、それは、私が一番楽な状態になることだ、そういう気がしたんです。私は、母から安楽な暮らしを奪おうとしましたけれど、私自身をも、決して、許してはいませんでした。私も、母も、安楽になってはいけないんです」

初子の語気は激しかった。理由はわからぬながら、安達の心を打つ気迫があった。

「どういうことなんだね。私にすっかり話してごらん。気持が楽になるよ」そう言ってから、安達は、初子が拒否しているのは、まさに、その、〝気持が楽になる〟ということなのだ、と思い返した。

案の定、初子は、薄く笑った。安達を慄然《りつぜん》とさせるような鬼気をひそめた微笑であった。

「先生にお話ししても、何にもならないんです。そんな昔のことを、と、やはり異常なことだと思われるでしょうし、たとえ、理解してくださったとしても……先生が理解してくださっても無意味なんです。母が、わかってくれなければ」

「母に会ってください」と初子はくり返した。「相続権を放棄する気があるかないか、たしかめてください」

「相続権を放棄すれば、遺産は国庫に入ってしまうんだよ」

「それが、一番いいんです」

「理由を話してくれなくては」

「他人には関係ないことなんです」

初子は、かたくなだった。狂信者のような激烈なものを、垣間《かいま》みせて、無言の殼《から》に閉じこもった。

2

西陽が射し込む六畳間の畳は赤茶けて、芯が露出していた。

「相続をあきらめろなんて、そんな……」

マツは、全身をこわばらせて、まるで、安達が金をむしり取りに来たというように、憎悪のこもった目をむけた。その憎しみは、安達をとおして、初子にむけられているようであった。

陽性な、お喋りだということだったが、今、安達の目の前に見るマツは、人生の最後のチャンスを、何が何でも、奪われまいと必死に抱きしめているように、激しい敵意をむき出しにしていた。餌を奪われまいとする野獣の目の光だった。

だが、人間は、野獣より狡猾《こうかつ》だった。マツは眸の色をやわらげ、媚《こ》びるような笑いを浮かべた。年に似合わない色気が、しんなりした姿態にあった。水商売の経験があると、安達は察した。

「あの娘の言うことをまともにとり上げないでくださいよ、先生。頭がおかしいんですから」

「動機を明言しないだけで、ほかに、異常な点は全くないんですがね」

「動機なんて、ないんですもの。言えるわけがないじゃありませんか」

マツは、髪を染めていた。根もとは白茶けた部分が三センチほどのび、見苦しかった。見栄っぱりなくせにだらしない性質を、安達は見た。

〃あんな昔のことを〃と、初子は、ふと洩《も》らしていた。初子とマツのこれまでの暮らしの、どこかに、初子の犯行の動機はひそんでいるにちがいなかった。

安達は、初子の生いたちを聞かせてくれとマツに言った。

マツは、用心深い表情になった。うかつなことは喋れないというように、言葉をえらびながら話しはじめたが、本性、話し好きなのだろう、じき、ぺらぺらと喋りだした。いかにも〃お喋り〃らしい話し方だった。

マツの話は、あちらに飛び、こちらに飛び、するので、安達は、頭の中で整理しなおさなくてはならなかった。

マツの生家は、東京の下町、柳橋《やなぎばし》だった。粋筋《いきすじ》じゃなく、小さい下駄《げた》屋だったんですよ、とマツは言った。

十七で、T郵船に勤務する宮沢栄吉《えいきち》と結婚した。栄吉は山梨県の農家の出で、苦学して商船学校を卒業した。

「私はこのとおりがらがらですけど、亭主はしんねりむっつりした人で、初子は、あっちの血をひいたんですね」

栄吉は輸送船に乗り込み、一年の大半は洋上にあった。

大森に小さい借家を借り、初子の下に、続いて男の子が二人生まれたが、上の子は生後三カ月で、次男は一歳二カ月で病没した。

「二人とも、疫痢《えきり》でね、おかげで、私たち、そりゃあ、いやな目に会いました。近所の人から白い眼で見られて。初子なんか、友だちと遊んでもらえなくなってしまいました。今みたいにいい薬がある時代じゃありませんから、疫痢は嫌われましてね。とうとう、私たち、夜逃げ同様に、渋谷に引越したんですよ。そこでは、誰も、うちが伝染病患者を出したことは知らないから、助かりました」

昭和十九年、栄吉は応召《おうしよう》した。空襲が激しくなったので、マツと初子は、栄吉の郷里山梨に疎開《そかい》した。

「私はいやだったんですよ、田舎に逃げるのは。でも、亭主が、おれが帰ってくるまで初子を守れよと言い残しましてね」

敗戦を山梨で迎えた。昭和二十一年三月、栄吉の部隊が南支から復員船で還《かえ》ってくるという情報が入ったので、初子を連れて、船が着く予定のU港に入った。船が到着する正確な日はわからないので、食べるために、占領軍相手のバーでマツは働いていた。船は還ってきたが、栄吉は病死した、とマツは言った。

それからは、バーや飲み屋を転々とした。

初子は一時、大衆食堂の雑役や、米人の従軍牧師の家のメイドなどをして働き、最近は――事件が起きるまで――無認可の保育所で子供の世話をしていた。

「月給が安くてね。私までこの年で、内職しなくちゃならないんですよ。もう少しまな所で働けばいいのに。もっとも、小学校の学歴じゃ、ちゃんとしたところでは雇ってくれませんからね」

マツの話からは、何も手がかりを得ることはできなかった。中学へも行かれなかったことは、悲しい記憶となっただろうが、そのために、母親を恨んで三十年もたった今になって殺意を抱くとは、考えられなかった。

マツの話を聞きながら、気になったことが一つあった。マツは雄弁で、話しぶりは、くどいくらい、微《び》に入り細《さい》にわたっていた。ことに、疎開先で地元の女たちに意地の悪い仕打ちを受けた話になると、実に生き生きと、目に見えるように語った。

それなのに、夫の宮沢栄吉が帰還し病死したというくだりは、ひどくあいまいな口調だった。船中で死んだのか、下船していっしょに暮らすようになってから死んだのかも、はっきりしなかった。安達がその点を問いただすと、マツは話をそらせた。

マツの話は詳細なようで、ところどころに穴があり、その上、マツの立場からしか語られていなかった。

もう一度、初子に会わなくてはならない。

マツの話を頭の中でたどり直し、安達は、かくされた穴を探りあてようとしていた。

3

マツと会ったときの模様を告げると、初子は、額に手をあて、うつむきこんだ。

その姿が、部屋の隅にうずくまった加代子を思い出させた。加代子は、昨日また、激しい錯乱の発作を起こした。女の声で電話がかかってきたのが原因だった。おそらく、安達が担当している別の事件の、依頼者の関係の者からだろうと思うのだが、加代子はそれを雪子からだと言いはってきかなかった。電話口で、悪口雑言《あっこうぞうげん》を浴びせ、叩きつけるように切った。雪子が電話をかけてくるはずはなかった。気位の高い女なのだ。別れた男に、未練がましい電話などかけてこない。そう思いながら、安達は、もう一度雪子に会いたいと、胸が灼《や》けるような思いを味わった。雪子と会いつづけることは、加代子を狂気に追いつめ、死に追いやることを意味する。加代子は、錯乱の最中に、二度、自殺未遂を起こしている。安達は、雪子と別れざるを得なかった。

ふいに、今朝、書斎の戸棚の鍵をかけ忘れたままで出て来た、と思い出した。いや、かけたかもしれない。あらためて思い返すと、記憶はあやふやだった。戸棚には、刃物だの睡眠剤だの、加代子の自殺志向を誘発するような危険物がしまいこんである。

昨夜、安達は寝つけないままに、戸棚の鍵を開けて、睡眠剤を服用した。そのあと、鍵をかけたおぼえがないのだった。ふと兆《きざ》した不安が、次第にふくれ上がった。

「母は、父がなぜ死んだか、言わなかったのですね」初子が声を出したので、安達は、我れにかえった。職務中であった。仕事を投げ出して、たかが戸棚の鍵ぐらいのことで家に帰ることはできない。そう思うと、いくらか気が軽くなった。自分が今帰宅して鍵をたしかめないのは、それが不可能なことだからだ。故意に帰宅しないわけではないのだ。

「お父さんは、どうしてなくなったのかね」

安達はたずねた。彼が気にかけているのも、その点だった。

「よろしいんです。もう」打ち切るように、初子は言った。

「強情をはらないで。あなたが、お母さんに安楽な老後を送らせないとまで言うのは、お父さんの死が関係しているのだね」

初子は両手で顔をおおった。表情を他人にのぞかれまいとしているようだった。その拒否の姿勢は、巌《いわ》のように強固だったが、「もう、お帰りになってください」と言った声に、安達をはっとさせるものがあった。

絶望か、悲哀か。

彼は、自分の無力なことを感じながら、席を立った。歯を噛みしめ、一人で耐えている初子に、どのようにしたら手を貸すことができるのか、安達にはわからなかった。拘置所を出ると、急に、戸棚の鍵が気になった。かけたか、かけなかったか、いくら思い返しても、はっきりした記憶がなかった。たとえ、かけ忘れても、加代子が書斎に入りこみ戸棚を開けるとは限らないのだ。

しっかりした付添いをつけるべきなのだが、赤の他人が、加代子の狂乱を辛抱できるはずがなかったし、加代子も、家の中に他人が入りこむことをいやがった。加代子はただ、彼がしっかりと自分と結ばれている、その手ごたえだけをたしかめたがっていた。

入院させれば、薬の効いている間は静かにさせておくことができるが、それは対症療法にすぎなかった。昂った神経を薬で睡らせ、傷の痛みを一刻《とき》忘れさせるだけのことだ。

加代子の神経を傷めつけ、ずたずたにしたのは、彼だった。その負い目を、一生、負いつづけて行かなくてはならない。

重い、と、彼は思わず声に出して呟《つぶや》いた。家にむかうタクシーの中だった。運転手がけげんそうにバックミラーをのぞきこんだ。鏡の中で視線が合った。彼は、さりげない表情をつくった。

加代子は、睡《ねむ》っていた。その睡りは、おだやかなものではなかった。額に汗が浮き出し、肌は脂《あぶら》ぎって光り、閉じた目頭と目尻に、やにがたまっていた。睡眠剤を多量に服用したことは、一見してわかった。

躰から力が抜け、彼は、加代子の枕頭《ちんとう》に坐りこんだ。

腹立たしさ、情けなさがこみあげた。

彼は、加代子の頬を力まかせに打った。首がぐらりと傾いたが、加代子は醒めなかった。

吐かせなくては、医者を呼ばなくては、と思いながら、彼の躰は、意志に反して動かなかった。

このまましばらく放置すれば、重い軛《くびき》から逃れられるのだ。その誘惑は強かった。

もっと、帰宅を遅くすべきだった。手遅れになったころ帰ってくれば……。

そう思う一方で、呼吸の止まった骸《むくろ》を見出したら、どんなにかやりきれなかったことだろうと思った。その思いが、ようやく、彼の指をダイヤルに触れさせた。

ダイヤルをまわしながら、涙がにじみ出た。

たかが、姑と嫁の確執じゃないか。夫の浮気じゃないか。もっと強靭《きょうじん》な神経ではね返してくれればよかったのだ。だらしのない夫に愛想をつかして、さっさと別れて出て行けばよかったのだ。なぜ、おれにしがみついているのだ。

電話でかかりつけの医者に来診を頼んでから、安達は、加代子の隣りに躰をのばした。加代子は、気楽そうに睡っていた。傍若無人《ぼうじゃくぶじん》に鼾《いびき》をかいた。睡眠剤中毒に特有の、いやなにおいがした。

気軽に突き放しふり捨てることができたら、どんなに楽なことだろう。

彼は腕をのばし、加代子の頭を腕にのせた。

なぐりつけ、こづきまわしてやりたい衝動と、哀れでたまらない気持が、複雑に錯綜していた。

医師の処置で、加代子は醒めた。

拘置所内で初子が縊死《いし》したという知らせを安達が受けたのは、その翌日だった。

4

終わった事件として、忘れ去れば、それですむことだった。特別に個人的な依頼を受けたわけでもない。まわり持ちの、国選弁護人だった。

動機が不明という点をのぞいては、犯人が犯行を自首しているのだから、まったく明快な事件でもあった。

しかし、安達は、忘れ去ることができなかった。

初子は、母を許さず、自分自身を許さなかった。自ら、自分を死に追いつめていった。その心の闇にひそむものは、いったい、何なのだ。

マツの口からは、聞き出せそうもなかった。それは何かマツに不利なことにちがいない。父親の死に関係していることは、明らかなようだった。

彼は初子とマツが疎開していたという、山梨の、初子の伯父の家を訪ねてみることにした。

伯父の家の住所をマツから聞き出そうとすると、マツは何を調べるんですか、と、疑わしそうな顔をした。初子の死の重みを、マツは、平然とはねのけようとしていた。

あの親不孝者、とののしり、安達の前で泣きくずれてみせたが、遺産がつつがなく手に入る嬉しさは、かくしきれないようだった。親娘でも、この年になると、情愛よりも利害が先に立つのか。自分の安寧《あんねい》を奪おうとする者は、娘であっても容赦しないのか。

マツのふてぶてしさが、安達には怖ろしいほどだった。

「義兄《にい》さんのところじゃ、私の悪口ばかり言うにきまっていますよ。仲が悪かったんだから。あんなところまで行って、何を聞き出そうっていうんですか」

「あんたの御主人の死んだときの事情だよ。あんたは何も教えてくれないから」

マツはふっと唇をゆがめた。

「山梨まで行ったってむだですよ。義兄さんたちは何も知りゃしませんよ。亭主はね、復員船で病気になって死んだんです。それだけですよ」

「あんたが住所を教えてくれなくても、他に調べる方法は、いくらでもあるんだよ」

安達が言うと、マツは「変に気をまわされるのはいやですからね、言いますよ」と、住所を告げた。

「でも、義兄さんや義姉《ねえ》さんの言うことを、本気でとり上げないでくださいよ。疎開者は嫌われていたんですよ、田舎では」

疎開中にどれほどの意地の悪い仕打ちを受けたかということを、また長々とマツは喋りはじめそうになったので、安達は、いそいで立ち去った。

山梨に行くというと、加代子は、「あの女のところに行くんでしょう」と、みじめな顔をした。

「そうじゃないことは、わかっているだろう。なぜ、悪い方へ、悪い方へととるんだ」

「さんざん、だまされてきたんですもの」

「仕事だよ。ぼくが仕事をしなかったら、金が入ってこない。二人とも食べていけなくなってしまう」

まるで子供にさとすような言い方をすると、加代子は、意外にすなおにうなずいた。

「また、この間のようなことをするなら、病院に入れなくてはならないからね」

「病院は、いやよ。おとなしくしている」

加代子は、甘えるような仕草《しぐさ》をした。

初子の伯父宮沢太市《たいち》の家は、農家だが、屋根はトタン葺《ぶ》きに改装してあった。

「あの女は、どうしようもねえ男好きだ」と太市は、吐き捨てるように言った。

「その男好きにたぶらかされて、けっこう、鼻の下を長くしていたのは誰さね」

太市の妻が横から口を出した。マツは疎開中に、近隣の男たちの気をひいたらしい。

その中には、太市もふくまれていたような話しぶりだった。二人とも、もう七十を過ぎた年寄りなので、なまぐさささはなかったが、太市の妻は、からかうような口調ながら、なお、根強い恨みを底にかくしていた。

「栄吉も、おとなしく百姓してりゃあいいものを、東京などに出て行くから、ああいう性悪《しょうわる》にひっかかる」

「栄さんてのは、しんねりした男でね。初ちゃんも、栄さんに似たんだね。口が重くて、子供のくせに、何を考えているんだか、さっぱりわからなかった」

「山梨というところは、海がないでしょうが。そのせいか、栄吉は、餓鬼《がき》の時分から、やたらに海に出たがって、とうとう、船乗りになってしまった」

「マツさんも、気の毒といえば気の毒でしたよ。新婚早々、亭主は外洋航路の船に乗りこんで、ろくに家に帰ってこないんだから。でもね、亭主の留守をいいことに、若い男をひっぱりこんでは遊んでいたらしいですよ」

太市の妻の口調には棘《とげ》があった。

「一度、出るの別れるのって、大喧嘩したってね」

「喧嘩は年中だが、あんときは、栄吉も悪かったらしいな。スマトラだかボルネオで、淫売女から悪い病気をうつされてきよったんだから」

「それがマツさんにもうつってね」太市の妻は、口をすぼめて笑った。

「それで、栄吉さんはなくなられたのですか」

安達は、切れめのない二人の話に、やっと口をはさんだ。

「いえ、淫売から病気をうつされたのは、戦争前です。栄吉が死んだのは、昭和二十一年、やっと南支から復員してきたときです。あいつも、運の悪いやつですよ。四十近くなって戦地にひっぱり出され、さんざん苦労して、ようやく日本に帰りついたと思ったら、その船がコレラ船で」

「コレラ船?」

「復員船でコレラが発生したとかで、大変な騒ぎだったんですわ。近ごろは清潔になったらしいが、あのころの大陸は、不潔でひどいものだったらしいですな。それで、コレラ菌を背負いこんできたんでしょうな。私も当時新聞で読んだが、コレラ船が十六隻も、U港沖に到着した、海がコレラ菌で汚染されたというんで、もう、大恐慌《きょうこう》でした。それでなくとも、内地は、発疹チフスは流行する、食糧は欠乏しとる、占領軍は暴行の限りをつくす、もう凄《すさ》まじい混乱の最中で、そこにコレラなどに上陸されたら、こりゃあ怖ろしいことになる。コレラ船を追払えと、皆、騒いでおりましたよ。今になって思えば、復員してきた兵隊たちも気の毒だったとは思いますがね。なにしろ、こっちも気がたっていたからね。ここは、U港からはずっと離れているんだが、それでも、コレラは怖ろしかったですよ。事実、大森海岸で、コレラ菌で汚染された浅蜊《あさり》を食べて発病したという者も出て」

「栄吉さんは、そのコレラ船に乗っていて、伝染してなくなられたのですか」

「そういう話でした。マツというのが、冷たい女でしてね、葬式も満足にやらなかったらしい。わしら、招《よ》ばれもしませんでしたもんね。死んで一月《ひとつき》もたってから、死んだという簡単な葉書がきて、それっきりですわ。骨もどうしたのか、届けに来ない。呆《あき》れたものです」

「初ちゃんは、かわいそうなことでした」と太市の妻が、「ふだんは、しんねりむっつりしている子が、お父さんが帰ってくるらしいからU港に行こうとマツさんが言い出したときは、そりゃ、嬉しがって、はしゃいでね」

「マツさんは、情が濃いんだか薄いんだか。亭主を迎えにわざわざU港まで行くくらいの気持があるなら、なんで死んだあと、もっと……」

そうそう、お父さん、あの本をお見せしたら、と太市の妻は、奥から薄い本を持ってきた。粗末な製本で、『暁兵団戦記』と、表題が記されていた。

奥付を見ると昭和三十一年に発行されたものである。

火事にでもあったのか、へりがぐるっと焼け焦げて、四角い本の角が丸くなっていた。

「初ちゃんが送ってきたんです。栄吉さんの部隊の生き残りの人たちが、戦後十年もたってから、戦争中から復員するまでの思い出を、みんなで手わけして書き綴《つづ》り、まとめたものなんですね。それを、どうやって調べたのか、マツさんの居場所を探りあてて送ってきたらしいんです。同封してあった初ちゃんの手紙に、〝伯父さんの所に預かっておいてください、持っているところをお母さんにみつかると、また、焼かれてしまうから〟と書いてありました。こんなに焼け焦げているのは、マツさんが火の中に突っこんだためらしいんです。どうしてそんなことをしたのか、よほど、戦争中のことを思い出したくなかったんですかねえ。初ちゃんがこっそり火の中から拾い出したらしいんですよ」

火に焙《あぶ》られ水をかけられ、長い年月を経てもろくなった紙を、安達は注意深くめくった。

当時小学生だった安達は、ほとんど記憶していないが、敗戦直後、復員兵に対する内地の風当りは険悪なものだったらしい。

戦争犯罪人、人殺し、といった目を世間からむけられた彼らが、鬱屈《うつくつ》した気持をめいめいの手記にぶちまけていた。仲間うちだけで読むために作られた非売品なので、戦ってきた者の本音が、赤裸々《せきらら》に語られていた。

初子の父宮沢栄吉が所属した独立歩兵第＊旅団＊＊大隊、通称〝暁兵団《あかつき》〟は、敗戦により広東《カントン》に集結し、復員船の準備がととのうのを待った。

そのころの様子を、手記の一つは、次のように記している。

〝……我々は、中国側の命令で、広東市内の清掃労役に服した。

早朝五時半起床、七時より作業開始。

五十人ずつ一団となり、重いゴミ車をひいて、受持地区を廻る。車の入らぬ狭い露地は、畚《もっこ》と箒《ほうき》でゴミを掻《か》き集める。何という不潔な街か。腐った野菜、厨芥《ちゅうかい》の山、猫の死骸、犬の死骸、赤ん坊の死骸まで混じっている。犬の糞、人間の糞（そいつがたいがい下痢便なのだ。ここが世界的に有名な悪疫《あくえき》流行の中心地であることを思わないわけにはいかない）昨日まで我々に慴伏《しょうふく》していた街の連中が、我々のみじめな姿を指さし、嘲笑《ちょうしょう》するかのようだ……〟

5

東京に帰る列車の中で、安達は、更《さら》に、ぼろぼろの薄い冊子を読み進んだ。復員船が帰国するくだりであった。

〝十六隻の帰還船団は、およそ七万の将兵を満載し、台湾、沖縄を経て内地のU港まで、八日行程の予定で広東を発った。我々の船は、二千名ほどの将兵と若干名の看護婦を載せていた。

船室は狭く、一坪に七、八人が折り重なって寝るような状態だった。

航行三日め、台湾の南バシー海峡を通過していたとき、下痢患者が一名出た。便所は甲板《かんぱん》に急造した粗末なものだった。患者は、船室の床に嘔吐《おうと》した。軍医の診断で、病名がコレラと判明した。恐慌が全員を襲った。医薬品の大部分は現地接収軍に引渡してきたので、船内に疫病が蔓延《まんえん》しても、食い止めるすべがない。患者は、一日苦しんだだけで死亡した。遺体は水中に投じられ、船は汽笛を三度鳴らして、死者を弔《とむら》った。

それが皮切りだった。

悪疫は、たちまち、船内に猛威を振るいはじめた。

沖縄が見えてきた五日め、死者は二名に増え、翌日は、八名が死亡した。

更に、その翌日は十二名、と、死者は数を増した。

哀惜《あいせき》の涙にくれる暇はない。死者はかたはしから水中に投げこまれ、弔笛《ちょうてき》は、まるで、死者が未練がましく水中からさしのべる手をふりもぎる、船の悲鳴のように聞こえた。我々の乗った船ばかりではない。広東を発つ前から、すでに多くの者が感染していたのだろう。どの船も、疫病が急速にひろがりつつあった。

輸送指揮官命令が全乗組員に発布された。

一、輸送船ハ更ニ防疫ヲ強化徹底セントス

二、各部隊ハ左記ヲ実施スベシ

1、広東ヨリ携行《けいこう》セル食品（乾ぱん各六袋及ビ粉味噌《みそ》若干）ハ厳重ナル検査ノ上、

引上ゲ放棄スベシ
2、各はっちヲ隔離ス
3、早期発見ノタメ便所ニハ下士官以上ヲ以テ監視ニ任ゼシムベシ
三、公用ノホカ、甲板上ニアルヲ禁ズ

船室のうち二室を隔離室としたが、患者は激増し、収容しきれなくなった。後甲板の一画を天幕で囲い、そこも収容所にあてた。

下痢患者の早期発見のため、下士官は、昼夜交替で甲板上の仮設便所を監視した。患者の水様便は海風に吹かれ、細かい霧となって、船内に撒《ま》き散った。

乗船者が予定より多かったため、食糧も水も、充分な量が確保されていなかった。食事は朝夕二回の雑炊《ぞうすい》、水は一日に水筒《すいとう》一杯を十人でまわし飲むという状態で、罹患《りかん》してない者までが、渇《かわ》きと栄養不足で半病人のありさまだった。

いつ、疫病菌に侵されるか。すでにもう、菌はおれの体内に潜伏しているのではないか。

早く、早く、故国に着いてくれ。たとえ疫病にやられていても、故国にたどり着くまでもちこたえることができれば、十分な看護を受けられる。死なずにすむ。

今日も、死者を弔う汽笛が鳴った。あの音を聞くのはいやだ。気が狂いそうに怖ろ

しい。

ついさっきまで、発病者を隔離室に運んでいた元気な仲間が、床に嘔吐した。畜生、菌を撒き散らしやがった。他に寝るところはないのだ。嘔吐物を始末したあとの、まだ甘酸っぱくすえたにおいのする濡れた床に、アンペラ一枚敷いてごろ寝だ。甲板ときたら、これはもう、菌の巣窟《そうくつ》のようなものだ。濡れているのは波しぶきのためか水様便の霧のせいか、わかったものではない。

コレラ菌の伝染経路は、口からだ。空気伝染よりは、しまつがいいだろう、と、それを辛うじて心のささえにし、食器の煮沸《しゃふつ》消毒は入念をきわめる。そのために、乏しい飲用水は、いっそう乏しくなる。

内地に着きさえすれば。あと、三日、二日、と、指を折る。今日も生きのびた。あと、一息だ。がんばって、生きながらえている衰弱した自分の肉体がいとおしい。

内地に着きさえすれば。それればかりが頼みだった。

明日は入港と知らされ、生きのびた者たちは、わっとどよめいた。患者の土気色の顔にも、生気がよみがえった。

陸地が薄く見えてきたとき、伝染の怖れも忘れ、全員が甲板にかけのぼった。夢中で手を振り、声を上げげた。

しかし、洋上で船団は停止した。港内から進み寄ってきた船は、検疫船であった。

防備を厳重に固めた検疫官が乗船してきたが、船内に患者の発生が絶無となるまでは、全員上陸は不許可と宣告された。病院のほとんどが焼失し、大打撃を受けている本土の現状として、健康者の上陸一時隔離は不可能だというのであった。

死者と患者のみが、伝馬《てんま》船で運ばれていった。

期待が大きかっただけに、我々は打ちのめされた。病菌でくまなく汚染されつくした、息づまるような船内に、患者の発生を見なくなるまで止《とど》まれというのであった。

上陸すれば病菌におかされなくてすむものを、みすみす、罹病《りびよう》しろというのか。死ねというのか。人殺し。お前たちは、人殺しだ。内地でぬくぬくと、おれたちの血と命で護られてきた奴ら。

上陸させてくれ。おれはまだ、健康なんだ。疫病の巣窟の中で過ごしてきて、これまで、とうとう、菌を寄せつけなかったんだ。

おれの躰は清浄だ。疫病菌など、どこにもひそんではいないのだ。内地のあんたたちに迷惑をかけるようなことはない。本当だ。信じてくれ。

この船の中は、どこもかしこも、疫病がしみこんでいる。患者の撒き散らした反吐《へど》の上で、おれたちは寝なくてはならないのだ。

助けてくれ。助けに来てくれ。伝馬をまわしてくれ。おれたちを見殺しにするな。砲弾、銃火、命の危険にさらされつづけた二年間。

それが、やっと終わった。おまえたちと——妻と、子と、家族たちと、抱きあえる、いっしょに暮らせる、そう思って還ってきた。

このまま船内に止まれば、皆、死んで行くほかはないではないか。

上陸さえさせてくれたら、どこに閉じこめられてもいい。不服は言わない。菌が潜伏していないと確実にわかるまで、監禁されてもかまわない。この、疫病船の中でさえなければ、どこでもいい。

あんたたちは、疫病が怖いだろうさ。だが、おれたちはどうなんだ。平気だとでも思っているのか。おれは健康だ。疫病患者じゃない。それがコレラの猖獗《しょうけつ》する中に置き去られて、気の狂いそうな恐怖を感じないと思っているのか。

我々の叫びは、ただ、仲間うちだけの耳にしか届かなかった。

しかも、隔離は、それから一カ月も続いたのである。

八日の航海を辛うじてささえるだけの食糧しか、船内には用意されていなかった。U港に到着したときは、食糧も水も、ほとんど底をついていた。

内地側としては、怖ろしい病菌を海上で食いとめる配慮でせい一杯で、船内の食糧事情まで考慮が及ばなかったのだろう。

海上の交通遮断《しゃだん》は、厳重をきわめた。病人、死者を運ぶ伝馬船がわずかに往復するだけで、しかも病院の収容能力が低いため、何日も船に放置され死んでゆく者も多かった。海の荒れる日は、防疫船は来ない。そのために、処置はいっそう手遅れになった。

　薄い雑炊の中に、煮くずれたパンのかけらのようなものが入って支給された。

「乾パンじゃないか！　前に、汚染されているおそれがあるからと、とり上げられたやつだ！」

　我々は、激昂した。

「コレラ菌で汚染された乾パンを食えというのか。何のための消毒だ。何のための隔離だ。おれたちに毒を食わそうってのか」

「内地の奴らは、おれたちがみんな死んじまえば、さばさばすると思っているんだ。畜生！」

　毒づきながら、船内にはそれしか食糧が残っていないことを、我々は承知していた。

「煮てあるんだから、大丈夫だろう。コレラ菌は、熱には弱いということだ」

　その、雑炊の水も欠乏し、海水を用いなければならなくなった。患者の排泄物で汚れきった海の水である。いくら熱を加えてあるといっても、口に入れるには勇気がいった。しかし、食べなければ、餓死あるのみだ。

　内地の奴らは、何をしているんだ。

　陸地は、目の前だ。

泳いででも、帰りたい。この船から抜け出したい。

救命ボートを盗んで、という考えが起きてくるのは、当然だった……。〃

6

焼け焦げた本を、安達はマツの前に置いた。マツは、けげんそうな顔でそれをとり上げた。ページをめくりかけた手がとまった。顔色を変え、本を放り出そうとしたが、思い直したように、ふてぶてしい表情になった。

「何ですか、これ」

「あんたが焼こうとした本だ。初子さんが拾い出して、伯父さんに預けておいた。コレラ船の記事を、私も読んだ。二名の脱走者が、救命ボートに乗りこみ、埠頭《ふとう》めがけて遭《こ》ぎ出した、と書いてあるね」

安達は、本をマツの手からとり、ページを開いた。

「この記事によると、〃……脱走者は、救命ボートが転覆して溺死《できし》したということになっているが、実は、陸地にたどり着く寸前、MPに射殺されたというのが真相である。だが、当時、このことを公にすることはできなかった。我々は、無念の泪《なみだ》をこらえ、真実を腹の中にしまいこんできた〃とある。更に、〃地元の人たちは、脱走者の乗った救命ボートに、石を……」

「止めて！」甲高《かん》い声で、マツはさえぎった。

「どうして……どうして、今ごろになって、そんな話をむしかえすんですよ。おせっかいな。三十年も昔の話なんですよ。誰も彼もが忘れ果てていることを、どうして思い出させるんですよ」

「忘れなかった人がいるからだよ。三十年、忘れることなく、そのことを思いつづけ、罪の意識に苛《さいな》まれてきた。そのために、命を断った」

「初子のことですか。あの娘は、狂っているんですよ。誰が考えたって、おかしいですよ。あのことのために、安楽になってはいけないなんて。そのために、こともあろうに、私を……。あの娘だって、投げたんですよ、石を。私たちといっしょになって。先生、あんたには、あのときの怖さはわかりゃしないんですよ。私たちは、必死で石を投げて、追い払おうとしましたよ。コレラ菌のかたまりですよ、救命ボートに乗って岸に近づいてくるのは、躰の中に疫病菌がいっぱい巣くっている、手も足も、服も、体中に、コレラ菌がびっしりくっついている」

「その一人が、あなたの御主人、宮沢栄吉さんだったんですね。そうして、あなたも初子さんも、それと知ってなお、石を投げつけ、追い払おうとしたんですね」

　手記には、脱走者の名は明記してなかった。おそらく、遺族の身の上をおもんぱかったのだろう。

だが、安達は推察した。

初子を三十年間苛《さいな》みつづけた罪の意識。

射殺したのはMPの銃弾であったとしても、少女の柔らかい心には、父に打ち当たり海中に転落させたのは、彼女と母の投げた石として、刻みこまれたことだろう。

彼女たちの投げた石が、実際、父の目に、口に、打ち当たり血を流させたかもしれない。

安達の脳裏に、深夜、埠頭をめざして漕ぎ寄る舟の姿があった。

埠頭には、人々が群れ、声を上げている。舟の漕ぎ手は、それを、自分たちを迎え入れる歓声と錯覚したかもしれない。早く来い、逃げて来い。

だが、人々の手には礫《つぶて》があった。

礫は、彼らを襲った。

マツが、目を血走らせ、髪をふり乱し、帰れ、帰れ、と叫ぶ。

来ちゃいけない。来ちゃいけないよ。あたしや初子にまで、疫病を持ちこむんじゃないよ。すっかりきれいな躰になるまで帰って来るんじゃないよ。

初子も、つられて石を投げる。そうしなければ、まわりの人々から仲間はずれにされそうだ。疫病患者の味方とみなされて、自分までが石で打ち殺されそうだ。それほど、人々は殺気立っている。

おそらく、初子の心の底には、疫病で弟が死んだとき、近所の人や遊び仲間から受けた冷酷な仕打ちが、たまらなく辛い記憶となってしみこんでいる。

群衆の殺気と昂奮《こうふん》は、理性を麻痺《まひ》させ、沸《わ》きたつるつぼの中に初子を巻きこむ。


マツは、ふてくされたように、安達の前に横坐りになっていた。

安達は、マツを責める言葉がなかった。

コレラの恐怖に負けて、それまで帰りを待っていた夫を石で追いやり、死にまで追いつめたマツ。

そのことを、三十年、心に抱きつづけて、母に殺意の手をむける狂気にまで追いつめられた初子。

そのどちらをも、安達は、責めることができなかった。

彼自身、幾度か、加代子の死をひそかに願ってきた。加害者となる可能性は、紙一重のところにあった。

今度、加代子が自殺を計ったら、自分は放置してしまうのではないか。もう一度、持ちこたえられるだろうか。

背に初子の、のしかかってくる重みを感じながら、安達は立ち上がった。

マツは、煙草を抜いて口にくわえた。奇妙に図太い笑いがマツの口辺に浮かぶのを、安達は見た。

叫び

梓崎　優

梓崎 優 しざき・ゆう

1983年、東京都生まれ。慶應義塾大学経済学部卒。2008年、「砂漠を走る船の道」で第5回ミステリーズ！新人賞を受賞。受賞作を第一話に据えた連作短編集『叫びと祈り』で単行本デビューを果たす。2011年、本屋大賞にノミネート。他の作品に『リバーサイド・チルドレン』がある。

【底本】『叫びと祈り』（創元推理文庫、2013年刊）

赤黒く腫《は》れ上がった腕が、かすかに動いた。

ひざまずいてその腕を握る老人の手に、また力が込められる。腕は二、三度縦に揺れたあと、静かに動きを止めた。誰かが息を吐く音が、やけに大きく聞こえた。

薄暗い室内は、沈黙に包まれていた。部屋の奥に開かれた窓の向こうには、鬱蒼《うっそう》とした密林の風景が見える。北を向いた窓からあまり日が入ってこないのは、太陽が高い位置にあるからだろう。決して明るくはない室内の、それでも一番光が当たる部分に、人が横になっていた。そしてそのひとりを五人の人間が囲んでいる。

寝床に横たわっているのは、若い男だった。木の床に敷かれた布の上に横になり、麻布を腹の上に掛けている。寝床の大きさが背の高さを物語り、老人に握られた腕には、隆々《りゅうりゅう》とした筋肉が刻まれていた。肌は褐色に焼け、黒髪は短く刈られている。もし立ち上がった姿を見たなら、きっと村を背負う若者の勇姿がそこにあったに違いない。けれど、それを期待するのはもう無理な気がした。根拠があるわけではない、けれどはっきりとした予感だった。室内に入ったときの、そして村に立ち入ったときの空気感に、それは似ていた。覆いかぶさった何かが、今にも森ごと村を押しつぶしそうな、悪寒めいたものだった。

――ドクター、いかがですか。

どこか遠くで聞こえたと思えた声は、実際にはすぐ近くで発せられたものだった。

斉木《さいき》は視線を下ろした。老人の横で、片膝をついて若者の様子をうかがっていた金髪の男が、ビニール手袋をはめた手で若者の額に触れた。若者は苦しげに息を吐き出したが、声は出さなかった。ただ、顔が苦痛に歪んで、鼻から流れ出ていた血が形を変えた。

金髪の男は一度かぶりを振ると、おもむろに立ち上がって、斉木を振り返った。

──先生。声を掛けたのは、先ほどと同じ、斉木の横に立つ男だった。普段は陽気なゾウを連想させるだろう風貌に、悲愴感を漂わせている。

「ドクター」

「──俺は専門医じゃないし、間違っているかもしれない」ドクターと呼ばれた金髪の男は、手袋を裏返しながら外すと、慎重に口を縛って、別のビニール袋に入れた。

「ただ、高熱、頭痛、嘔吐《おうと》、そして出血──似ているんだ」

男は、耳にかぶさった金髪を揺らした。左右に揺らす様が、一瞬むずかる子どもを連想させる。

「だが、あり得ない。南米で発症した例など、聞いたことがない。だが、似ている。似すぎている。さっきの話が、それを裏づける」

「似ているって、何にですか」

思わず問いかけた斉木を男は見た。白いマスクの上の目が、じっと斉木を見返していた。窓から入ってきた一陣の風が髪を揺らし、感情を含んだ瞳を隠して――

「エボラ」

　思いもかけなかった言葉に、斉木は反応できなかった。

「エボラ出血熱だ」誰かが起こした撃鉄にも似た音が、斉木の耳の奥で反響する。「この村は、滅びに瀕《ひん》している」

†

　長く伸ばした腕で全てを搦《から》めとらんとする、異形だった。

　一本の巨大な樹木が、真っ直ぐに天を目指して立っている。頭上に伸びるその巨木の幹に、別の木が蛇のように巻きついている。軋《きし》む音を立てそうなほど強く巻きついた木に遮られて、わずかに見え隠れするだけの幹は、ひび割れていた。そのひび割れを横断して、極彩色の小さな虫が行列を作り、せっせと何かを運んでいる。

「どうした、疲れたのか」

　前方から声を掛けられて、斉木は自分が知らず立ち止まっていたことに気づいた。大丈夫です、と返事をして、斉木は異様な樹木を横目に歩を進めた。両手を伸ばしても、とても抱え切れない太さの幹を、何重にも蛇の胴のような木が締め上げている。

大蛇の背を伝う虫が一匹、バランスを崩したのか肩に落ちてきて、斉木は汚れた軍手でそれを払った。

「締め殺しの木だ」

すぐ先で待っていたのは、ややくすんだ金髪を無造作に肩まで伸ばした男だった。斉木より頭ひとつ背の高い男は、細身というより引き締まった肉体を薄い橙色《だいだいいろ》の半袖シャツで包み、山岳用のリュックを背負っている。細面《ほそおもて》に無精ひげの男は樹木を見上げていた。

「鳥や猿が食った実の種が、木の枝の上に落ちることがある。すると、その枝に発芽して、上から地面に向かって根を下ろしてくる。そうして、次第に元の木を締め上げて、殺す。すでにある木の場所を強奪する、イチジク属の植物だ」

「さすが、詳しいですね、アシュリー」

「熱帯雨林ではよくある光景だ。嫌でも憶える」

感心する斉木に、男――アシュリー・カーソンは肩をすくめてみせた。

道は、道というより茂みの狭間だった。傍《かたわ》らを浅い小川が流れ、斉木はアシュリーの後ろを川に沿って進んでいた。視界は濃緑色に覆われ、乾いているのに湿っぽい、独特の臭気が鼻を突く。突き出た巨大な笹に似た葉が歩行を遮り、斉木は両手で枝葉を払いながら進まなければならなかった。

けれど何より斉木の足を竦《すく》ませるのは、雨林の持つ異様な気配だった。踏み込んだ当初、森は枯れ果てた原生林に見えた。頭上からは、数多《あまた》の蔓《つる》状の植物が垂れ下がり、木々の姿を隠す。足元には風に揺れることもない茂みが地面を埋め、ただ自分たちの靴だけが動きを見せる。森は、生命の躍動が感じられない、滅びの空気を匂わせる。

だがその空気は、ひとたび上空で羽ばたいた鳥の羽音で、霧散する。突如として鳥の鳴き声が森を覆い、茂みのあちこちでは、何かが這いまわる音が聞こえてくる。目を凝《こ》らせば、緑の葉のそこかしこを原色の虫が歩きまわり、鮮やか過ぎる色の花々が、繁茂《はんも》する植物の狭間に見え隠れする。

死という仮面の裏側に、常に何者かの生命の気配が渦巻いている。今にも捕食しようとこちらをうかがっているよう。見えない誰かの濃密な気配、それが斉木から必要以上に体力を奪っていた。

まるで、巨大な蛇に、ゆっくりと全身を締めつけられるように。

「奇観ですね」斉木は耐え切れず思いを吐き出す。「締め殺しなんて、悪魔のような植物だ」

「悪魔のような、ね」

斉木の言葉に、アシュリーが振り返った。サファイア色の瞳が、一瞬陽光を受けて輝く。

「アマゾンに来たやつは皆、同じことを言う」

首を傾《かし》げる斉木に、先を急ごう、とアシュリーが促した。彼の言わんとすることが分からず、困惑を覚えつつも、斉木は息をひとつ吐き従った。踏みしめた落ち葉と草が摩擦を起こして、小さな音を鳴らす。

地球上に残された最後の秘境とうたわれる南米アマゾン盆地――そこには、南米大陸にまたがる千を超える支流を持つ大河が流れ、周囲には、ブラジルを中心に南米九ヶ国にまたがる密林地帯が展開する。全高等植物種の二割、哺乳動物の一割が生息する楽園であり、森林伐採《ばっさい》に始まる絶え間ない開発にさらされた瀕死の世界であり、世界規模の環境変動を引き起こす要因であり、冒険者の心を未《いま》だ惹きつけてやまない未踏の地域。

ここはその只中だった。

斉木は勤め先の会社が発行する雑誌の取材のため、アマゾンを訪れていた。現在予定している特集は、世界中の少数民族だった。アマゾン奥地には、インディオ保護区を中心に、先住民族が数多く暮らしている。今回、南米大陸の担当として、若手とはいえ語学の堪能な斉木に白羽の矢が立ったのだった。

顔を撫でようとするシダ植物の葉を避けながら、斉木は視線を目の前を歩く男に向ける。

　アシュリー・カーソンは、アマゾンで医療活動に従事する英国人の医師だ。彼は広大なアマゾンの先住民族を訪ねては、医師として病や怪我に冒された住人を診《み》てまわっている。先住民の暮らしをサポートしたり、環境保全を訴えたりするNGOは多いが、そうした団体に加わらず、個人で活動している珍しいケースだ。少数民族への焦点の当て方として、斉木はアシュリーの活動を介することを考え、彼に同行を願い出たのだった。

「アシュリーは、どうして個人で活動を？」

　足元に気を取られながらも、斉木は前を歩くアシュリーに尋ねた。鬱蒼と茂る森の中で、巨大な倒木が一本地面に寝そべり、小さな空間を作っていた。群生したキノコと苔がびっしりと覆う木の横を、アシュリーはためらう様子もなく歩いていく。朽ち果ててもなお濃密な木の気配に、斉木は少し足早になってアシュリーを追った。

「どうして組織に加わらなければならない？」

「そのほうが、効率的ではないですか。例えば医療活動ひとつをとっても」

「――俺は別に、先住民を助けたくて、こうした活動をしているわけじゃない」

「しかし」

「俺は先住民族に思い入れがあるわけでもないし、環境破壊を憂《うれ》えているわけでも、文明批判をしたいわけでもない」アシュリーは、歩みを止めることなく言う。「それが俺の仕事だからだ。それ以上でも、それ以下でもない」

「——では、どうしてアマゾンに。わざわざ、大変な場所で、これだけ苦労をしてまで」

ブラジルの首都ブラジリアからバスで二十時間かけて北上し、今度はボートに乗り換えてアマゾンの支流を遡《さかのぼ》る。六月のアマゾンは乾季で水量も少ないが、それでも川幅は広大で、岸の反対側は望めない。濁った水面の下にはワニやピラニアが潜み、水上をブヨの大群がたむろする。過度のストレスにさらされながら川を上ること半日、現れた森の中を今、斉木とアシュリーは進んでいた。歩き始めてすでに四時間が経っている。予定ではあと一時間あまりで、目的の集落に辿り着くはずだった。

それだけの道程を、アシュリーはすでに何度も行き来しているという。

アマゾンにおける先住民への支援は、生半可な意志でできるものではないだろう。果たして自分にできるだろうか——そう問いかけたとき、斉木は首を横に振らざるを得ない。快適な文明生活を捨て、命の危険を冒しながら奉仕ともいえる活動に人生を捧げることはできないというのが、斉木の偽らざる本音だった。

その困難な活動を、仕事と割り切って行うモチベーションとは何なのか。

斉木の質問に、アシュリーはおもむろに立ち止まった。林冠《りんかん》の隙間から見える空は思いのほか青く、春めいた風が白い雲を次々と左から右に流していく。アシュリーの視線につられて空を見上げた斉木は、息苦しさが少し和らぐのを感じる。

「スティングを知っているか」

「——イギリスの歌手の」

ああ、とアシュリーは頷いて視線を動かす。森に切り取られた小さな空を、赤い鳥が翔《か》けていくのが一瞬見えた。

「一九八九年五月、スティングが世界ツアーをやった。俺はロンドンで、それを見た」

「よく、日付を憶えてますね」

「好きな女の誕生日だった」

「へえ」

「そして俺から逃げた日だった」

「それは、また」

「ロンドンの会場で、スティングはマイクを握って叫んでいた。髪を振り乱して、ベースを構えて、叫ぶように歌っていた」

淡々と語るアシュリーの言葉が、いつもにも増して淡々とした響きを持つ。

「そのツアーの名前が、熱帯雨林保護《SAVE THE RAINFOREST》だった」

スティングは南米と英国を繋いだ。

だからアマゾンに来た、と彼は言った。

不意に、視界が暗くなった。

森の切れ間である林冠ギャップを過ぎ、倒木の橋を渡った後のことだった。広い川幅に寝そべる巨木の上を渡り終えて、緊張の糸を緩《ゆる》めた斉木は、あたりを見回した。周囲の鬱蒼とした木々に、変化はない。先ほどまでは、枝葉の隙間からときおり覗く煌《きらめ》きが、一定の光量を森の中にもたらしていた。けれど今、森は確実に暗くなっている。時刻はまだ、昼過ぎだというのに――

「まずいな」

アシュリーのつぶやきに、斉木が反応した、そのとき――

唐突に、轟音《ごうおん》が斉木を襲った。

それが雨の音だと分かるまで、少しの時間がかかった。気づいたときには、何枚もの服を重ね着したような重さが全身にのしかかる。

「乾季に雨が降るんですか⁉」

「最近は、ときどきあるらしい。遭遇するのは俺も二度目だが」

焦る斉木と対照的にゆっくりと周囲を見回しながら進むアシュリーは、十メートルほど先の巨大な木の根元で立ち止まった。慌ててアシュリーの隣に行くと、途端に雨足が弱まった。見上げれば、無数の葉を茂らせた、斉木の胴体ほどはあろうかという枝が、幾重にも交叉していた。がっくりと頭《こうべ》を垂れたその枝が、雨を防いでくれているのだろう。アシュリーに促されて、斉木は緑色の巨大な根に腰掛けた。根をびっしりと覆う苔がクッションの役割を果たしているのか、座り心地は想像以上に柔らかだった。

雨は強烈だった。無数の木々が遮るはずなのに、それでも夥《おびただ》しい量の水が、空から地面へ落ちてくる。背負っていたリュックを膝上に置き、それにもたれながら斉木はスコールが濡らす緑の世界を眺めた。ザザザザザザザザ、絶え間のない音が、雨の林を支配している。

「ずいぶんと、重そうなリュックだな」

湿った髪を掻き上げながら、アシュリーが尋ねた。彼の足元に置かれたリュックは、斉木の半分ほどの大きさしかなかった。

「必要と思うものを、詰め込んできただけなんですが――」

アマゾンは斉木にとって初めての地だった。危険のひしめく密林地帯、というイメージしかなかった斉木は、とりあえず備えあれば憂いなしとばかり、必要そうなものを片端から放り込んできた。種々の病気や蛇の毒に対する医薬品、虫除け、非常食、万能ナイフ、機能性に優れた雨具、取材用の防水カメラ。今も、斉木は日本から持参した登山靴を履いている。他にも、携帯、ガイドブック、GPSといった、アマゾンでは役に立たないものが、リュックの奥に埋もれている。

その一方で、アシュリーはずいぶん身軽だった。半袖シャツに半ズボン、サンダルという軽装だ。使い古されたベージュのリュックも、山岳用としてはかなり小型な部類に入る。中には、最低限の医薬品や植物を刈り取るナイフ、多少の着替えといったものしか入れていないという。

「アマゾンは魔境——そんなイメージが、どうしても拭《ぬぐ》えなくて」

「最初は誰でも、間違える。だが、すぐに気づくさ。アマゾンに、過剰な荷物はいらない」アシュリーは、コンコンと自分の頭を叩いた。「必要なものは、ここに詰め込んでおけばいい」

「知恵、ですか」

「森の中を走りまわる先住民が、リュックを背負っているかい」

「足りない知恵を補うには、荷物を増やすしかないでしょう」

「そう——だから残念ながら俺も、リュックを手放すことはできない」

珍しく笑いながら、アシュリーはリュックを開けた。中から、小さなハーモニカを取り出す。不要なものでも持ちたくなるのは人間の性《さが》だろう、とアシュリーは白い歯を覗かせた。

「それに、先住民との仲を取り持つのに、楽器は役に立つ。音楽は、世界を繋ぐ数少ないもののひとつさ」

「先住民は、音楽が好きなんですか。今回訪ねる、その――」

「デムニ」手のひらに収まりそうなハーモニカを、アシュリーは見つめる。「彼らも、音楽が大好きだ。それも、にぎやかで、力強い音色がな」

デムニは、ブラジルアマゾンの奥地に潜む、わずか五十名弱の小さな部族だ。デムニの他にも、アマゾンには百を超える部族が熱帯雨林の中で暮らしている。有名なヤノマミやアシャニンカと違い、ほとんどメディアに取り上げられることはなく、西欧文明が押しかける前のアマゾン生活を継承している一部族だった。

アシュリーの話をまとめれば、デムニは日本人が一般に「ジャングルに潜む先住民」と聞いて抱くイメージに近いらしい。腰巻をまとっただけの裸体に、赤と黒でペイントした先住民は、狩猟と木の実などの採取で生活している。性格は極めて好戦的で排他性が強く、ただひとつの集落に住む彼ら以外に、近辺で暮らす部族は存在しない。都市部からも遠く離れたこの地にやってくるのは、アシュリーの知る限り彼らだけらしい。

「乾季と雨季、それぞれに催される祭りでは、巨大な棒を使った、レスリングに似たゲームをやるんだが、これが戦争さながらの激しさなんだ。毎回、怪我《けが》人が何人も出る」

「じゃあ、アシュリーの出番はたくさんあるのですね」

「そうでもない。生傷は、長老が癒《いや》すことが多い」

小さな部族の中心にいるのが長老だった。シャーマンと医者の両方を兼ねた、部族のまとめ役である。雨林には、病や傷を癒す薬草や激しい嘔吐を招く毒草、飲むと幻覚症状を引き起こす木の実やボディペインティングに使う特別の植物が存在する。溢れんばかりの情報、その全てを知る集落一の知恵者が長老だ、とアシュリーは説明した。

「アマゾンで生活するには、知恵が最も重要だ。デムニでは、最大の知恵者が長老に選ばれる。だから、知恵は呪術的な意味合いも持っている」アシュリーの手に握られたハーモニカに、水滴がひとつ落ちて、表面が鈍い光を放った。「医者である俺は、村では呪術師と呼ばれているらしい」

それきり、アシュリーは口をつぐんだ。間断《かんだん》ない雨の合唱が、かえって静けさをもたらす。

医療を呪術と考える人々。

自分たちと、まるで異なる世界の捉え方。

急に、森の向こうに巨大な壁が立っている錯覚を覚えて、それでも斉木は断絶を感じることはなかった。

例えば音楽が、分厚い壁にひびを入れるかもしれない。

ふと、斉木はアシュリーを見遣《みや》った。

荷物を知恵に置き換えるアシュリーが、ハーモニカをリュックに入れている。それは、単に先住民との対話を容易にしたい、というだけではないのではないか。他の、もっと感情的な理由があるのではないか。

例えば、いつか先住民とスティングを分かち合う日を夢見ているからというような。


アシュリーが足を止めた。

雨はすでに止み、空から細い光が矢のように差し込んでいた。スコール明けのアマゾンは急激に気温が上がる、そうアシュリーに促されて、雨が止む前に出発し、十五分ほど歩いてきたところだった。ときおり肩で息をしながら、足を前後に動かすことだけを念じていた斉木は、突然立ち止まったアシュリーに、危うくぶつかりそうになった。

どうしたんですかと声を掛けながら、アシュリーの視線を追った斉木は、息を呑んだ。

斉木から見て右手の茂みの奥に、小さく開けた場所がある。

その地面が、灰色に染まっていた。

雨でやや黒ずんだ、土の色にしては薄いその色が、生い茂る草木にかぶさっていた。砂でない、土とも違う、灰色の何か——

「変だ」いつもは無表情なアシュリーの顔が、今は険しく歪められている。「多すぎる」

淡々とした言葉の予想外の重い響きに、斉木が驚いていると、アシュリーはゆっくりと斉木を見遣った。青い瞳が、困惑の色を浮かべている。

「アシュリー、あれは——」

「遺灰」

言葉の意味が、一瞬、つかめなかった。遺灰？

「遺灰だ」アシュリーの言葉が、突然非現実的に聞こえる。「デムニは火葬の風習を持っている」

「——では、あれは人の」

「おそらく。だが、こんなところに墓はなかったはずだ」

「墓？　この、灰を撒いただけの状態が、墓なのですか」

「ああ」

「なぜ遺灰を——まるで死者を鞭《むち》打つ行為に思えるのですが」

「死者は土に還《かえ》る。魂《たましい》は自然に還り、いつかまた人として生まれてくる。原始シャーマニズム的な思想があるのだろう」

説明しながらも、アシュリーはどこか上の空だった。と、やはり変だと言うが早いか、アシュリーが突然道を先に進み出した。

「ちょっと、アシュ――」

「何か村で起きているのかもしれない。村はすぐそこだ。急ごう」

ぐんぐん突き進むアシュリーの背中を、慌てて斉木は追いかけた。踏みしだく草の音が、四方に展開する灰と緑の世界に呑み込まれて、渦となって中心の斉木へ迫ってくる。追いかけるというより追いかけられるように、近づいてくる何かから逃げるように、斉木は足を進める。音から逃げて、リュックを追って――どこまでも続くかに見えた原生林が、唐突に消えた。

まばゆい光が目に入ってくる。乱立する何かの影が、平らな土の上に黒いまだら模様を描いている。

デムニの集落だった。

突然溢れた光の洪水に目を細めながら、斉木は左右に顔を動かした。想像よりも大きな空間は、しかしひらけている、というのとは異なっていた。高床式の、木の枝と大きなバナナの葉で葺《ふ》かれた屋根を持つ木造の家が、ぽつぽつと距離を置いて建っている。その間に、大小様々な木々が並び、垣根の役割を果たしている。アマゾンでしばしば神聖視される樹木サマウーマや、緑色のラグビーボールほどの実をいくつもぶら下げたパパイヤの木の高さは、数メートルはあるだろう。目の高さには巨大なシダ植物が鋭い葉を伸ばし、威嚇《いかく》するように群生している。頭上を覆う枝葉こそないものの、思った以上に見通しの利かない集落だった。見えない場所にも、まだいくつか家があるのだろうか。

集落の風景を眺めながら、斉木は妙な胸苦しさを覚えた。なぜだろう。半端にひらけた空間が、かえってジャングルの只中であることを主張し、閉塞感を覚えさせるからだろうか。

それもあるだろう。けれど、斉木はそれだけでない気がした。

違和感——何かが、違う、という感覚が拭えない。

想像していた雰囲気とは異なる、禍々《まがまが》しい空気が漂っている。

サマウーマやパパイヤの木が揺れている。小さな茂みに隔てられながら、家が点在している。

何かに似ている。過去に訪ねた様々な場所のどこかに似ている、そう考えて、思い当たった。アフリカ、コンゴ民主共和国——内戦から半年が経ち、復興の兆《きざ》しを見せ始めた市街区の片隅で、置き捨てられた古い街の一角を、かつて斉木はジャーナリストとして歩いたことがあった。火災や銃撃で半壊した、家屋の名残《なごり》であるむき出しのコンクリート。滅びた街を歩く斉木の額をかすめた、乾いた風。スコールがもたらした湿った風にもかかわらず、斉木は同じにおいを感じずにはいられなかった。

　何かがこの村で起きている。

「おかしいな。誰もいない」

　ぽつりとつぶやいたアシュリーは、リュックを地面に下ろすと、誰か、と声を張り上げた。無人の集落に声だけが響く。アシュリーに従って斉木も声を上げようとしたそのとき、奥の一際《ひときわ》大きな家から、黒い人影が二つ姿を現した。ひとりは英語の文字がプリントされた黄色いTシャツに半ズボン、奇妙に大きな靴という恰好の男で、もうひとりは半裸の、全身を赤と黒でペイントした長身の男だった。ブラジリアの街中を歩いていても違和感のない恰好の男と、杖を持ち黒い褌《ふんどし》に似た布を腰に巻いただけの男の組み合わせは、どことなく奇妙だった。二人とも若く、斉木と同じ、二十代半ばの年齢に見える。Tシャツの男のほうが、やや年長だろうか。

　こちらを認めるなり駆け寄ってきたのは、その黄色いTシャツを着た男だった。アシュリーの傍《そば》まで来ると、

「よかった！　助かった！　ドクター、いいところに来てくれた」

　膝に手をつき、息を整えながらも流暢なポルトガル語で一気に喋る。垂れ下がった柔和な目がゾウのようで、普段は優しげな雰囲気であることを連想させる。しかし今、

焼けた肌に汗を浮かべた表情は、苦しげなものだった。というよりも――怯えをにじませていた。

「ダビ。どうした、何があった」

「ドクター」ダビと呼ばれた男は、肩を上下させせながらまくし立てた。「とにかく大変なんです。皆がばたばたと倒れて。ハビダイの祭りが終わってからなんです。アリモも、ニーニャも、とにかくもう、皆が倒れて――」

「ダビ、落ち着け。最初から話してくれ、何があった」

「――ああ、すみません」ダビは両手で頭を抱えると、そこで初めて気づいたのか、斉木を見た。細い目の奥に、不審の色が浮かぶ。「――君は?」

「初めまして、斉木といいます」

「俺の友人の日本人だ。問題ない、彼は信頼できる」

「――そうですか」斉木に対する警戒を解いたわけではないだろうが、今はそれどころではないと判断したのか、アシュリーに向き直る。「実は――村人が病気に冒されて」

「病気だと」アシュリーの目が細められる。「誰が倒れた? アリモ、ニーニャ、他に――」

「何人なんて話じゃない。ほとんど全員です! しかも」ダビの言葉が、再び興奮に染まる。「ああ、その大半が――死んでしまった」

アシュリーが絶句したのが分かった。

「大半って」気づけば、斉木は自分でダビに尋ねていた。「どれくらいの人数が」

ダビがゆっくりと斉木を見た。その表情は凍っていた。興奮で朱に染まった顔に、感情がまるで宿っていない。露《あらわ》になった感情と、そぎ落とされた感情と、奇妙なアンバランスさが同居する表情で、ダビはぽつりと言った。

「三十五」

数字に、まるで現実感がなかった。

三十五？

「寝床に臥《ふ》せっているのが、七」

合わせて四十二、つまり死亡率は――

「今、病に冒されていないのは六名だけです」抑揚のない声が、空しく響く。「アリモ、ニーニャ、ディルハ、ダオ、モルスメア――皆、死んだ」

皆死んだんだ――そうこぼして、ダビは俯《うつむ》いた。その眼差しは、地面に向けられていて、しかし地面の何も捉えていないようだった。照り返す日差しの中、黄色い衣服が場違いに引き立っている。

と、ダビの肩にトンと棒状のものが置かれた。もうひとりの、半裸の男が、手に持った杖で叩いたのだった。複雑な絵柄を描く赤と黒が、全身くまなく腕、目の下までも覆い尽くしている。髪は刺さりそうに短く立ち、首には骨に似た薄い黄色のかたまりがいくつも繋がった首飾りを掛けている。長く通った鼻筋は端整な顔立ちを作り、思慮深げな印象を斉木に与えた。

はっとダビは顔を上げると、

「何とかしてください、ドクター」二人が先ほど出てきた、奥の大きな家を指差した。バナナの葉で葺かれた、三角屋根の建物だった。「とにかく、長老の家に来てください。詳しい話は長老が」

そのまま、アシュリーを急《せ》かして走り出した。長身の男もダビに続く。アシュリーは頷くと、斉木を促した。緊迫した雰囲気に、斉木も走ろうと足に力を入れた。

そのときアシュリーが、すっと斉木に近づいた。上背のある影が斉木を覆う。どうしたのかとあとずさる斉木に、アシュリーは耳元でささやいた。

ダビたちには聞こえない、だが斉木には確実に聞こえる声量で。

「伝染病の可能性がある。誰が感染しているかわからない。ものに手を触れるな。人に近づくな」

そうして、アシュリーも早足で進む。

ふと、斉木は背後の地面を振り返った。雨で湿った集落の入り口には、村の中へ向いたアシュリーのサンダルと斉木の登山靴の跡だけが、綺麗な形で残されている。このまま後戻りのできない魔窟に踏み込んでいくのではないか——不意に怖気《おぞけ》が背中を襲う。走り出したアシュリーの残した言葉が、耳の奥で残響となり、慌てて斉木は後を追った。


屋内はほのかに饐《す》えたにおいがした。燦々《さんさん》と日が降りそそぐ屋外から一転して家の中は薄暗い。

室内を区切る衝立《ついたて》の類《たぐい》はひとつもない。床には単色の巨大な布が敷かれ、わずかな調度品が隅のほうにひっそりと散らばっていた。壁には束ねられた長い枝と厚い木板が交互に並び、屋根に葺かれた巨大な葉の天井を支えている。

暗い室内をわずかに照らすのは、扉のない入り口と奥の窓から差し込む光だった。黒白《こくびゃく》の壁を押し破ったような暴力的な窓は、その向こう側の密林を切り取っていた。黒白の世界に浮かび上がった色鮮やかな風景は、無数の緑と茶が氾濫していて、何者にも抑えるすべのない様に、斉木は不安を煽《あお》られた。

その窓の手前に、ひとりの男が座っていた。

斉木に背を向けている男の、ひどく丸められた背中を、長い白髪が覆っている。小柄にもかかわらず大きく見える背中から発せられる何かが、張り詰めた空気となって屋内に充満していた。

「＊＊」

室内の空気に半ば呑まれたように、それでもダビがそっと声を掛けると、男はゆっくりと振り返った。

頬を覆う白ひげ。落ち窪んだ目に低い鼻。歳はすでに六十を超えているのではないか。胸に描かれたペイントは、赤と黒が複雑に交じり合った若い男のものとは違い、赤い下地にわずかに黒い線を入れただけの、シンプルなものだった。

「久しぶりです、長老」

アシュリーが挨拶をする。しばしの沈黙のあと、ダビが慌てた口調で言った。

「＊＊、＊＊＊＊＊」

それが通訳をしたのだと気づいたのは、斉木の理解できない言語に老人がゆっくりと頷き、言葉を返したからだった。

思えば、杖の若者は一言も発していない。それは、ダビやアシュリー、そして自分の交わすポルトガル語を理解していなかったからなのだ。

「＊＊＊＊、＊＊＊＊、＊＊」

老人がダビに何かを伝える。ダビがアシュリーと斉木に、奥に進むように促す。

足元が小さく軋んで、音に目を細めた斉木は、老人の後ろに男がもうひとりいるのに気づいた。彼は、正確には横たわっていた。まだ若い。布の上で仰向けになった男は、精悍な顔に苦しそうな表情を浮かべていた。片方の腕が投げ出されて、それを老人のか細い手が握り締めている。

「後ろで寝ているのは息子さんですね」アシュリーはリュックを下ろすと、手早く中から取り出したマスクをつけ、ビニールの手袋をはめた。「早速診察をします」

近づこうとするアシュリーを、老人が空いた腕で止めた。訝《いぶか》しげに長老を見遣るアシュリーに、ダビが口を開く。

「知識を得なければ、知恵はまわらない——診察の前に、村の状況を把握してほしい、ということかと」

「——分かりました」

アシュリーは頷くと、立ったまま老人の言葉を待った。アシュリーが黙ったのを見て取ると、老人はしわがれた声で言葉を紡《つむ》ぎ出す。斉木が耳にしたことのない、呪文のような面妖《めんよう》な抑揚を持った言葉が室内に流れ出す。ダビが緊張した声音で、それを訳し始めた。

始まりは十日前のハビダイの祭り。

乾季ごとに一度、狩猟の成功と集落の繁栄を願って執《と》り行われる祭りは、いつにも増して盛大だった。というのも、珍しい灰色の毛を持つ猿を数匹、罠で捕獲することに成功したからだった。

　幸先のよい狩りの成果に、男たちは勇んでウルクンとジェニパポを集め、女たちはそれらをすり潰して互いに塗りつけた。集落の中央にかがり火を焚き、椰子《やし》の木で作った小太鼓を鳴らし、全員で歌いながら踊る。長老を先頭に、年老いた者から順に狩ってきた猿の肉を食らい、自生する芋から作った酒を飲み、かがり火の周囲で組み合って戦う。ダビ以外の全員が参加した宴の夜は夜半まで続き、森の空を明るくした。

　異変が起きたのは、その三日後からだった。

　村の女数名が、身体に熱を持ち、頭の中で猿が暴れると訴えて寝込んだ。一日寝かせたが、彼女たちの症状は治まらなかった。腕や足や喉が、とにかく全身が蛇に締めつけられるようだとうめく。やがてある者は吐血し、ある者は排泄物が血まみれになった。

　驚いたのは、それがその数名に限らなかったことだ。彼女たちが倒れた翌日から、他の村人も続々と倒れ始めた。

　そうしてさらに二日後、最初の女が死んだ。虚脱したように倒れ、そのまま死んでいった。それからは、もう止まらなかった。皆一様に疲れ果て、出血し、死んでいく。呼吸ができなくなる者もいた。

薬草も効かぬ。祈りも届かぬ。そのまま、数十名が死に絶え、煙はひっきりなしに上がった。今まさに、己《おの》が息子も死に瀕している――

重苦しい沈黙が、室内を支配する。気まずげに口を閉じたダビが、長老とアシュリーを何度も見る。

斉木は長老に目を向けた。村で起きた事態を話す間、長老は息子の手を握り続けていた。黒と赤でペイントされた腕同士。どれだけ深く愛していたのだろう。どれだけ悲しみは深いのだろう。日本で暮らす斉木と、雨林の中で暮らす彼らの間にどれだけの距離があっても、親子の愛情は同じはずだ。閉じられたまぶたの奥で、瞳がどんな色を浮かべているのか――斉木は胸が締めつけられる思いだった。

「――いくつか、質問を」

眉間にしわを寄せながら聞いていたアシュリーが、長老を見据えて言った。ダビの通訳に、長老は目を閉じたまま頷く。

「最近、虫や動物が大量発生したということはありますか。蚊や、鼠など」

アシュリーの問いかけに、長老はゆっくりと首を横に振った。アシュリーはダビと若者を見る。二人とも、少し躊躇したあと、共にそんなことはなかった、と身振りで示した。

「そうですか。では、ハビダイの祭りで食したものは」

「酒、木の実、猿、カピバラ――」

「その中で、ハビダイの祭り以前には食していなかったものは」

「――猿、です」

「その猿は、どのように食したのですか」

「ええと」長老にあごで促されたダビは、しばらく若者と相談し、アシュリーに向き直った。

「女たちが解体して、皆に配り、皆がかがり火の周りでそれぞれに焼き上げていた、ようです。自分はハビダイの翌日に村に戻ったから直接見てはいませんが」

「――そうか」

アシュリーの小さな声だけが、室内に広がる。窓の外では茂る樹木が、微風でわずかに葉を揺らしていた。

「息子さんの容態を」

わずかな沈黙のあと、改めてアシュリーが言った。彼は、息子の手を握り続ける老人の横で膝を折り、患者に向かい合った。

†

傍らの茂みがガサッと揺れて、斉木は慌てて振り向いた。青緑の葉をくぐって、カピバラが一頭、澄ました顔でのっそりと顔を出していた。切れ長の目の先の大きな鼻先が、小刻みに震えている。カピバラは斉木を認めたのかどうか、数秒止まったあと、不意に奥の森へ走っていった。かすかな野生のにおいを残し、密林へ消えていく茶色の姿を見守りながら、斉木は大きく息を吐き出した。

木々がないために、強烈な日差しが次から次へと降ってくる。緑の壁に遮られた集落は、ねっとりとした熱が溜まった鍋底のようだった。ときおり走る柔らかな風さえ暑さを助長する中、斉木は圧迫感にさいなまれていた。

その最大の理由は言うまでもなく――

木が軋む音がして、目の前の家からアシュリーが出てきた。ビニール袋をぶら下げながら、高床に据えつけられた小さな階段を下りてくる。斉木の横まで来ると、彼はふっと息を吐いた。重苦しいため息が、熱の渦に溶けて拡散していく。

「――様子は」

切り出した斉木にアシュリーはしばらく目を伏せたあと、首を振った。

「良くない。どの発症者も、消化器官や皮下に出血症状を見せている。高熱、頭痛。起き上がる気力のある者はいなかった」

「では、病の正体はやはり――」

「あくまで可能性に過ぎないが――エボラの確率は低くなることはなかった。今、発症していない者を全員集めてもらっている」

アシュリーの言葉に、斉木は押し黙った。太陽が、首筋を焦がす。

何ものかに抱きすくめられている気配を感じて、斉木は背筋を震わせた。

「――怖いか」

恐怖を抱かないはずがない。

エボラ出血熱は致死率が極めて高い。詳細などまるで知らないが、どれだけ危険なものであるか、映画や小説で漠然としたイメージは持っていた。不治の病、死神の鎌――それが誤った先入観かどうか、斉木に判断するすべはない。ただ、死の代名詞のように斉木は思っていた。

「症状からだけでは、病気を特定することは難しい」アシュリーが、三角屋根の家を見ながら言う。入り口の奥から、誰かのか細い声が聞こえてくる。「ウイルス性出血熱は、世界中に数多く存在する。マールブルグ病、ラッサ熱、クリミア・コンゴ出血熱……ブラジル出血熱のようなこの地方特有のものもある。臨床だけでは、区別は困難だ」

「では、どうしてエボラだと」

「ひとつは、蓋然性《がいぜんせい》の問題だ。区別が難しいとはいえ、細かな違いはある。例えばマールブルグ病は、発症後五日ほどで軀幹部《くかんぶ》に発疹が出る。だが診断した限り、その特徴は見られなかった」

だからといって、単純にマールブルグ病が否定されるわけでもないが、とアシュリーは続ける。

「それに、症状以外の情報もある。感染症は鼠やノミ、蚊などを媒介として広がるものが多いんだが、そうした生物が異常発生したことはないようだ。とすれば疑わしいのは、ハビタイの祭りで初めて食べたという灰色の猿だ。過去にアフリカで、チンパンジーを食したことによりエボラに感染した事例がある」

唐突に、斉木はかつてアフリカの取材で耳にした話を思い出した。アフリカ固有の感染症と思われているエボラ出血熱だが、実は他の地域でも発生している。中世に流行した黒死病の正体がエボラ出血熱だったという話すらある。実際に、アジアでは各地で流行しかけたことがある。輸出入を通じてアメリカにもウイルスが持ち込まれた例があった。南米でエボラが発生する可能性は、ゼロではない。

「そして何より、被害が大きすぎる。致死率は、単純に計算しても八割を超えている。こんなに高い致死率を誇るのは——そう考えたとき、俺の頭からひとつの病名が浮かんで消えない」

首筋に当たる日差しが一際強くなった気がした。

「エボラではないかもしれない。だがそれに類似した、そして極めて致死率の高い伝染病が村に蔓延《まんえん》していることは確かだ。そして——」

アシュリーは唇を噛んだ。あまりに強く噛み締めるので、唇から出血するのではないか、そう危ぶまれるほどに、アシュリーは何かを固く噛み締めていた。斉木は身構える。このあとアシュリーの口から出てくる言葉が、どれだけ絶望的なものなのか、斉木には痛いほど分かっていた。言葉にしてはいけない、けれど言葉として吐き出さなければ潰れてしまう。

「——全員が感染しているなら、誰も生き残ることはできない」

「——そんな」

「エボラは、空気感染しない。患者の血液や体液に触れることがなければ、感染することはないんだ。だから、俺や斉木はおそらく感染してはいないだろう。だが、他の者は皆、猿を食している。ダビは直接食してはいないから可能性は下がるが、それでも十日に亙って、感染者と接触している。ならば——」

突然、みしっと軋む音が響いた。

肩が震えるのを認識しながら、斉木はアシュリーの後ろに目をやった。いつの間にか人が複数、家屋の入り口に立ち尽くしている。

先頭は長老だった。

右手を杖に置き、左肘を先の若者——アリミリ、という名前らしい——に支えられ、長老はゆっくりと歩み寄ってくる。そのまま、斉木たちの三メートルほど前に来ると、落ち着いた所作で地面に腰を下ろした。その背後に、列を作って他の者が立つ。壮年のたくましい男、黄色い服のダビ、身の丈ほどの杖を持つアリミリ、十代にも見える若い女——年齢順に並んだ者たちは、ダビ以外は皆、裸の半身に思い思いのペイントを施していた。

「今の話は、本当ですか、ドクター」

垂れ下がった目尻に怯えをにじませて、ダビがアシュリーに声を掛ける。黄色のTシャツには汗がにじみ、胸元の色を変えていた。

「今のは、どういう——」

「何でもないんだ、ダビ」

普段感情を表に出さないアシュリーが珍しく、少し慌てたようにダビの言葉を遮った。だが、さらにそれを長老の伸ばした腕が遮った。老人は小さな目でアシュリーを射すくめると、ダビの口を借りてゆっくりとつぶやく。

「呪術師《ドクター》、聞かせてほしい」

包み隠さず、全てを。

「我々の道の先に、どのような結末が待っているのか、貴方の意見をうかがいたい、ドクターよ」

長老の視線が、アシュリーのそれとぶつかる。暑さを助長する、弱々しい風が吹き抜けて、雨上がりの土のにおいを運び——先に目を逸らしたのは、アシュリーだった。

「——分かりました」

「アシュリー」

「いいんだ、斉木。彼らは知るべきだ。それが、呪術師たる俺の役割だ」

ひどく悲しそうな色を瞳に一瞬宿らせた後で、アシュリーは淡々と先住民に伝えた。

病はウイルス性出血熱である可能性が高く、原因はハビダイの祭りで食した猿だろう、と。

「食べるだけじゃない。エボラは血液感染、体液感染を引き起こす。病に倒れた者の血や体液に触った者もまた、エボラに感染していく」

感染した者は、高熱、頭痛に始まり筋肉痛や関節痛、全身の倦怠感《けんたいかん》に苦しんだ後、しばしば出血を起こし——やがて死に至る。病を治療することは、極めて困難である。

「病に冒される確率に、個人差はない。長老の息子は、村一番の勇士だったと俺は思います。健康な肉体、強い抵抗力——」アシュリーはそこで、ちらりと長老に視線を投げ、そして伏せた。「それでも、この病には勝てない。子どもでも大人でも、老人でも若者でも、一切関係はない」

「一切、か」

アシュリーの言葉に動揺ひとつ見せず、長老はあごを上向けた。

小さなため息がひとつ、耳元で鳴る風の向こうで、確かに聞こえた。

「俺の想像通りの病だとしたら――」

この集落に蔓延するものがエボラ出血熱だとしたら。

「――この村は、滅亡の扉を開け放ったことになります」

通訳をするダビが、一瞬言葉を詰まらせた。

アリミリは、地面を見たまま微動だにしない。

壮年の男は、深いため息をついた。

若い女は、不安そうに長老の挙動をうかがっている。

そして長老は――丸めた背中を、さらに前屈みにして丸めた。長く伸びた白髪が、垂れ下がって耳を覆う。そのまま、顔だけを上げて、誰に言うわけでもなく、洩らした。

「昨日、首飾りが砕けた」

はっと息を呑む音が聞こえた。場違いに大きく響いたそれは、若い女の口から洩れたものだった。

「己が予言を司《つかさど》る長老の地位に就いて以来、この村の吉兆を占い続けてきたワニの首飾りが、昨日砕け散った」

それは、アシュリーの言葉がもたらした以上の動揺を、集団に与えた。アリミリは目を見開き、もうひとりの男は膝の上で手を強く握り締めている。通訳をするダビの声は、すでに震えていた。

それでも長老は、喋るのを止めなかった。

「我々は、滅びるのだろう。幾日かのうちに、ここにいる我々も病に臥し、朽ちていくのだろう」

強い風に、森がざわめく。

「我々が、これまで生きてきたこと――それは最高の栄誉となるだろう。悔いることはない」長老はアシュリーを真っ直ぐに見据えた。「呪術師《ドクター》が託宣《たくせん》し、己が予言の力も潰《つい》えた。後はもう、デムニの歴史の最後に己の名前を記すのみ」

「――まだ、滅びると決まったわけではありません」圧倒されたように口ごもりながら、それでもアシュリーは腕を大きく振り上げて叫んだ。「感染していない者がいるかもしれない。感染しても必ず死ぬとは限らない。そもそも、病気は特定されていない。とにかく、外部と連絡を取りましょう。ブラジリアまで行けば、ＮＧＯと接触できる。エボラであれば、アメリカの医師団が動く」

だが、どれだけアシュリーが熱弁しても、長老はただ首を横に振るだけだった。他の者は、何も言わずに四方へと散っていく。呆然と立ち尽くす斉木にはアシュリーが、観衆のいない夜の路上で滑稽《こっけい》に踊る物悲しい道化に見えてしまった。そして、何もできずにそう考えてしまう自分の無力さに、自分も感染しているのではないだろうかという恐怖に、押し潰されそうだった。


雨林の狭間を駆け抜ける。先を行くダビに遅れないように。

緑の茂みを踏みしだく音が、足元から立ち上る。

真横から突然張り出した先の鋭い葉を避けながら駆ける。何かから逃げるように。

頭上からは林冠で揺れる枝葉のさわさわ、さわさわ、という音が、斉木にまとわりつく。

今にも破裂しそうな心臓を押さえながら、斉木は川を目指して走っていた。

――街に、救援を呼びに行ってほしい。

額に汗を浮かべながら、アシュリーは斉木に伝えた。

デムニに説明を終えた後のアシュリーの行動は迅速だった。長老やばらばらに散っていく住民の背に、一方的に助けを呼びに行くことを告げると、今にも泣きそうなダビに矢継ぎ早に質問を始めた。

――まだ発症していない者は他にいるか。

――母親がひとりいる。だが、彼女は赤子と一緒に川縁に行っている。ああ、赤子は、感染している。

――病で死んだ者は、どうやって埋葬した。

――どうって、いつもと同じだ。焼いて灰にしたあと、村の外に撒いた。

――なら、今後も方法を変えないでくれ。

そしてアシュリーは斉木を呼び、救援を求めるためにダビと二人でブラジリアまで戻ることを要請したのだった。声音は元の淡々としたものになっていたが、それでも青い瞳ににじむ絶望と疲労は隠し切れなかった。ピカソの「青の時代」の作品群を彩るような、沈みそうな青に、斉木は気がつけば首を縦に振っていた。

携帯やGPSが役に立たない密林の奥では、まず街へ出なければならない。ダビは道案内が可能で、斉木は状況を的確に説明するだけの語学力、知識を有している。両方を兼ね備えた、本来一番適役であるアシュリーは、医師として村に留まる必要がある――それがアシュリーが残った表向きの理由だった。けれど、短い旅路の中で、斉木はアシュリーの性格をそれとなく理解していた。

つまり彼は、感染区域から斉木を逃がそうとしたのだろう。

斉木は、丸い身体でも意外に速く走る――狩猟生活を営む先住民ゆえだろう――ダビの背中に目を向けた。汗をにじませた、黄色の丸首シャツが揺れている。ボディペインティングを施し、半裸で過ごすデムニの中で、服を着ているのは彼だけだった。操るポルトガル語は、日本人の自分が言うのはおこがましいが、それなりのものだった。外部と頻繁に接触しているらしいダビは、おそらく街までの道を知り尽くしているだろう。

そして、彼はデムニの中でハビダイの祭りに参加しなかった唯一の男だった。

全員の感染がほぼ確実視されるデムニの中で、可能性が少しでも低いとしたら、それはダビだった。

アシュリーのとっさの判断に、斉木は安堵していた。同時に、そう感じる自分の卑《いや》しさも。

気分を紛らわしたくて、ダビの履いた不恰好な靴に目を遣った途端、靴が動いていないことに気づいて、斉木は足を止めた。ダビとの間に空いた距離が、無意識の恐れを如実に物語っていて、斉木はまた自分を嫌悪する。だがその葛藤も、ダビの背中越しに見えた情景のため蜃気楼のように立ち消えた。

女がひとり、赤ん坊を抱えて泣いている。

獣道から十メートルほどジャングルに入った、一際苔《こけ》むした樹木の下だった。触れれば手が沈み込みそうなほど、柔らかな緑に染まっている。どうしてこんなに緑が映えるのか――疑問に思うと同時に斉木は気がついた。木の周りがことごとく灰色であることに。集落に向かう途中で見たのと同じ、湿り気を帯びた灰だった。

彼女は、ばら撒かれた遺灰の真ん中で、赤ん坊を腕に抱いていた。

褐色の肌は乾いていた。けれど赤ん坊は泣き声ひとつ上げず、母親の腕の中で目を閉じている。身動きひとつしない赤ん坊の顔から、小さな血の流れた跡が母親の腕まで続いていた。

「ルイナニ」ぽつりとダビがつぶやいた。「ルイナニの子はまだ生まれたばかりだったんです。なのに、猿の血を飲んだばかりに」

「では、彼女がさっき話に出ていた、川に向かっていたはずの」

斉木の問いに、ダビは頷いた。そして柔和な目元をすっと細めると、

「デムニでは、子どもに魂を継承することが、一番の望みなのです」

「継承」

「だから、新しい命を大切にする――けれど、それも絶たれてしまった。おそらく赤ん坊はもう、息をしていない」

「そんな」

ダビの諦めたような声に、斉木が言葉を失ったそのとき――

不思議なハミングが斉木の耳に聞こえてきた。

ルイナニ、と呼ばれた母親が口ずさんでいた。

不思議な音色だった。変調の少ない、御詠歌《ごえいか》に似た独特なメロディーが、彼女の口から緩やかに流れ出る。やがてそれは、か細いながら明瞭な歌となって斉木に届いた。

「――鏡の唄」

「え?」

「鏡の唄です。昔から伝わる、ハビダイの祭りの最後に、女たちが声を揃えて歌う、祈りの唄なんです」

流れる小さな声に合わせて、ダビは小声で訳し始めた。

子どもが川辺で唄を歌うと、子どもの小鳥がやってきた
小鳥のさえずりは、幼い、幼い
川に溺れて流された
青年が川辺で踊りを舞うと、痩せたカピバラがやってきた
カピバラの歩みは、のろい、のろい
豹に噛まれて息絶えた
老人が川辺で祈りを捧げると、精悍な豹がやってきた
豹の爪は、鋭い、鋭い

川辺に一匹残された

一幕の舞台のようだった。灰色の絨毯《じゅうたん》の上で、幼子をあやすように、母親は一心に子守唄を歌っていた。

子を抱く母親の両腕から、悲しみだけが砂となってこぼれていく。

残された者の孤独を嘆いた歌なのだろう。だが、まだ幼い我が子を失った母親の、悲しみの重さを量《はか》ることは斉木にはできなかった。

「――行きましょう、ダビ」

促す斉木に、ダビも黙って従った。ルイナニに気づかれないよう、そっと斉木はその場を離れた。数歩進んだところで、振り返る。母子《おやこ》の傍らにそそり立つ樹木から、乾き始めた遺灰に小枝が落ちた。

母子の姿が見えなくなって、斉木はますますその歩く速度を上げた。脳裏から離れない二人の姿を掻き消そうと、斉木はただ闇雲に足を動かした。沈黙を引きずることで記憶がよみがえることを恐れて、事態にそぐわないつまらない話をダビと交わした。けれど、そのはかない努力も、まもなく目の前に現れた現実に空しく潰えた。

濁る川から立ち上るにおいが、服に染みつきそうだった。

土砂の混じった茶色の水がごぼごぼと音を立てて流れる川を前に、斉木は言葉を失った。つい二時間ほど前、雨が降り始める前に渡った倒木の橋は姿を消していた。あたりには木片や枝葉といった、わずかに橋だったものの名残が、まるで空から子どもが放ったかのように、無造作に散らばっている。

「――他に道は」

やっとのことで絞り出した言葉にも、ダビは凍りついたままだった。

無駄と分かっていて斉木は携帯を取り出した。ヨーロッパやアジアでは使えた海外対応電話も、今は圏外の文字を無慈悲に浮かべている。知らず、足に力が入る。不恰好な登山靴のつま先が踏みしめた太い枝の裏から、斉木の絶望を笑うようにのっそりと、緑の外骨格を持つ大きな昆虫が這い出してきた。

向こう岸へ渡るには、新たな橋を調達するか、増水が治まるのを待って直接川を泳ぐか、どちらかの方法しかない。斉木は左を向いた。川に沿って立つ木々の中には、川幅に匹敵する高さを持つものがあった。切り倒すことができれば、そのまま橋に代用できる。流れが緩やかになるのを待つより、早いことは間違いない。集落に戻って人手を集め、道具を調達すれば、どうにかなるのではないか。そう考えて、斉木がダビに声を掛けようとしたそのとき――

アアアアア、と叫び声が上がる。奇怪な叫び声を上げたのは、他ならぬダビだった。

「＊＊＊＊、＊＊＊＊＊！」

デムニの言葉を使っているのか、斉木にその意味は分からない。

「＊＊＊、＊＊＊＊＊！」

ただ、それが恐怖から来たものであることは斉木にも分かった。

「ダビ、どうしたんですか！　ダビ！」

斉木の大声に、ダビはぐるっと首をまわして斉木を見据える。目は見開かれ、叫んでいる最中に凍りついたかのようにあごが開いている。そしてダビは――

にやり、と笑った。

「終わりです」

「――終わり」

三日月形に唇を湾曲させた、仮面を連想させる歪んだ笑い――豹変したダビに、斉木はとっさに反応できない。鸚鵡《おうむ》返しに言葉を発した斉木に、ダビは大きく頷く。

「そう、終わりなんです。終わり」

「終わり、とは、何がですか」

「何が？――斉木、あなたは面白いことを言う」口元を歪め、面白いとはわずかとも思っていない声で、ダビは事もなげに言った。「全て、です。自分らは死ぬ。死んだら全て終わりじゃないですか」

ダビは自暴自棄になっているのだろうか。一転して皮肉っぽい空気をまとい始めたダビに、斉木は困惑した。そんな斉木の混乱をよそに、ダビは続ける。

「死とは滅びなんですよ」吐き捨てるダビの声を、上空で鳥が啼《な》き追従する。「ドクターは、埋葬の方法だとかいろいろ指示してましたがね。自分は、自分が死ななければいいです」

「それはあまりに身勝手な――」

「身勝手？　ハッ」

「世界はあなただけではない。村だけではない。川の向こうには街があるし、森の生き物も――」

「世界は自分だけですよ。デムニだけですよ」斉木の言葉をダビは刀で斬るように遮った。「デムニとは、世界、という意味ですよ、斉木。デムニが世界なんです」

「そんな」

「斉木、あなたはいつも足元の雑草を気にしながら歩きますか」ダビは足元に生えた、名前も知らぬ雑草を大きな靴で踏みつけた。そのまますりつけるようにして潰す。

「気にしないですよ。雑草は所詮、世界を装飾するだけのものなんです。『外』はただの『背景』です。デムニの集落の外に世界なんて存在しない。そんなこと、当たり前じゃないですか」

そしてダビは、アハハハハハハ、と哄笑《こうしょう》した。

狂ったような笑いの中で、斉木は思い知った。

デムニにとっては、デムニだけが世界なのだ。西欧文明に最も近いはずのダビにとってさえ、今目の前にいる自分は、彼と同等の存在ではなく、足元でボロボロになった草と同じなのだ。人と認められていない、いや、デムニにとって人という概念は、デムニだけを指すものなのだ。

彼らは、完全に閉じている。

突然ダビは身体を翻《ひるがえ》すと、そのまま笑いながら走り出した。

「ダビ！」

「ハハハ――戻るんですよ。ここにいても意味がないでしょう。ハハ、ハハハハ！」

笑い声を残して、ダビは猛然と走り去る。その姿があっという間に熱帯雨林に呑み込まれていくのを呆然と見送りながら、それでも斉木はダビの声音の中にひとつの感情を読み取った。恐怖だった。彼は、恐怖で錯乱しているのだ。

ふと、斉木は周囲を見回した。

川は歪《いびつ》にうねりながら流れている。雨林は生い茂る緑の内に何かの気配を隠している。

取り残されてはいけない。

襲い掛かる恐怖に、斉木は必死に抗《あらが》った。何度も、同じ言葉を唱える。

まだ間に合う。

何に間に合うのか、自分でも分からないうちに、斉木もまた道を戻り始めた。

走る。走る。

緑がぐんぐん後ろへ下がっていく。

下がる端から、新しい緑が前に前に立ち現れる。

視界を埋め尽くす緑色を振り払いながら、すぐに斉木は先ほどの、母子が座っていた遺灰の場所に辿り着く。まだ二人はいるのだろうか。何気なく目をやった、その瞬間――

背筋に寒気が走った。

母親は死んでいた。

物言わぬ軀《からだ》となった我が子を腕に抱き、遺灰の上に横たわって、斉木に顔を向けながら――

首を掻き切られて死んでいた。

傷口がざっくりと開いている。遺灰の上で、やけに生々しい赤が、赤が、赤が覗いている。

夥しい血が、首から流れ出たのだろうか。首の周囲の遺灰は、雨よりも粘り気のある液体に濡れて、灰から黒へと色を変えていた。血は広範囲に飛び散り、灰の外の、巨大なシダ植物の葉を濡らしていて——

斉木は後ろに飛びすさった。そのまま、尻餅をつきそうになるのを何とかこらえる。様々な恐怖が、一気に襲い掛かる。

——エボラは血液から感染する。

斉木は死体からあとずさり、周囲を慌てて確認する。

母親の周囲に刃物らしきものは見えなかった。

彼女は殺された?

——つまり、犯人がいる。

背中に木が触れて、斉木は飛び上がる。擦《こす》れた苔が剝がれて地面に落ちる。

周囲が異界に変わったようだった。何者かが、密林の奥から、口を歪めて斉木を見ている。瞬《まばた》きひとつせず、赤く長い舌を覗かせて——

悲鳴を上げながら、斉木は集落へ向かって駆けた。

手を足を、細く鋭く伸びた植物の葉が傷つけていく。

茂みの向こう側で何かが動く音を、耳を塞いで無視する。

頭の中に、母親の死体が浮かぶ。首を鋭利なもので切られて、周囲を赤く染めて、それでも我が子を両腕で強く抱きしめる母親の姿が。

どれだけ走ったのか、どう走ったのかも分からないまま、いつしか斉木はデムニの集落に辿り着いていた。

心臓が破裂しそうで、膝に手をつきながら、斉木は入り口から中をそっとうかがった。村の中央で、サマウーマの木が、静かに佇《たたず》んでいる。名も知らぬ木々が、風に葉を揺らしている。垣根のように、しかし不規則に村を区切る樹木や茂みに遮られた視界の中で、動くものはなかった。

斉木は肩を上下させながら、後ろを振り返った。乱立する巨木の間を縫うように獣道が延びている。そこにもやはり、動くものはなかった。

自分の呼吸だけしか聞こえない。不気味な静けさの中で、斉木はどうにか自分を落ち着かせようとした。

どうすればいい？

斉木は足元を見据えた。雨のせいか、木の陰はまだぬかるんでいて、そこに真新しい足跡がついていた。大きく不恰好な足跡は、つま先が深くへこんでいた。

ダビはこの村に戻ってきている。

斉木は顔を上げた。右手の奥に見える、人気《ひとけ》のない尖った屋根の建物が、冷たく斉木を見据えている。

アシュリーに会おう。

アシュリーが村のどこにいるかは知らないが、長老の家にいる可能性が高い。

最初は音も立てずにゆっくりと、けれど徐々に速度を上げ最後は疾走して、斉木は長老の家の上り口に立つ。周囲に目を遣るが、やはり誰もいなかった。草叢《くさむら》を揺らすカピバラ一頭、視界に入らない。

そっと、斉木は入り口から覗いた。屋内は薄暗く、うかがい知ることができない。

それでも、目を慣らすように、息を呑んで覗き続けていると——異臭が鼻を突いた。

吐き気がこみ上げてきそうな、むかつきと違和感をもたらすにおいだった。

死臭。

斉木は震える腕を押さえつけ、思い切って踏み込んだ。素早く屋内を見回す。

乱暴に破られたような窓。薄暗い室内。

そこに動く者の姿はなかった。

そして、動かぬ者の姿が二つ、床に倒れていた。

ひとりは、長老の息子だった。ついさっき、アシュリーが容態を確認したときと同じ場所で、苦痛の色を帯びた瞳を今はまぶたで隠して、息をせずに横になっていた。胸元には吐血したのか、わずかな血の痕が広がっていて、腹の上の布を染めていた。筋肉のついた身体は、まるで空気で膨らませた人形のように作り物めいていた。

けれど、それはまだ予想していた光景だった。

死体の横で、老人がうつ伏せに倒れていた。丸くうずくまった、ひどく小さい背中の上には、突然時間を止められて驚いたように白髪が乱れ躍っている。縮《ちぢ》れた白髪の下には、単調で明確な赤と黒――ウルクンとジェニパポの実で描かれた文様が覗き、骸《むくろ》が長老であることを示していた。左手は力を失ったように身体に添えられ、右手は息子のほうへと投げ出されていた。その右手にまとわりつく、夥しい量の――血。

斉木は身動きひとつできなかった。口を震わせながら、何とか呼吸だけを繰り返す。大量の血液が、長老の首のあたりから流れ出ていた。わずかに傾いた顔の下には、切り裂かれた喉元がかすかに見える。それは、森の中で死んでいたルイナニと、同じ死に様だった。

斉木は床に視線を這わせた。血で湿った布、むき出しになった木の床、そのどこにも凶器は転がっていなかった。あるいは倒れている二人の身体の下にあるのかもしれない。そう思っても、斉木は死体に近づくことはできなかった。

エボラは血液から感染する。

はっとして斉木は自分を見た。灰色に汚れた軍手、白い襟のついた半袖シャツ、汚れた青いジーンズ――暗い中で見る限り、そこに血液が付着した跡はない。それでも、一度湧き起こった不安を拭い切れず、屋外に出ようと踵《きびす》を返したところで、斉木は足を止めた。十メートルほど向こうに男がいた。細く引き締まった長身を、赤と黒の複雑な螺旋《らせん》が覆っている。左腕に長い杖を握った男は、散歩でもするように通り過ぎようとしていた。

「アリミリ！」

突然の声に、驚いた様子でアリミリが斉木を見る。

「アリミリ！　無事でよかった。ああ、大変なんです。橋が落ちて、外に出られなくて――いや、そうじゃない、この村に殺人者がいる！」

斉木の大声に、アリミリは困惑した表情を浮かべた。言葉が通じない――斉木は今更ながらその事実を思い出した。

「長老も死んでいる！　とにかく気をつけて。アシュリーがどこにいるか――」

それでも必死に伝えなければと大げさな身振りをする斉木に、アリミリはすっと杖を持ち上げた。落ち着け――そう示すかのように杖を振ると、彼はそのまま立ち去ってしまった。あまりにあっさりとした動きに、斉木は彼を止めそびれる。

それとも、近づかなかったのは彼が感染者だと恐れたからだろうか。

我に返ったときには、アリミリの姿は茂みの奥へと消えてしまっていた。

絶え間ない自己嫌悪を押し潰すように、斉木は両手を組み合わせて、腹の前で力を込めた。強く握り締めたせいで両手が赤くなっても、斉木は手を離さなかった。離せば、ぎりぎりのところで溢れずに留まった感情がこぼれ、二度と元に戻らなくなる気がしていた。

アリミリは生きていた。ダビの靴跡も見た。ならば、アシュリーも無事なはずだ。

知らぬ間に閉じていた目を開けると、斉木は屋外に顔を出した。ねっとりとした風に揺れる木々以外に、動くものはない。

斉木は首をまわして、右手を見た。アリミリが立ち去ったのと反対側、一際大きなサマウーマの木の奥に、別の家屋がひっそりと佇んでいた。大きく息を吸い込むと、斉木は猛然とそこへ向かって走り出した。まぶしさに目を細めながら、脇目も振らずに駆ける。ほどなく、家屋の前の階段に辿り着く。

入り口を作る枝の細い繊維は膨らみ、ささくれ立って輪郭を歪めている。

息を殺して、斉木は中を覗いた。

内側は、支える柱のない広間になっていた。奥には窓が二つあり、十分に明るい。長老のそれより一回り小さな屋内には、人間が横になっていた。ざっと十人はいるだろうか。ある者はうめき声を上げ、ある者は顔を掻《か》き毟《むし》り、ある者は出血した腕を何度も撫で、ある者は呼吸すら止めて――病気の現実が、そこにあった。一様に苦痛に虐《しいた》げられ、もはや立つこともかなわないデムニの男女が臥せている。寝返りをうつたびに軋む床。沈滞する重さをはらんだ空気。死体に群がる、醜悪な虫の山。狭い室内にひしめく、意味を成さぬ声、声、声。

それは、世界という名前を持つ部族の、終焉の風景だった。

地獄絵図さながらの光景に、視線を逸らすこともできず相対するうちに、斉木は心が奇妙に落ち着いていくのを感じた。いや、それは諦念《ていねん》だったのかもしれない。さっきまで己を強固に支えていた柱が、一撃であっけなく折れたようだった。

斉木は目を閉じた。冷え切った頭の中で、無機質な考えだけが勝手に渦を描いていく。

この村には病が蔓延している。その中で、殺人を犯している者がいる。

遺灰の上で幼子を抱いた母親が、病死した息子の横では長老が死んでいた。二人ともが、首を掻き切られていた。彼らが自分で首を掻き切ることもできるだろう。だが、死体の傍には凶器がなかった。勿論、見落とした可能性はある。けれど、自殺する人間が凶器を分かりにくい場所に捨てるだろうか。

殺人者がいるとして、それは誰なのか。デムニの集落は密林に囲まれ、近くに他の部族は存在しないから、外部犯の可能性はまずないと考えていい。アシュリーの診察によれば、病を発症した者は皆満足に動ける状態になかった。まして、村と川縁を往復するだけの体力があるとは思えない。ならば、犯人は病に感染していないか、まだ発症していない者の中にいるはずだ。つまり、ダビ、アリミリ、壮年の男、若い女、そしてアシュリー——この中に犯人がいる。

いや、それよりも。

斉木は目を開いた。誰が殺人者なのか、ということよりも不可解なことがあった。なぜ、人を殺す？　なぜ、殺す必要がある？

容疑者は皆、アシュリーと長老の滅びの宣告を聞いている。身も蓋もない言い方をすれば、近いうちに皆死ぬことが分かっているのに、どうして殺す必要があるのか。滅びゆく世界の中で、どうして殺人を犯す必要があるのか。

背中を一筋の汗が流れ落ちた。

気づけば、斉木は自分の口元を両手で押さえていた。伸ばした指の間から、凍える息が流れ出る。頭の中を、これまで目にした終焉の風景が駆け巡る。

シャツが汗で湿っていくのを感じながら、斉木はひとつの答えが思考のジャングルから顔を出すのを感じていた。

「——斉木」

だから、斉木は突然後ろから声を掛けられても動じることはなかった。ゆっくりと振り返る。

「アシュリー」

「斉木、ここにいたのか」

「アシュリーこそ」

「救援を呼びに行ったんじゃなかったのか」

「川の増水で橋が落ちていました」

「そうか——斉木」

泥に濁った川を見てから、母親の死体を発見してから、殺人者の存在を認識してから、ずっと探し求めていた人物が斉木の目の前にいる。耳にかぶさる金色の髪、憂いを帯びた碧眼《へきがん》——マスクと手袋をはめたアシュリーは、けれど斉木が望んでいたこととはまったく違う言葉を口にした。会いたかったはずの人物にやっと会えたはずの斉木もまた、ついさっきまでは思いもしなかった言葉を口にする。

お互いの言葉は、滑稽なほどに重なって響いた。

「お前が殺したのか」

「あなたが殺人者ですか」

「お前が、ディエリアとマイルを殺したのか」

ぶつかり合った視線を、先に逸らしたのは斉木だった。下を向く斉木に、アシュリーの淡々とした声が降りかかる。

「ディエリア？　マイル？」

「――歳のいった男と、若い女だ。エボラを発症していない二人だ」

「――もしかして、二人とも首を掻き切られて？」

「どうしてそれを知っている」

「ルイナニという女性と長老が、同じように死んでいたからです」

「――そうか」

二人が死んでいた状況の説明に、一瞬戸惑った表情を見せたものの、アシュリーはさして驚く様子もなく頷いた。

四人も、というつぶやきがこぼれる。

「なあ、斉木。犯人の条件は、何だと思う」

アシュリーの青い瞳には、無防備なほどに疲労の色がにじんでいた。エボラ出血熱が蔓延し、意図の見えない殺人が連続している。ブラジリアを出発してから持続していた緊張状態が、デムニの集落で起きた異常事態に耐え切れず、ぷつりと切れてしまったのかもしれない。そう思う斉木もまた、同じ眼差しをしているのだろう。

「犯人の条件、ですか」

「そうだ」

「――まず、動ける人物ですね。四人もの人間を手にかけるだけの体力を持った人物です。発症者ではあり得ない」

「それはさっき集まったメンバーに限られる」

そして今残っているのは――アシュリーの言葉を信じれば、あと四人だった。

「次に凶器の問題です。殺害には刃物が用いられたと考えるのが妥当でしょう。誰がそれを手に入れられるのか」

「デムニは狩猟部族だ。自分たちの得物は皆持っている。それは俺たちも同じだ」

斉木は、自分の荷物に万能ナイフが入っているのを思い出した。そしてアシュリーのリュックにも。

「だが、それは瑣末な問題だ。何よりも考えなければならないのは」

「――殺人の動機ですか」

「殺害された二人――いや、四人は、病を発症してはいなかった。しかし、未だ発症していなかっただけだ。感染していたことは疑い得ない。死が確定している人間を、殺す理由があるのか」

「例えば、深い恨みがあったとしたら。病気で死ぬ前に、自らの手で苦痛を与えようという動機は」

「ウイルス性出血熱は、過大な苦痛を伴う病だ。それは病人の様子を見た誰もが分かるだろう。たとえ恨みがあったとしたら、俺ならかえってその苦痛を取り除こうとは思わない」

「では、他にどんな動機があるのですか」

「あるさ。そしてその動機が」斉木を見下ろすアシュリーの目が、悲しげに瞬かれた。

「お前が犯人だと告げている」

　上空の風が、凪《な》いだ気がした。

「犯人を特定するためには、実はもうひとつ問題がある。それは殺害方法の問題だ」

「殺害方法」

「殺人は首を掻っ切って行われている。それも四人も。ということは、犯人は相応の返り血を浴びている可能性が高い」

「――返り血をどうやって始末したのか、ですか」

「そう。そしてそれを防げるのは――斉木、お前のそのリュックに詰め込まれている、雨具だけだ」

　アマゾンへの備えで、斉木は重装備だった。医薬品、虫除け、非常食――そうしたものの中に、機能性に優れた雨具も放り込んでいた。

「川で身体を洗うことだってできるでしょう」

「斉木、お前は混乱している。仮にお前の話が正しいとしよう。お前が救援を呼びに川へ向かったとき、ルイナニはまだ生きていた。ということは、それからお前が川に辿り着き、そこを離れるまでの間に、犯人はルイナニを殺害し、森に隠れてお前たちをやり過ごしたあと、川で身体を洗ったことになる。さらに、全力で走るお前を後から追いかけ、お前に姿を見せたことになる」

村の入り口に残されたダビの足跡。

言葉の通じないまま消えたアリミリ。

そして今、目の前に立つアシュリー。

「お前の話通りなら、川で返り血を洗うことはできない。つまり、何らかの方法で防ぐしかない」

そしてそれができるのは、お前だけだ。アシュリーは、斉木に言い放った。

何か反論しなければ、そう考えて絡まった糸を解《ほぐ》そうとすればするほど、論理の糸は複雑に絡まり合ってしまう。何も言葉を紡げない斉木の様子を肯定と見て取ったのか、アシュリーはさらに追及を続ける。

「そして肝心の動機だ。俺はさっきこう言った。恨みがあったとしたら、かえってその苦痛を取り除こうとは思わない。つまり、裏返せばこういうことだ。殺人は、苦痛を取り除く行為になる」

腫れ上がる腕、出血の止まらない鼻、下がらない高熱——

「エボラは、滅びを定められた病だ。少なくとも、お前はそう思っている。確実に死に至るわけではない、けれどお前はそう思っている。だから、死んでしまう者の苦しみを消し、少しでも安楽に死を迎えられるよう、手を下した。違うか、斉木」

吐き出された言葉が、砕けたガラスの破片となって斉木を襲った。それでも斉木はアシュリーから視線を逸らさなかった。淡々と語るアシュリーの眼差しに、一瞬の翳《かげ》りが差したのが、斉木には見えたからだった。

「言葉を返します、アシュリー」

「どういう、意味だ」

「僕は犯人ではありません。そして、僕はあなたが犯人だと思っています」

再び視線がぶつかる。一秒にも一分にも思えた時間の後に、今度は目を逸らしたのはアシュリーだった。足元から伸びる自分の影を見つめながら、アシュリーは小さく笑う。

「——聞こう」

「アシュリー、あなたはビニールの手袋やマスクを持ち歩いている」

「ああ。医療用の道具だ」

「きっと今回のように、感染を防ぐべき場面で使用するものでしょう。なら、こういう想像もできる。同じ理由で、アシュリーはビニールの服を持ち歩いている」

「俺は持っていない。なんなら、リュックの中身を見せようか」

「すでに捨てたかもしれない」

「可能性だけならいくらでも言える」

「けれど『ない』ことの証明はできないでしょう」

「――平行線だな。なら、百歩譲って俺が返り血を処理できたとしよう。俺の、動機は何だ？」

「それはアシュリー」喋りながら、斉木は妙な気分になった。違和感が、頭の中で渦巻いている。けれど、斉木は全力でそれらを押しのけた。「あなたが、医師だからです」

「医師だから、だと」

「この殺人の疑問のひとつは、なぜ被害者が未発症者に限られているのか、ということでした。それも、感染していると思われるが、発症はしていない人間に。彼らの特徴は何か。そう考えて、気づきました。彼らは、歩く不発弾なのだと」

地中に埋まった不発弾は、見つけさえすればその場で除去作業に入ることができる。けれど、歩く不発弾は、放っておけばどこに行ってしまうか分からない。

「エボラ出血熱は、言うまでもなく、危険度の極めて高い病です」

エボラは、空気感染はしないが、体液や血液から感染する恐れがある。

「村に蔓延する病がエボラとは限らない。けれど、これだけ致死率の高い病を放っておけば、当然重大事になる。未発症者が、村から出ていき、村外の誰かに感染させないとは限らない」

斉木は思い出す。長老や他の未発症者との会合の後、アシュリーの呼びかけにもかかわらず、全員が三々五々散っていったことを。

「だから、あなたは彼らを殺した。歩く不発弾を解体することで、被害拡大を食い止めようとした。村に病を封じ込め、外部に広げないために、殺人を犯したんです」

そして斉木は口をつぐんだ。

後には、ただねっとりとした微風が流れるだけだった。村は不気味な沈黙に支配されている。

ふと、斉木は視界の片隅に奇妙な樹木が立っていることに気づいた。真っ直ぐ立つ木に、別の木が巻きついている異様な外観——締め殺しの木だった。内側の木は朽ち果て、斉木にはもはや締めつける側の木に支えられているだけに見えた。

「デムニは、締め殺しの木を崇拝している」

斉木の視線を追ったアシュリーが、淡々とした声音で話す。

「斉木、お前が悪魔のようだと言った木を、彼らは崇《あが》めているんだ」

「どうしてですか」

「さあ、俺には分からない」

「けれど、分かるために通っているのでしょう?」

「さあな」

振り返ったアシュリーと、三度《みたび》斉木は視線をぶつけ、同時に目を逸らす。太陽に照らされている締め殺しの木を眺めるうち、斉木は胸の内で違和感が拭えないほど大きくなっていることに気づいた。

——前提が間違っている。

「僕たちはさっき、浴びた返り血をどう処理するかという問題について話しました。けれど、そもそも前提がおかしかった」

「——ああ」

胸中に映像が、奔流《ほんりゅう》となって展開する。

死体は、首を掻き切られていた。

アシュリーはビニールの手袋を装着し、斉木に感染者への接近を止めた。

——エボラ出血熱は、血液から感染する。

「エボラ出血熱に感染した者の血を浴びるような殺し方を、アシュリーが選ぶはずがない」

「あれだけ怯えていたお前が、ナイフなどという殺し方は選ぶはずがなかった、か」

「そしてそれは、ダビとアリミリにとっても同じはず。死の病の象徴たる血液を浴びる殺害方法なんて、普通は選べないでしょう」

「では、四人は誰に殺されたのか」

「殺されたのではなく、自殺なのではないでしょうか」

「――自分で喉を掻き切ったと」

「デムニは皆自分の得物を持っているという話でした」

「ではその動機は――」

「エボラ。他にありません。彼らは十日近くに亙って発症者が苦しむ様子を見てきた。とても耐え切れないと思ったはず」斉木は地獄絵図じみた発症者の様子を脳裏に浮かべた。「そして助かるかもしれない、という一縷《いちる》の望みすら、アシュリーと長老の宣告で砕かれた。そうして希望を失った人間が、自殺に走ったとしても、おかしくはないでしょう」

「なるほど。だが、凶器はどうなる。俺が見た二人の死体の傍に、凶器らしきものは落ちていなかった」

「おそらく、凶器を持ち去っている人間がいるはずです。それはもしかしたら、デムニの風習として自殺を認めたくないからかもしれないし、何か他の信仰上の理由からかもしれない」滅びのウイルスに毒されたデムニという世界。どんな論理が働くのか全く分からない世界。それでも、彼らと斉木たちの世界は、例えば音楽によって繋げられる。そこには理解できない何者かなど存在しないはずだ。「いずれにしろ、殺人者なんて存在しない――」

絶叫が響き渡った。


二人の男が対峙《たいじ》していた。

村の入り口。

聳《そび》え立つ締め殺しの木が大きな枝を垂らす、その真下。

覆いかぶさる枝葉に日が遮られ、遠目に二人の姿は黒衣《くろご》のようだった。

叫び声に驚いたのか、真横の密林から突然鳥が飛び出し、鳴き声を上げながら彼方《かなた》へ遠ざかっていった。鮮やかな赤い翼が空を舞う。けれど斉木に、鳥の行き先を気にする余裕はなかった。

しばらくの間、黒い影は微動だにしなかった。太陽の世界という額縁の中で、二人は黒く凍りついていた。

このまま動かなければいい。そう斉木は念じた。一度時間が動き出せば、取り返しのつかない事態が起きてしまうのではないか――そんな漠然とした予感が、胸中を駆け抜けたからだった。

けれど、斉木の願いが届くはずはなかった。

ほんのわずかの時間のあと、黒衣のひとりが崩れ落ちた。

言葉だとは分からなかった。

ばらばらに砕け散った岩石の破片のように、斉木の身体は何かにぶつかっていた。

それがデムニの言語だと分かったときには、黒い影は斉木たちのほうに歩き始めていた。

近づいてくる姿をぼんやりと眺めながら、斉木は靄《もや》のかかった思考をどうにか動かす。

——エボラ。

滅びのウイルスは、誰の拳銃の撃鉄を起こしたのか。

——食べるだけじゃない。エボラは血液感染、体液感染を引き起こす。病に倒れた者の血や体液に触った者もまた、エボラに感染していく。

エボラの血液感染の知識は、アシュリーの口からダビの通訳を介して、全員が共有していた。

——犯人は相応の返り血を浴びている可能性が高い。

感染を避け、返り血を防ぐ道具として、斉木ならば雨具がある。アシュリーならばビニールの装備がある。

けれど、最初から防ぐ気がなかったら。

――エボラ出血熱に感染した者の血を浴びるような殺し方を、アシュリーが選ぶはずがない。

けれど、最初から感染を恐れていなかったら。

つまり、すでに感染していたら。

――母親は首を掻き切られて死んでいた。

四人の容疑者の中で、首を掻き切るという殺害方法を選択できるのは、感染の恐怖から解き放たれた者しかいない。

――彼はデムニの中でハビダイの祭りに参加しなかった唯一の男だった。

狂ったような笑い声を上げていた男は、他の未発症者に比べれば感染の可能性が低かった。それだけ、感染の恐怖に縛られていた。

――細く引き締まった長身を、赤と黒の複雑な螺旋が覆っている。

デムニは裸身を赤と黒で彩色する。文様が覆う肌に血液がかかったとして、遠目に気づくことはない。

――デムニは狩猟部族だ。自分たちの得物は皆持っている。

凶器を持ち歩く必要はない。村内で殺人を犯すのなら、刃物はどこででも調達できた。首を切り、切れ味の鈍った凶器は、その都度森の中に捨てればいい。

――杖を振ると、彼はそのまま立ち去ってしまった。

あのとき斉木の目の前で悠然と歩み去った男は、まさに殺戮の途中だったのだ。冷徹に殺人を遂行するために、彼は斉木に構っている時間などなかったのだ。

眩暈《めまい》を覚えながらも、斉木は必死に焦点を合わせた。黒い影が、今しも太陽の下へ歩き出ようとしていた。足先が日に照らされる。褐色の肌の上では赤と黒が複雑に交ざり合っていた。腕には強靱な筋肉が盛り上がり、肩まである杖を握っている。

そしてもう片方には、山刀に似た赤光りする得物が握られている。

アリミリが、木陰から出たところで歩みを止めた。

「なぜ、ダビを殺したんだ！」

突然の怒声を上げたのは、隣にいたアシュリーだった。今までの冷静さからは想像もつかない、感情をむき出しにした声は、まるでブルータスに裏切られたシーザーのような悲哀に満ちていた。

「俺には理解できない！　どうしてダビを、長老を、五人もの人間を殺す必要がある！」

感情を露にするアシュリーとは対照的に、アリミリはわずかに眉尻を上げるだけで、表情を崩すこともなかった。ただ黙って、怒鳴り続けるアシュリーを穏やかな眼差しで見つめている。悪鬼のような表情のアシュリーに向ける視線は、慈愛に満ちているとすら感じられる。

そして彼は、アシュリーが息が続かず黙り込んだ合間に、ゆっくりと口を開いた。端整な口元から紡がれたのは、音楽に似た不思議な旋律だった。

「＊＊＊＊、＊＊＊＊＊」

その不可思議な抑揚が、不意に、斉木の脳裏におぼろげな物語の輪郭を描き始める。再び黙り込むアシュリーに、アシュリーがまた声を荒らげるのを、斉木は麻痺した思考をかすかに揺り動かして見つめた。

「俺は信じていた。長老は最大の知恵者だったはずだ。知恵者ゆえに尊敬されていたはずだ。なぜその長老を手にかけた！」

――デムニでは、最大の知恵者が長老に選ばれる。

違う。

最大の知恵者ゆえに、長老になるのではない。最も長く生きている者が、長老に選ばれる。最も長く生きているから、尊敬される。

「自然と分離しない、穏やかな信条を持っていたんじゃなかったのか！」

――死者は土に還る。魂は自然に還り、いつかまた人として生まれてくる。原始シヤーマニズム的な思想があるのだろう。

違う。

自然への回帰のために、地面へ撒くのではない。死んでいる者にもう用はないから、村の外に捨てられる。

「ダビは優秀な通訳だった。ウイルスに冒されていないかもしれない人間を、生きながらえる可能性の高い人間の命を、どうして奪ったんだ！」

――「外」はただの「背景」です。デムニの集落の外に世界なんて存在しない。

デムニにとって、アシュリーや斉木は、人間ですらない。

様々な情景が、脳裏に浮かんでは消えていく。

息子の手を握りながら、長老は冷静な面持ちで目を閉じていた。死んでしまうことを悲しむのではなく、弱かったことに落胆している父親の姿だった。

デムニの集団は、長老の後ろに年齢順に並んでいた。年齢の高い者ほど、位が高い配置だった。

幼子の死を悼んで母親は涙していた。子どもを失った痛みに悲しむのではなく、我が子の弱さをただ嘆く母親の姿だった。

アリミリの頭上で、締め殺しの木がさわさわと音を立てる。絶え間なく降り注ぐ熱線を、爬虫類の硬質な鱗《うろこ》を思わせる幹が受け止めている。

――奇観ですね。

――締め殺しなんて、悪魔のような植物だ。

――デムニは、締め殺しの木を崇拝している。

生きるために他の木を締め殺し、生息の場を強奪する。その生きようとする姿勢が、デムニの信条に繋がっている。

ふと、どこからかハミングが聞こえてきた。それが、アリミリが口ずさんでいるものであることに気づくのと同時に、斉木はその唄の意味を思い知る。

――鏡の唄。

なぜ「鏡の唄」なのか。それはつまり、全ては鏡になっているからだった。

子どもは小鳥。

青年は痩せたカピバラ。

老人は鋭い爪を持つ豹。

長く生きているものに憧れる思想が前提にあった。

小鳥は川に流された。

カピバラは豹に狩られた。

豹は川辺に一匹残された。

最後に残された孤独を嘆くのではなく、最後に残ったことの栄誉を讃《たた》える歌だった。

なぜ滅びゆく世界で、殺人を犯すのか。

――最後のひとりになるために、彼は殺人を犯したのだ。

デムニにとって、生きている者は強き者であり、それこそが最高の栄誉だった。それは単純に年齢が上であるということだけではない。デムニにとって、人は死ねばただの地面の雑草に等しき存在に成り果てる。長生きした者は死後も称賛されるわけではない。「長生きしているその瞬間」が称賛されるのであって、死んだ途端に、他の者と同じ扱いになる。常に「今」生きていることこそが、最も重要視されている。

――我々がこれまで生きてきたこと、それは最高の栄誉となるだろう。

長老の言葉は、デムニの論理を明確に物語っていた。

そしてまた、デムニにはもうひとつの論理が働いていた。

――デムニでは、子どもに魂を継承することが、一番の望みなのです。

生存を尊《とうと》ぶ一方で、子孫を残すことにもデムニは重きを置いていた。子孫を残すということは、つまり「弱い者」であるはずの子どもや若い男女の存在を大切にすることだった。

「今」を重要視する論理と、「未来」を尊ぶ論理。二つの論理は、絡まり合って均衡状態を保っていた。「今」だけを見据えるわけにはいかない。だから、殺人という行為がどの程度のタブーであれ、安易な殺戮は起きなかった。

けれど、その危うい均衡を、エボラが崩してしまった。

――新しい命を大切にする。

長老の首飾りが砕け、アシュリーが不治を宣告したことで、彼らは自分たちもまた、近いうちに滅びの波に呑み込まれることを知った。子孫を残すことは不可能になってしまった。

未来は掻き消えて、現在だけが残される。

そのとき、長老が放った言葉が引き金になった。

――後はもう、デムニの歴史の最後に己の名前を記すのみ。

誰もが死ぬという状況で、最後まで生き残る――デムニの単純な価値観は、奇妙にして不気味な論理へと繋がっていく。その論理に気づいたのがアリミリだった。

世界の歴史の終わりに、自分の名前を刻むということ。それはアリミリにとって、至上の栄誉に他ならなかった。

デムニはすでに大半が死亡していた。生き残っている者も、遠からず死んでいくと思われた。そのとき、最後のひとりになり得る候補者は、彼以外に五人いた。長老、壮年の男、ダビ、ルイナニ、若い女。アシュリーや斉木は、彼らにとって路傍の石にも等しい存在だった。外の世界は、デムニにとって「世界」ではなかった。残された全員がいずれ発症するのは確実だとアリミリは考えた。しかし、その順番は不明だった。最も若く力強かったはずの長老の息子すら、早々に舞台から退場していった。いかに頑強であろうと、自分が最後になれる保証はどこにもない。

ならば、他の者を全て殺してしまえばいい。

——死とは滅びなんですよ。

ダビを錯乱させるほど、遺体が灰として捨てられるほど、死はデムニで忌避されている。

——自分は、自分が死ななければいいです。

それでも、利己的な目的のために、殺人は正当化される。

いつ発症するか分からない状況では、殺人を犯す余裕もいつまであるか分からなかった。だからアリミリは、己の論理に忠実に、そして迅速に得物を振るい始めた——

風が感じられないにもかかわらず、締め殺しの木は枝葉を揺らしていた。さわさわ、さわさわ。葉擦れの音は、締め殺しの木だけではなく、村を取り囲む密林全体から響いていた。まるで密林に潜む何者かが、長い腕を伸ばして木々を揺すっているかのように。緑の世界から、濃密な気配が漂い出し、斉木たちとアリミリの間で滞留していた。

ダビは気づいていたのだろうか。

熱を帯びた身体で、斉木はぼんやりと考える。

この観念的な動機に、ダビも辿り着いたのだろうか。

辿り着いたのだろう――辿り着いたからこそ、ダビはアリミリと対峙したのだ。

何のために？　アリミリを止めるために？

まさか――斉木は口元を歪めた。安易に希望を信じるには、すでに何もかもが打ち砕かれすぎた。

当然、ダビはアリミリを殺すために探していたのだろう。

そして二人は対峙し、アリミリが目的を達したのだ。

斉木は目の前の二人に視線を向ける。

アシュリーは何かを叫び続けている。

アリミリは表情を変えずに黙って彼を見返している。

斉木はアリミリの素朴な論理を脳裏に描きながら、それでも受け入れることができなかった。

アリミリは間違っている。

胸底で荒れ狂う叫びが、言葉となって喉を突き破る。

ダビのいない今、言葉など通じないことが分かっているのに、それでも斉木は叫ばずにはいられなかった。アシュリーと同じように、アリミリに視線をぶつけて。

けれど、何も届かなかった。

アリミリと斉木たちとの間は、五メートルほどだった。歩けばわずか数歩の距離だった。

しかしそこに横たわるのは、アマゾンに匹敵する巨大な川——決して踏み越えられない、深く大きな川だ。

斉木は叫ぶ。アシュリーは叫ぶ。

その全ての言葉の意味を、わずかたりともアリミリは理解しない。

二人はただの道化だった。通り過ぎる観衆の顰蹙《ひんしゅく》すら買うことのできない、黙殺された哀れな二体の人形だった。

黙り続けることに飽きたのか、アリミリは何かを言う。落ち着いたバリトンで、アシュリーに斉木に語りかける。

その全てが、斉木には理解できない。

やがてアシュリーが絶望に満ちた表情で、地面に膝をついた。どさりと落ちたリュックから、小さな棒状のものが転がり落ちる。日差しを受けて、銀色に鈍く光るそれは、小さなハーモニカだった。スティングの思い出と共に語られた楽器に、けれどアシュリーは手を伸ばすこともできないようだった。ハーモニカは何者をも繋ぐことのないまま、断絶の川面《かわも》で輝いている。

その様子のどこが面白かったのか、不意にアリミリは哄笑した。川沿いでダビが放ったのと同じ、高らかな笑い声だった。ハハハハハハハハハハ。空を見上げ、肩を震わせて笑う様に、胸元に飾られた骨の首飾りがカタカタと音を立てた。そのまま、満足と可笑《おか》しさが入り交じった笑い声を上げ続けて――

笑いは、突然に途切れた。

くぐもった音と共に、肩の揺れが一瞬収まり、途端に全身がびくんと大きく跳ねた。体内に潜む動物が暴れ出したかのように痙攣《けいれん》しながら、アリミリはゆっくりと顔を斉木に向けた。彫りの深い顔立ちには驚愕が浮かび、視線は斉木を捉えようとしながらも焦点が合っていなかった。描かれた文様がぐにゃりとうねって、形を変える。

もう一度音がして、アリミリは左手で口元を覆った。杖が地面にぶつかって砂埃を上げた。けれどそれに頓着することもなく、彼は右手で口や鼻を撫でまわす。

その長い褐色の指の間から、血が一筋こぼれた。

赤い線は小指の先まで辿り着き、そこでしばらく動きを止めたあと、ゆっくりと膨らんだ。丸みを帯びた赤が、自分の重みに耐え切れずに、地面にこぼれ落ちる。ゆっくりとこぼれたその滴《しずく》は、砂の上に転がったハーモニカに跳ねて、小さな赤い斑点《はんてん》を作った。

二週間後の未来　水生大海

水生大海　みずき・ひろみ

三重県生まれ、愛知県在住。出版社勤務、漫画家を経て、2005年にチュンソフト小説大賞（ミステリー／ホラー部門）銅賞受賞。2008年、「罪人いずくにか」で第１回ばらのまち福山ミステリー文学新人賞優秀作を受賞し、翌年『少女たちの羅針盤』に改題してデビュー。その他の著書に『かいぶつのまち』『夢玄館へようこそ』『最後のページをめくるまで』、「社労士のヒナコ」シリーズ、「ランチ探偵」シリーズなどがある。

【底本】「小説推理９月号」（双葉社、2020年刊）

環《たまき》、あなたが青酸カリを手に入れたのは、おばあちゃんのお葬式のあとだった。親戚が集まっておばあちゃんの思い出ばなしに花を咲かせていたとき、ふいっとあなたは思いだしたんだ。秘密めいたおばあちゃんの笑顔とともに。

おばあちゃんのお父さんは軍医だった。太平洋戦争も終わりのころ、いざとなったらこれで純潔を守りなさいと、一時帰還したお父さんから持たされたという。そういう時代だったのよとおばあちゃんは笑っていた。

その濃紺の小瓶は、レースのハンカチに包まれて小さな缶に入れられ、茶色くなった写真とともに、さらに朱塗りの箱に収められていた。あなたの記憶はだんだんとよみがえる。おばあちゃんの部屋は一階の奥の座敷で、亡くなる直前まで頭も身体もしっかりしていて、身の回りのことも同居のお母さんに任せなかった。九十五歳とは思えないほど元気だったと、今も伯母さんが羨ましげに語る。伯母さんはおばあちゃんの長女だ。青酸カリのことは聞かされているだろうか。もしも自分が使ったら、おばあちゃんが持っていた青酸カリだと気づくだろうか。あなたはそう思いながら、伯母さんの話に相槌を打つ。あなたに向けてうっかりと、あなたのお母さんの名前を口にする伯母さんだ。青酸カリのことを聞いていたとしても記憶の彼方だろう、あなたはそう思った。

一連の儀式が終わり、借りている1LDKの部屋に戻るまえに、あなたはおばあちゃんの部屋を探した。記憶にある朱塗りの箱は、押し入れの古い行李《こうり》から見つかった。黄ばんだレースのハンカチごと、あなたは濃紺の小瓶をポケットに入れた。

環、あなたは自分を慎重だと思っている。なかなか決断できず、チャンスを逃してしまいがちだと。そんなあなたがとっさに濃紺の小瓶を持ちだしたのは、怒りのせいだ。

おばあちゃんが突然倒れた、どうしよう。そんなお母さんからの電話がかかってきたのは、基規《もとき》との別れ話の最中だった。

塩川基規はあなたの一期下だ。あなたは基規が入社したときから気になっていた。万人が認めるイケメンではないけれど、スポーツマンらしい清潔感があった。とはいえ自分も入社二年目の新人、仕事は面白く、覚えるべきことも多い。社内恋愛はこじれたときに大変だとも聞く。相手のことを見極めてからと、慎重の上にも慎重を重ねた。石橋をいろんな道具で叩いているうちに基規は転勤し、さらには結婚した。ショックを受けたけれど、あなたはなにも行動しなかったんだ。文句を言う筋合いはない。それはあなたも自覚している。その後、あなたも多少は柔らかくなった。恋愛の相手を社内に求めることはしなかったけれど、トライアンドエラーという考え方も覚えた。エラーが多かったのか、なかなか踏ん切りをつけないせいか、独身のままだったけれど。

そんななか、基規があなたの部署に戻ってきた。離婚をして、しかも上司となって。そこはあなたも二年前から納得がいっていない。社歴も実務経験も自分のほうが上のはず。会社の旧態依然たるところだと思う。けれど慎重なあなたが選ぶような会社だ、固定観念を重視する。会社への不満はともかく、戻ってきた基規はあなたを先輩として立て、あなたもまんざらではなく、基規との仲は急速に深まった。

思えばあなたの恋心は、基規に透けて見えていたのだろう。基規があなたを頼ってきたのもわざとだ。あなたは基規を支えようと、仕事をフォローし、アイディアも手柄も差しだした。役に立つ人間になるのが、自分たちの将来につながると思った。社内恋愛はおおっぴらにしてはいけない、その考えから抜けだせないままだったので、基規との関係も公言しなかった。それでいながら一年半も関係を続けた。いくら慎重なあなたでも、もうゴールを設定すべきでは、三十代も後半になるのだし、とそう考えていたころだった。

突然、基規の婚約が噂になった。相手は取引先の社長令嬢。絵に描いたような裏切りに、すべてぶちまけてやると怒りが募った。そう叫ぼうとしたところで、おばあちゃんの死があなたを止めた。

忌引きが明けてあなたが出社すると、基規は祝福の中にいた。

基規はあなたの出方を探るように、哀悼の言葉を投げてくる。お亡くなりになったのは残念だけどすごいね、大往生だねと、九十五歳での死はまるでめでたいかのようだ。いいえ家族は悲しいんですとは言えなかった。みなが基規の言葉にうなずいていたから、その場の雰囲気を壊せなかったのだ。口を開いたら最後、すべてをぶちまけそうで。

今、基規との関係を口にしてはいけない。動機が知られてしまう。

はっきりと殺意を自覚したのは、このときかもしれない。保険代わりに持ってきた濃紺の小瓶は、武器となった。

あなたはじっくり考えた。行動を起こすのは遅いが、考えるのは得意だ。

毒殺。一五五センチと小柄なあなたでも、一八〇センチ超えの男性を殺せる方法だ。青酸カリというのもポイントが高い。誰もが知る劇薬だけど、それだけに入手経路が特定されやすいと聞く。あなたの身内や生活周りに、青酸カリを扱う会社はない。七十五年前の遺物など辿りようがないだろう。あなたはその点で、容疑者から外される。

一方、動機の面では不安が残る。あなたと基規との関係は知られていなかった。写真の一枚もない。基規が嫌がったからだ。曰く、若いころの風貌から劣化しているので悲しいと。そんなことはまったくないといたわるも、基規はナルシストかなと自分で言って笑うばかりだ。さらに、もしもSNSに上がってしまうと嫉妬深い元嫁からきみが攻撃されると続ける。そんな真似はしないと言ったが、基規はハッキングもありうると怯えた顔になった。嘘くさい。今ならわかる。形に残るものをあなたに与えないための言い訳だ。今回それは、あなたに有利に働く。ただ、同僚が誰ひとりも怪しんでいない、と考えるのは甘いだろう。

基規と会うのはいつも夜、彼の家だった。築三十年ほどの一軒家で、亡き両親が遺したものだという。元嫁は古い家で暮らすのを嫌がった、最初は従順だったのにわがまま放題で騙された、と基規は言った。外観はたしかに古いが、水回りはリフォームされて使い勝手はいい。家は寂れた商店街の裏手にあり、人通りは少ないがゼロではない。連れ立って歩くことはなかったが、あなたはその商店街を利用していた。手芸店で掘り出し物を見つけたし、美味しいパン屋もあった。聞きこみなどされたら、あなたの情報が出かねない。

アリバイが必要だ。あなたはミステリ小説を何冊も読んだ。物理的なトリックができないか考え、誰かを巻きこんで時間を誤認させる方法も考え、自分の力量とリスクを鑑みて、結局は単純なアリバイを用意することにした。犯行の時刻に別の場所にいた、犯行現場にいなかったことを確認できない以上はそう推測される、ただそれだけだ。凝ればそのぶん齟齬が生じる。

基規の家から徒歩圏内に、スクリーン数を十二も持つシネコンがある。そこにいたことにするのだ。あなたは昨秋、日本では未公開の映画を何本か、海外旅行の機内で観ていた。内容も覚えている。それらの映画の公開初日を狙う。ネットでチケットを購入して自動発券機で発券。受付を通って廊下に入るが、上映されるシアターの中には入らずにトイレで上着を替え、他の客に紛れて退場し、基規の家へ。基規を殺害し、上映の終了時刻を狙ってロビーに戻り、なにか目立つ行動をする。座席番号が隣り合う人なら、あなたがいなかったことを知っている。だが初日の上映に来るような客は、周囲のようすよりスクリーンに集中するはず。満員御礼が出ない作品を狙おう。付近に人が少ない座席を見繕おう。上映開始前は人目につかないよう心がけ、終了後にはスタッフに顔を覚えさせる。あなたはシネコンのサイトを観察しながら作品や座席の絞り込みを行った。現地に出向いてシミュレーションも試みた。

そんな二月半ば、とあるニュースが報じられた。世界的規模で流行しつつある新型のウイルス感染症によって、日本で初の死者が出たと。

年が明けたころから、噂は聞こえていた。怖がりつつもどこか、別の国のできごとに感じていたのかもしれない。そんな思いをあざ笑うように、正体のわからないウイルスが世の中を変えた。空気感染だ、いや飛沫感染だ、なにより接触感染が危ないなどなど、具体的な仕組みが判明しないこともあり、人々は萎縮していった。

シネコンはすぐには閉まらなかったけれど、客足は減った。人ごみに紛れてアリバイを作れる状況ではなさそうだ。とすると物理的なトリックか。しかしあなたにそんな知識はない。青酸カリをカプセルに入れて、仕込みと死亡のタイミングをずらすのはどうだろう。けれど基規に常用薬はない。いっそ誰かを巻きこもうか。——だが、誰を。

あなたが悩んでいる間に、会社は早い段階でリモートワークをスタートさせた。海外のニュースでも見た、ネット越しのやりとりだ。あなたの属するマーケティング部も出社は当番制となって、各自が自宅で仕事を進めることになった。基規と会うことも叶わない。

「仕事ができるだけいいじゃないか。現場部署はただの自宅待機で、給料が減額されるって話だ。というわけで今日だが——」

会社から貸与されたノートパソコンのモニターに、九分割された画面が並んだ。朝昼夕の定時連絡以外は各自で仕事を進める、と聞いていたけれど、意外とこのオンライン会議が多い。別部署にいる同期は、定時連絡だけだと聞く。あなたの部署が抱えているプロジェクトのせいだろうか。それとも課長である基規の方針だろうか。

過去に対面で集めたデータと、新たにネット上で集めたデータに差異があり、それをどう埋めるべきかが議題になっていた。埋めるもなにも、生活が変わったのだから人の意識も変わるだろう。上はそれが理解できないようで、差し戻しが何度も発生していた。基規が苛々している。

「だからデータの分析方法に問題があるんだって。やり方を変えてみたらちゃんとした結果が出るんじゃないの。有田くん、ベテランなんだからそのぐらい思いついてよ」

「それは結論ありきでデータをいじれということですよね。おかしいです」

あなたは反論する。家に縛りつけられる生活に疲れていた。つい言葉がきつくなる。

会議に参加していた同僚たちがまあまあとなだめ、コーヒーブレイクとなった。いつもは率先して飲み物の用意をしてくれる入社二年目の滝渕は画面の向こう。それぞれが、自分で自分の分を持ってくる。

雑談タイムとなった。先日はコーヒーカップの話題で花が咲いた。そのまえは画面に闖入してきたペットの話。普段の顔を見られるのはときに楽しく、ときにうっとうしい。どれだけ他人の生活に踏み込むか、踏み込まれてもいいか、許容できる域は人によって違う。

この日あなたが焦ったのは、自分の背後に映りこんだ棚だ。古いカーテンをかけて隠してあったのだが、コーヒーを運ぶときにひっかけて外れてしまった。

「有田さん、そのこまごまとした引き出し、会社のストック品の棚みたいですね。なにが入ってるんですか」

あなたが直すより先に訊ねてきたのは、駒井という男性だ。太鼓持ちでお調子者、なにかというと首をつっこんでくる。

「なんでもないよ。会社の真似をしただけ。小分けしたほうが便利でしょ、食品も衣類も化粧品も」

「それは一緒にしちゃ駄目ですよ。においがつくし虫も湧きかねません」

唯一の既婚女性、久村がたしなめてくる。

「あ、テプラが貼ってあるのが見えた。なんて書いてあるのかなー」

駒井が画面に顔を近づけてくるので、あなたは映りこみを避けるべくパソコンの向きを変えた。そっと基規を窺う。彼はここに入っているのがなにか、想像がつくかもしれない。

しかし基規はこの話題に興味がないのか、大きなあくびをした。

「失礼。真夜中に救急車に起こされてさ。どうやら近所のおばあさんが死んだらしくて」

ええ？　と大声で反応したのは、やはり駒井だ。

「塩川課長、もしかしてそれって例の」

「違うよ。普通に病気みたいだ。心筋梗塞がどうとか窓越しに聞こえたな」

「噂で聞いたんですけど、実は心筋梗塞なんかの血管詰まる系って」

「今はお葬式で集まるのも難しそうですね」

駒井と久村の声が重なる。モニター越しなので聞き取りづらい。

「近所の人たちにはまいるよ。救急車のサイレンが聞こえたと思ったら、わーっと出てきて夜中だっていうのにひと騒ぎ。やっと眠れたのに、朝早くから外で、心筋梗塞だの狭心症だのと噂話。いつも家に籠ってるのに、なにか起こると出てきてさ、マスク越しだからか距離を保ってるせいか、めちゃくちゃ大声なんだから」

さあそろそろ休憩は終わり、と基規が号令をかけ、踊る会議が再開された。


〈それやばーい。しかもテプラなんて貼ってちゃダメでしょ〉

スマートフォンの液晶画面に、「まいまい」の発言が現れる。

〈でも同僚に家の中を見られるなんて、こんなことになるまで想像しないよねえ。こっちの仕事、今も会社には内緒っしょ?〉

「サニー」の発言の吹き出しの元にあるアイコンは、朝日が昇らんとする富士山だ。近所で撮影したらしいが、静岡側か山梨側かさえ聞いていない。

あなたと彼女たちとのつきあいは、三、四年ほどになる。本名も住所も知らないネット上の友人だ。積極的にネットの海に飛びこむ気はないあなただけど、同好の士とは情報交換もあってつながっている。その同好こそがハンドメイドだ。最初はネット上の交流サイトでつきあっていたが、やがて気の合う仲間とクローズドなSNSに移動した。

あなたは小さいころから手先が器用だった。お母さんの壊れたアクセサリーを直す。リメイクをする。そんなことをはじめとして、ビーズや石、金具を買い、オリジナルのアクセサリーを作るようになった。彫金や小規模な金属加工もできる。そんな人は世に多くいて、最近はネット上にハンドメイドマーケットが複数できていた。商売として生計を立てている人もいる。

あなたは仕事もあり、そこまでのめりこんではいない。勤めている会社は副業禁止なので、ばれないように気をつけてもいた。たとえば取引には、匿名で利用できるマーケットとできないマーケットがある。運営側に手数料を支払って買い手への担保とすることで、送付時に住所氏名が伏せられるマーケットを、あなたは選んでいた。同じ会社の人から注文が入らないとも限らないからだ。収益よりも安全第一だ。

実は別の理由でも、周囲に内緒にしていてよかったと思っている。

合鍵だ。

基規の家の合鍵を、腕を生かしてこっそりと自作していたのだ。彼を殺そうなんて思ってもいないころ、お守りのような気持ちで作った。映画館をアリバイにしたあと、それを使って彼の家に入るつもりだった。計画は流れてしまったけれど。

〈真珠さんのアクセサリー、とてもかわいいし、大好きです。もっと積極的に売ればいいと思うんですよ。この自粛期間を機会に、ほかのところにも登録してはどうでしょうか〉

丁寧な言葉遣いで、「空色小鳥」が発言する。アイコンは水色のセキセイインコ。他界した愛鳥らしい。

真珠、それがあなたのハンドメイド界での名前だ。環の名前から連想した最も美しい玉の名前にした。まいまいもサニーも空色小鳥も、実生活から切り離された名前だろう。とはいえ彼女らは、匿名では利用できないマーケットにも登録しているので、買い手には住所を知られている。まいまいは陶芸展にも応募するセミプロで、空色小鳥は子供服の界隈では人気らしい。

いざとなったらその手もあるかな、会社の状況次第だけど。そう思いながら、あなたはペンチを握り、声でスマホに入力をする。机の上には、ビーズに針金、ニッパーなどの道具が並んでいる。さっき画面に映りこんでしまった棚に入っていたものがこれだ。

〈在宅勤務っていっても、意外と仕事あるんだよー。通勤時間の分をこっちに充てられると思ったのに〉

〈てことはお給料もらえてるんだよね。羨ましい。うちのなんて失業状態。朝からマ

スク買うためにドラッグストア並んでる〉

　まいまいの発言が画面に浮かぶ。咳やクシャミによる飛沫が感染経路と考えられたため、さまざまな店からマスクが消えていた。いつ売り出されるかわからないまま、人々はドラッグストアに並び、高額のネット転売も横行していた。まさか、まいまいも転売目的で？　と思ったあなたと同じことを、サニーが訊ねていた。

〈やだ、違う違う。うち、おばあちゃんが介護施設で働いてるの。なのにマスクを支給されないんだよ。六十代が八十代を看てるってどんなー、だよね。本人辞めたいって言うけど、ダンナの収入なくなったし、あたしもスーパーのバックヤードでバイトはじめた〉

〈スーパーにはマスク入らない？〉

〈ないんだよー〉

〈作ったものじゃだめ？〉

〈あたしの分なら、バックヤードだからいいかも。でも針仕事苦手〉

〈もしもし？　ハンドメイドとは〉

〈あたしが作ってるのは器だって〉

　サニーとまいまいの会話がぽんぽん続く。このふたりはやりとりのスピードが早い。

〈私が作ったものでよければ送りましょうか。フィルターになる不織布もつけますよ。

もちろん無料でいいですよ〉

空色小鳥が発言した。喜びを表すスタンプが、次々と画面に現れる。

〈いいの？　じゃあ白いのがいいな。色付きだと見るからに布だから、クレームが心配〉

〈空色小鳥さん、プロだもんね。ワタシも頼んでいいかな。子供向けのがほしいの〉

まいまい、サニーと続く。

〈真珠さんにも送りましょうか〉

うーん、とあなたは考えこんだ。マスクくらいなら自分で縫える。しかし場のノリを壊すのも悪い気がする。もらっちゃえもらっちゃえと、まいまいが画面上で騒いでいる。かたつむりを象《かたど》ったイラストのアイコンには、雨粒も描かれている。あなたにはそれが涙のように見えた。自分が断らないほうが、まいまいは気が楽になるのではないだろうか。

〈じゃあお願い。わたしは大人ひとり分で〉

両親の分もと考えないではなかったが、それは自分で作ればいい。空色小鳥のストアを見たところ、最近はマスクも扱っているようだ。そちらに正規の料金で注文してもいい。

〈エレガントなものにしますね。真珠さんがアイコンにしているバレッタに合いそう

なのがあります。あのバレッタ、本当に素敵です。真珠さんの雰囲気に合ってますよね〉

空色小鳥の返事が戻った。

そう言われてあなたは、複雑な気分になる。模造真珠をちりばめて作ったお気に入りのバレッタで、まさに自分を象徴する作品だ。ただ基規と会うときにいつもつけていたから、今は見るのも嫌でしまいこんである。とはいえ、ハンドメイドマーケットでのアイコンは目印だ。やめるにやめられない。

在宅勤務の日々は続いた。

不自由だが、あなたはそんな生活にも慣れてきた。それは同僚たちも同じだろう。服装がラフになり、化粧が薄くなっていく。はやりのオンライン飲み会も行われるようになった。最初は全員でやっていたが、なんとなく男女が分かれた。

「だって給湯室のお喋りというか、ランチどきの息抜きというか、そういうのが欲しいんですー。会社だから百パーのプライベートは無理だけど、飲み会まで男の人に気を遣いたくないんです」

あどけない顔の滝渕が、缶ビールをじかに飲む。

「ランチ休憩は潤いだもんね。ごはんだけじゃなく場の空気が」

富永も画面の向こうでうなずいている。富永は入社して四年になるが、滝渕が来るまでは、最も後輩の位置にいた。今の滝渕と同じように気を配っていた。

「オンライン会議の画面って、全員の顔が同時に見えるじゃない。ふたりがどれだけ周囲をフォローしてるか、よくわかった。そりゃ疲れるよね」

あなたは声にいたわりをこめる。有田先輩ー、と滝渕が嬉しそうに笑う。

「私も。若い子たちに気を遣わせてたなって、反省したよ。ごめんね」

久村が言い、三尾が同じく、と片手を上げる。既婚者の久村とあなたは三十代で、昨秋に転職してきた三尾は四十代だ。一番の新参者だが、さすがに年上に雑用は頼めない。

「あたしが言うのはアレだけど、こういう状況になるといろいろ見えてくるね。塩川課長、ヒラメだなとか」

三尾の発言に久村とあなたは笑う。滝渕と富永は意味がわからないようだ。久村がつまりと話しだす。

「上にしか目がついていないってこと。上司の顔色だけ窺って、下は無視」

「わー、それだ！　あと駒井くんもなんだかなー、です。その服パジャマ？　って言われたんですよ。そんなわけないし、そんなこと言うの、セクハラですよね。塩川課長もにやにや笑ってるし。超気持ち悪かったです」

「え？　滝渕さん、それいつ？　気づかなかった」

あなたは問う。三尾も驚いた顔になっている。

「あたしも気づかなかった。あ、その顔見るに、久村さんも？」

久村がうんと答え、滝渕と富永が気まずそうに下を向いた。富永が口を開く。

「分科会です。先輩方がいらっしゃらないチームのときに」

それはひどい、まさに下の人間を軽んじている、とあなたたちは盛りあがる。部長にチクろう、と。

「けど実害はないし、我慢できなかったらネット回線のせいにして画面切っちゃえるし、家での仕事って気楽でいいなあって思います」

滝渕が二缶目のビールを空けた。そのまま三缶目に手を伸ばす。意外と酒豪だなと、あなたは目を瞠る。と、久村の画面に子供が入ってきた。こんにちはー、と全員が声をかける。こんばんはでしょ、とつっこみが加わる。三尾が目を細めた。

「二歳でしたっけ、かわいいですね」

「いいなあ、子供。わたしも結婚したい。ていうかカレシ欲しい。家でひとりはさみしいよー」

「滝渕さんあなたさっき、家は気楽って言ってなかった？　どっちなの」

「有田先輩細かい」

「同時成立するんですよー！　って、富っちはいいじゃん、営業部にカレシいるし」

「やだ、バラした」

ひゅーひゅー、と三尾がはやしたてるので、あなたも倣う。

「だけど外出自粛で全然会えなくて、さびしいです」

富永の声が沈んだ。あー、とみんなで嘆息する。

「恋人同士でもダメなの？　お互いに健康なら会ってもいいんじゃない？」

あなたは訊ねる。みなが首をひねっている。誰にも正解がわからない。

「今の行動の結果が二週間後に出るとか、二週間後の未来のためにとか、最近あちこちで聞くよね。二週間後になにが起こっても受け入れられるなら会う、って考えはどう？」

三尾が言った。なるほどー、と滝渕がうなずく。

一理ある、とあなたも思った。

海外からの帰国者や感染者と濃厚接触したものには、原則二週間の自宅待機が求められていた。それだけ経って発症しなければ、新型ウイルス感染症にかかってないと思っていいらしい。

「あたしと彼だけならそうしたいけど、うち、おばあちゃんがいるんですよ。高齢者はリスクが高いっていうから、避けたほうがいいかなって」

「わかる。わたしも実家に帰れないままなんだ。親の歳を考えて」

あなたはそう言う。おばあちゃんの法要も欠席するしかなかった、とさみしく感じる。

「富っち、いっそ結婚しちゃえー。あー、わたしも結婚したい。いい男と巡り合いたい。うちの部署の男以外の男と話がしたいー」

話が戻った。滝渕はだいぶ酔ったようだ。

「寝かしつけがあるから私は離脱するね」

久村が画面から退出した。翌日は土曜日とあって、残りのメンバーは遅くまで飲んだ。酒の肴は、部内の男性陣の悪口だ。リモートワークのせいか、基規から離れたせいか、彼の本質がよりわかってきた。上の人間に媚び、下の人間にマウンティングを取る。口先だけの言葉で他人を動かす。他人は上手に利用するものと考えているのだ。あなたも利用された。自分は愛されている、その思いが目をくらませた。でもそれは、見せかけ。

別れて正解だったのかもしれない。そう思った。

離れているうちに、基規への殺意が薄れてきたような気がする。

あなたの心の針は、一時待機から熟考へと動いた。なかったことにするのは腹立たしいけれど、基規本人を消さなくても、気持ちのなかから消し去ってしまえばいい。

二日酔いからようやく復帰した土曜日の午後、空色小鳥からマスクが届いた。レース模様のプリントで上品だ。自分はこういうイメージなのだろうかと、あなたは嬉しくなる。

実際のあなたは、童顔で小柄と、子供っぽい見かけだ。けれどそのマスクをつけると、大人びて別人のようだった。

早速お礼を、とSNSにアクセスすると、すでにまいまいとサニーが、届いたマスクで盛りあがっていた。写真までアップされて、称賛の嵐だ。

〈空色小鳥さん、すごい。これ超売れるよー。あたし宣伝する〉

〈うちに届いたのもかわいかった。しかも肌あたりが柔らかいの。子供も大喜び〉

まいまいとサニーの文章はハートマークでいっぱいだ。

〈ありがとう。だけどみんな自分で作れるようになってきてるから、そろそろ売れないでしょうね。型紙も出回っているしね〉

空色小鳥はあいかわらずおっとりしている。

〈でも材料が手に入らないって話も聞くよね。糸とかゴムとか。空色小鳥さんのところはだいじょうぶ？〉

あなたは訊ねる。あなたもマスクを作ろうと思ったが、耳かけ用のゴムが手に入らなかった。ネットはもとより、百均ショップも大手の手芸店も品切れだ。手芸店は、人が集まっていて怖いぐらいだった。そういえば基規の家の近くの寂れた商店街にある、これまた寂れた手芸店はだいじょうぶだろうか。古い店のおかげか掘り出し物が残っていて重宝した。クラシックな貝ボタンを、ペンダントとピアスのセットにしたら高額で売れた。お店にいるのも、ちんまりしたおばあちゃん。あんな店に客が押し寄せたら、さぞ大変だろう。

〈在庫があるけれど、それがなくなったら休業かしらね〉

嘘、驚き、そんなスタンプがまいまいとサニーから届く。あなたも、ショックと送った。

〈新しい服の注文も入らないしね。卒園式や入学式もないぐらいだもの〉

〈器を買う人も減ってるかんじ。気分を高めるために買う人が、いないでもないけれど〉

まいまいが発言する。

〈ワタシらみたいな小物類、アクセサリー関連もだよね、真珠さん。みんなお出かけしないもんね。むしろ作って売る人のほうが増えてる印象ない？　時間余ってるのかな〉

サニーに問われて、そうだったっけ、と戸惑う。あなたはハンドメイドマーケットの状況をそれほどチェックしていない。平日は仕事をしているし、収益よりも安全第一、売るより作るほうが楽しい。

〈品物が売れないなら材料を売ればいいんじゃない?〉

まいまいの提案に、空色小鳥から、いいね、とスタンプが届いた。続けてフキダシ。

〈布も売れるよね〉

〈もちろん。でも空色小鳥さんが作る服のほうが、何倍ものお金になるのに〉

と、サニーが残念がる。空色小鳥が綴る。

〈でも作れないし。あ、今はね〉

〈そうだね。需要と供給を考えると、今は材料を提供するほうがいいかも〉

あなたも発言する。現在の売上高だけ考えるなら、という条件つきだけど。自分はそこまで逼迫していないから、今ある材料を売るつもりはない。

スマホの液晶画面に、三人の愚痴が続いていた。ところどころ口を挟みながら、あなたはアクセサリー製作を進める。文章のやりとりだからこその利点だ。

画面の上から、ふいと通知が現れた。メールが届いたようだ。今まさに、作っているペンダントの依頼者からだ。なんだろう、と確認して、あなたは愕然とする。

「キャンセル?」

うそー、うそー、と声にも出た。そこまで逼迫していないと、思ったばかりの言葉を否定する。たしかに首が絞まるほどじゃない。だけど材料費だってかかるし、時間だって無駄になったし、今、ストアに置いている作品が売れるとも限らないし、これはやばい。

〈真珠さん、いる？〉

サニーに呼びかけられていた。三人の会話はすっかり進んでいて、すぐに追えない。

三人の愚痴は生活まわりへと移っていた。まいまいはバイト先のスーパーに、勤務時間を増やされたそうだ。家事に仕事にといっぱいいっぱいだという。サニーも子供がずっと家にいて、食費に頭を悩ませているという。空色小鳥は独身なのでその心配はないけれど、街の空気がぎすぎすしていると語る。休業要請に応えた店と応えない店があり、悪口が聞こえてくるのだと。あなたはどのケースにも当てはまらないので、正直、それらの話題に興味はない。用ができた、と書いて離脱することもできる。けれど、あなたも愚痴を聞いてほしい気分だった。

〈ごめん。今、キャンセルの連絡がきて、固まっちゃってたの〉

〈キャンセル？　それはつらいね〉

〈うわー、耐えてー〉

まいまいとサニーが慰めてくる。空色小鳥からも涙マークのスタンプが届く。

〈明日は我が身かもしれないよ。みんなも気をつけて〉

あなたの返事に、だよね、負けずにがんばろう、そんな言葉が画面に並ぶ。

真珠さんのアクセサリー、かわいいし、大好きです。もっと積極的に売ればいいと思うんですよ。空色小鳥にそう褒められた日から、たいして経っていない。いざとなったら、などと思ったあなただけど、世の中は甘くない。


あなたの出社当番の日だった。

久しぶりの通勤電車は人が少なく、路線を間違ったかと思ったほどだ。もしくはSF映画で、人が死に絶えた街に取り残されたものがどこかに逃げようとするシーン。でも死の街にしては清潔で、電車の時間も正確だ。むしろコンピュータで完全制御された街のシーンかも。

ビルが並ぶオフィス街も、晴れているのに寒々しい。歩いている人はみなマスクをつけ、表情がわからない。ロボットが紛れ込んでいても気づかないだろう。いや、コンピュータで制御された街に紛れ込んでいるのは、人間のほうかもしれない。

ふいに怖くなって、あなたは鞄の中でスマホを握る。防犯ブザーのアプリが入っているのだ。いざとなればこれを押す。そうすればサイレンの音が鳴り響く。

会社のビルに入り、やっとほっとした。社員証をかざして通るゲートで、挨拶の声をかけられる。ゲートは駅の改札にも似た機械だが、警備員が立っている。

「大変ですね、お疲れさまです」

あなたがそう言うと、警備員が制帽のまま頭を下げた。マスクに制帽、制服。会社の近くのコンビニで会ったとしても、誰だか気づけないだろう。

マーケティング部の部屋にはあなたひとりしかいない。朝の定時連絡を会社のパソコンから行った。今日のオンライン会議は短くしようと基規が提案し、実際、すぐに終わった。ラッキー、とあなたは思う。会社でしかできない仕事はあるが集中してこなし、ランチは久しぶりに外食しよう。どこかに営業している店があるはずだ。

取引先にもリモートワーク中と連絡してあるから、電話はめったに鳴らない。快適快適、とあなたは仕事に夢中になった。電子化していない古い資料を探しに、部屋の奥に並ぶ棚に向かったところだった。

「がんばってるね」

ふいに声をかけられ、あなたは振り返った勢いで棚に肩をぶつけた。退路をふさぐように基規が立って、向かい合う二本の棚の段に両の手を置いている。

「どうして？　自宅勤務じゃ……」

「資料が必要になったから会社でやろうと思ってさ。うちの近所の商店街でパンを買ってきた。経済応援の意味もあってたくさん買ったから、一緒に食べよう」

「なに言ってるの」

「なにってなにが？　いやー、大変だよ、飲食店業界。居酒屋が弁当売ってるんだよ。でもほら店によっては、つまみにはなっても副菜がなくて弁当さえ作れないところがあるじゃない。うちのあたりだと角の焼き鳥屋がそうなんだけど。あそこは閉めちゃってるんだ。どっちも美味しいのに格差ができちゃってるんだよねー。この先不安だね」

「そんな話を訊いてるんじゃないの。なぜここにいるの。ち、ちょっと、近寄らないで」

基規が棚と棚の間を進んでくるので、あなたは後ずさる。背後は窓だが、ここはビルの十階だ。

「三密とかいうアレ？　窓を開ければ換気できるし、見せつけてやろうよ」

「見せつける？」

基規がさらに一歩を寄る。あなたの背中が窓に当たる。

「巣ごもり消費で、サブスク配信の売上げが伸びているんだって。みんなビデオを見て過ごすんだ。エロコンテンツも人気だってさ。オフィス街の情事、いいんじゃない？」

基規はあなたの肩に手をかける。

「バカ言わないで。婚約者にチクりますよ。取引先のお嬢さんだよね」

「それが聞いてよ。パアになっちゃったんだ」

「は？」

「この状況だろ。一ヵ月ほど会えないでいたら、熱が冷めちゃったって言うんだよ。ひどいよね。だから慰めてよ」

基規は手をあなたの髪へと移した。その感触に、あなたはぞっとした。以前はそうされるのが嫌いじゃなかった。髪を撫でたあとお気に入りのバレッタを外されるのが、ベッドインの儀式にもなっていた。けれど今は、蛇が頭を伝っているかのようだ。

「離して」

「いいじゃない、また仲良くしようよ」

「離して！」

あなたは棚に入っていた太いファイルを取って、角を基規の腹に押しこんだ。ぐえ、という声が漏れ、基規の腰が引ける。

基規の足を思いきり踏んだ。よろけたすきに、基規の脇をすり抜け、デスクまで戻った。鞄を取って部屋を出る。残りの仕事？　知るものか。基規が片づけるだろう。

そうはいっても、根が真面目なあなただ。ビルの外でようすを窺っていた。

三十分もしないうちに基規が出てきた。つまらなそうな顔のまま腕時計をちらりと見て、駅への道を急いでいる。

仕事はどうしたんだろうと、あなたは訝る。資料が必要になったから会社でやろうと思ったと、あれは言い訳か。もしやオンライン会議を切りあげたのも、自分が会社にいるからだったのでは？

あなたはそう考えながら、距離を保って基規のあとを行く。一歩、また一歩と、歩みとともに怒りが増える。

基規に別れを告げられて怒りがこみあげたのは、悔しかったからじゃない。裏切られたからだけでもない。基規が自分のことを都合のいい人間として扱ったからだ。基規はあなたを持ちあげて利用し、必要がないとみるや棄てた。まるで玩具だ。今また同じことをした。駒として自由に扱える奴隷とでも考えているのではないか。

あなたに殺意が湧きあがる。その辺の石でも頭に叩きつけてやろうか。基規は赤い血にまみれ、のたうち回るだろう。基規のもがく姿を見てみたい。どんなに痛快なことか。

駅の手前であなたは立ちどまった。頭を軽く振って、妄想を振り払う。

基規を殺す。でもそれは今じゃない。こんな街中で実行したら捕まってしまう。だいたい、このあたりに石など落ちていない。

もう一度計画を練らなければ。

あなたは基規の元妻と、婚約者のことを調べることにした。

彼女らと基規の間にトラブルがあったなら、利用できると思ったからだ。とはいえ自由に外出ができないこの時世、ネットにＳＮＳ、会社に残るデータしか使えない。元妻は、基規の転勤先の同僚だが、派遣社員だったので会社のデータには名前程度しか残っていない。それでも社内報のアーカイブを探すと、写真があった。それを見て、あなたは複雑な気分になった。どことなくあなたに似ている。具体的なパーツではなく、幼げに見えるところが共通しているのだ。基規は、顔立ちや雰囲気で女性を選ぶのだろう。

写真ではおとなしそうな印象の元妻だが、名前から辿りついたＳＮＳによると、かなり行動的な人だった。離婚後に大学院に入り、現在、アメリカに留学中。ロックダウンに遭遇して大変そうだが、そのようすをｎｏｔｅというネットメディアで配信している。理知的な文章にあなたは感心した。きっと、この人は基規より頭がいい。

元妻のことを、最初は従順だったのにわがまま放題で騙された、と基規は言っていたが、離婚の理由はそのままではないはずだ。基規は上位に立つのを好む。表面的なようすだけ見て、基規はこの人にマウントを取ったのだろう。けれど実際にはそうできなくて、関係が壊れていったのではないだろうか。基規もどこか変わった。入社したころの彼は、今のような人じゃなかったと思う。すべては想像にすぎないけれど。

　婚約者は、取引先の社長令嬢だ。あなたは自分が傷つくのが嫌で、今にいたるまで彼女のことを調べていなかった。現実を見なくては、と、歯を食いしばる思いで調べると、この新型ウイルス感染症による自粛の影響で、会社の経営が危なくなっているとわかった。

　基規は、向こうの熱が冷めたと言ったが、状況の変化を見て基規から関係を切ったのではないだろうか。

　こちらもSNSが見つかった。写真を中心としたSNSだ。見映えがするいくつもの写真に、結婚への希望を綴る言葉が添えられていた。交際期間はかなりあなたと重なっていたようだ。胸が苦しくなる。しかし外出自粛が要請されたころから、彼女の写真と言葉が色褪せていく。最後には、人生を見つめ直すという悟ったような文章に涙の顔文字マークが続き、友人らしき人物から、もっといい人が現れるよと慰められていた。たしかに、結婚の話はなくなったようだ。その点だけは、基規も本当のことを言っていた。

　彼女が別れを切りだしたのか、基規が利用価値がないと切り捨てたのか、そこはわからない。ただ、彼女もまた幼げな顔立ちだった。

ゴールデンウィークが過ぎても緊急事態宣言は解除されず、あなたたちがやってきた仕事も、この先に生かされるかどうか渾沌としてきた。それでもなにかしらの調査や分析はある。

オンライン会議で、基規はあなたへの態度を変えない。先日のことなどなかったかのようにふるまっている。あなたもそうした。同僚に殺害の動機を見せるわけにはいかない。

殺害方法は毒殺。それは変わらない。青酸カリの入手ルートはつかめないはずだ。効果が衰えていないことは、ホームセンターで買ったモルモットで実証済み。ごめんなさい、と唱えながら、青酸カリを仕込んだ餌を食べさせた。容器も、万が一調べられたときのことを考えて、濃紺の小瓶から要らない口紅のケースを細工したものに代えた。

殺害場所は基規の自宅。作った合鍵はまだ捨てていない。それを使わなくとも、身をゆだねにきたとでも言えば、中に入れてくれるだろう。

問題は、その間のアリバイだ。交通系ICカードにデータが残らないよう、移動には自転車を使うつもりだが、あなたの家から基規の家まで、二十分はかかる。基規の家での行動まで考えれば、一時間は必要だ。

「おい、有田くん。聞こえてるのか。おいっ」

画面の向こうから、あなたを呼ぶ基規の声がする。あなたが考えごとに気を取られているうちに、なにか質問されていたのだ。

「すみません。もう一度お願いします」

「寝てたのか？　いくら家だからって、仕事中という緊張感を持ってくれよ。三尾さんも、猫と遊ぶんじゃない」

「猫には人間の言葉がわからないので、言い聞かせようがないんですよ」

三尾のとぼけた返事が気に入らなかったのか、基規が自分のデスクを叩いた。大きな音がパソコンから聞こえる。みなが眉をひそめるなか、駒井だけがニコニコとしている。

「駒井？　聞いてるのか？　音声をオフにしてるんじゃないだろうな。誰か、電話して。滝渕くん、きみ、当番で会社にいるよね。そっちから電話してくれ」

はい、と滝渕が答える。しばらくしたあと、駒井の回線が落ちた。ほどなく画面に復帰した駒井が平身低頭、謝っている。

「すみません。ネットが調子悪くて。マンションの他の住人もリモートワークしているんだと思います」

「だったら最初に伝えるべきだろ。……ああ、もういい。今日はおしまい。夕方の定時連絡もなしでいい。各自リフレッシュして、来週からがんばってくれ」

基規が宣言し、オンライン会議が終了した。おつかれさま、なんかヤな感じだね、そんな文字があなたのスマホに浮かぶ。会社のデータに残らないよう、最近は女性部員だけのＬＩＮＥグループができていた。オンライン飲み会の連絡もここにくる。当然のように、今夜飲もうよという流れになった。

飲み会の名を借りた不満ぶちまけ会がはじまった。我々はいつ家から出られるのだろう、仕事はどうなっていくのだろう、いつもならあるはずの春の人事異動もなくなった、これ以上塩川課長の下で働きたくない、そう盛りあがる。

子供のいる久村は、ときどき席を外した。無理しなくてもいいよと声をかけたが、私にも言いたいことがあるからと四分割の画面に戻ってくる。

四分割。女性のメンバーは五人なので、ひとり足りないのだ。

「滝渕さん、どうしちゃったかな。残業なんてことはないよね」

三尾が富永に訊ねている。

「電車の遅延も、今、ないですしね。電話してみます」

「そういえば今日の駒井くんさ、あれ、パソコンの前にいなかったんじゃない？」

「久村さん、それどういうことです？」

あなたは訊ねた。

「うちが利用しているオンライン会議システム、設定画面で画像を選ぶとバーチャル背景に変えられるじゃない。あれ、動画も選択できるんだよね。それらしい映像を撮ってリピートで流して、空返事しながら遊んでたんじゃないかなって思ったの」

「えー、面白い」

富永がまさに空返事をして、電話をかけている。滝渕はまだ出ないようだ。

あなたははたと気づいた。その手を使えば、オンライン会議に出ているふりをしながら別の場所に行けるんじゃないだろうか。だけど一時間も不在のままでいられるだろうか。

「え？　ちょ、ちょっとだいじょうぶ？　滝渕？」

富永がスマホに向けて大声を出した。どうしたのと、パソコンから三尾の声がする。

「……あの、泣いてて。声も、変で」

えー？　と、久村の困惑の声が加わる。あなたも同じ言葉を発している。

ふいに、四分割だったモニターに五つ目の枠が現れた。滝渕だ。カメラに近寄りすぎて、鼻だけが映っている。真っ赤だ。

「なにがあったの滝渕さん。だいじょうぶ？」

久村が呼びかける。富永も三尾もあなたも、息を吞んで返事を待つ。

「だいじょうぶじゃありませーん。でもなにもなかった。なかったんです。だからだいじょーぶー」

富永の言う「声が変」とは、ろれつが回っていないという意味だったようだ。酔っている。滝渕が身体を引いたときにノートパソコンのカバーが動いたのだろう。カメラが下を向き、ビール缶の散乱する机の上が見えた。

「だいじょうぶじゃないけどだいじょうぶって、どっちなの？　そう言ってつっこんでよ、有田さん」

三尾があなたに振ってくる。以前、滝渕に対してそんなようなことを言ったからだ。けれどあなたは声が出ない。まさか、という思いに囚われている。滝渕は、童顔だ。

「あー、わたし会社辞めたい。辞める。やだ！」

滝渕が大声を出す。落ち着いて、と富永がなだめる。

「ありえ、ありえますか？　会社、会社にいたら、塩川課長が突然現れて、それで、それで……」

滝渕が泣きだす。あなたをはじめ、四人が画面を見つめている。

「なにをされたの？」

口火を切ったのは久村だ。滝渕がしゃくりあげながら、答える。

「……なにもです。結果的にはなにもなかったんです。でもすぐ目の前まで顔も身体も近づけられて。……言われた。上は人員削減を考えている、候補を上げてくれと言われたって。この意味、わかるよねって。わたし、わかりませんって答えて。本当にわからないのって訊かれて、でもわかりませんって言い張って」

あのときも、基規は突然現れた。今日はおしまい、夕方の定時連絡もなし。基規がそう言ったときに気づけばよかったと、あなたは思う。そうすれば注意するよう滝渕に伝えられたのに。

「部長に言いましょう。セクハラです」

三尾がきっぱりとした声を出す。画面の中で、滝渕が首を横に振った。

「誤解しないようにって、……帰り際に言われた。僕は現状を説明しただけ、滝渕くんが考えることだよって」

「忖度しろってことじゃない。じゅうぶんセクハラでしょ」

三尾が食い下がるが、さらに激しく滝渕が首を振る。

「……だって、証拠ないもん。誰も見てない。そんなつもりで言ってないって答えられたらおしまいじゃないですか。……あー、もうやだ、とても一緒に仕事できない。永遠に会社がはじまらなきゃいいのに。さもなきゃ辞める」

滝渕が缶ビールを一気に飲む。そんなふうに飲んじゃだめと、みなが止める。

「辞めたら相手の思う壺だよ。辞めるべきは向こうだよ」

あなたは言った。滝渕以外の全員がうなずく。

「そういえばあの、カレに聞いたんだけど……」

　富永が言いづらそうに口を開き、そのまま黙ってしまう。久村に促されて続けた。

「塩川課長、婚約破棄になったって話、知ってます？　なんかあれ、この自粛で婚約者に会えなくなってて、それでつまらなくて、風俗に行ったらしいです。それがバレたって」

　はああ？　と呆れた声が重なる。

「今、営業してるの？」

「わかんない。でもそこで働いてる人も収入は必要だよ」

「それはそうだろうけど、だからって行く？」

「カレもオンライン飲みの噂で聞いただけみたいですが」

　久村と三尾が現実的な話をし、富永が不確かな情報だと鈍く答える。滝渕は無言のまま身を震わせていた。滝渕もあなたも、欲望の道具にされそうだったのだ。

「最低」

　同じ言葉をみなが口にした。いっそうの悪口合戦となる。どうすれば正義の鉄槌を食らわせることができるだろう、罠にはめて録音してやろうか、人員削減なんて脅しは卑怯だ、さらにアルコールが進む。

「あいつ殺してやりたい！」

滝渕が吼えた。ビールのタブを勢いよく開けている。殺せ殺せー、と三尾が赤い顔で煽る。

「そういえばさっき、今日のオンライン会議の駒井くんの話してたんだよね。彼、パソコンの前にいるふりして、リピートで自撮りの映像流してたんじゃないかって。それやったら、こっそり殺して知らんぷりできるんじゃない？」

久村さん、言っちゃダメ。あなたはそう叫びそうになった。みんなが知ってしまったら使えなくなる。一時間の不在は難しいけれど、どうにか応用できないかと思っていたのに。

「あはは、無理ですよ、無理無理無理ー」

滝渕が笑い飛ばした。

「殺されるほうはどうなるんです？　わたしはその動画で別の場所にいるふりができますよー。けど、向こうは普通にパソコンの前、カメラがあるじゃないですか」

「そういえばそうね」

「殺人を実況中継で見るわけね。面白そう」

三尾が物騒なことを言い、富永も笑った。あなたも酔ったふりをして笑う。この手はやはり無理だろう。警察に問われたら、みんな今夜の話を思いだす。

「アリバイなら安心して、滝渕。あたしと一緒にいたことにしてあげるからー」

富永が、画面越しに両腕を広げてハグの真似をした。

「でも逆に、そっちのほうが不自然かもしれないよ」

久村がそう言いながら考えこむ。どういうことかと三尾がつっこむ。

「だってみんながステイホームで家にいるわけでしょ。滝渕さんと富永さんが会っている理由を作るほうが大変そう」

「たしかにー。でもありがとー、みんなー」

滝渕が画面に投げキスをする。かわいいー、とみながはやし立てる。あ、と富永が言う。

「そういえばカレ、こんなことも言ってた。塩川課長ってロリコンの気があるんじゃないのって。元の奥さんも、婚約者だった人も、童顔でかわいいタイプらしい。だから滝渕、かわいいは封印だよ。安全策として刈り上げパンクにするとかどう？」

刈り上げパンク、と笑いが起きた。

「じゃあ有田さんも気をつけなきゃ。あなたも童顔だし。三十代って聞いて、あたしビックリしたよ」

三尾の言葉に、あなたは愛想笑いを返す。基規と結びつけるような話はやめてほしいと思いながら。

「だけど三十代だし」

滝渕がさらっと言った。画面越しでも空気が凍ったのがわかった。みなが目を泳がせながら、フォローの言葉を探している。

「あ、童顔だけど、その、落ち着いてるから、そういうのには狙われなそうっていうか」

滝渕が自分で気づいてフォローに回った。あなたはなんでもないという顔をして言う。

「うん、そこは安心してる」


翌朝、滝渕から全員あてにＬＩＮＥが届いた。

〈昨夜は酔っぱらってめちゃくちゃなことを言いました。すみません。忘れてください〉

忘れてくださいというのが、あなたへの言葉なのか、殺してやりたいと吼えたことなのか、基規に迫られたことも含むのかはわからない。

けれど滝渕に起こった出来事は嘘ではないだろう。基規の脅し文句も、本当だろう。上は人員削減を考えている。候補を上げてくれ。

どう見ても仕事は余っている。会社は、日本は、いや世界全体をみても、経済状況は悪い。アクセサリーの注文も全然来ない。仲間たちとの会話は愚痴ばかり。両親も高齢だ。あなたの肩に圧しかかっているものは重い。今、会社に切られるわけにはいかない。

基規を殺そう。

あなたは決意を新たにする。

基規が誰かを切るとしたら、滝渕よりもあなたが先だ。クビになりたくなければ言うことを聞けと迫った相手を即座にクビにしたら、反撃される。基規はそう考えるだろう。

滝渕の言葉にはむっとしたが、同時に、あなたと基規の関係には気づいていないと安心した。若手二人はあなたを問題外だと思っているようだし、三尾も表情から見てカマをかけたわけではなさそうだ。久村も、あなたが基規とつきあいだしたころは産休中だ。その後も仕事と家庭の両立に手いっぱいで、他人の恋愛に気を配ってなどいなかったはず。男性陣も、若手二人と同じような感覚ではないだろうか。

だいじょうぶ。疑われることはない。

あなたは自分に暗示をかける。

久村が言ったことも真実だろう。今は、みんなが家で過ごしている。家にいたことを証明できる人はいますか、と問われて、答えられるものはそういない。素人がややこしいアリバイを考えるのは怪我の元だ。しかもみんながマスク姿。ハンドメイド仲間の空色小鳥から送られたレースの模様のマスクをしたら、あなたは大人びて別人のようだった。当番で出社したときだって思った。警備員と会社の近くのコンビニで会ったとしても、誰なのか気づけないだろうと。

よし、決行だ。


それでもあなたは、念には念を入れることにした。

伊達メガネにプレーンな不織布マスクをつけ、髪を縛ってキャップに押しこむ。これなら街なかの防犯カメラに写っても、顔がわからない。服はジーンズとトレーナー。荷物をなにも持たないのは不自然な気がするから、雑誌の付録についてきた一度も使ったことのないリュックを背負う。ことが終わったら、全部処分しよう。自転車もカゴを換え、形状の違うハンドルにする。

アリバイはなくてもいいと思ったけれど、最低限のものは用意する。ハンドメイド仲間とのSNSだ。文章のやりとりだから、スマホがあればどこからでも送れる。防犯カメラのない場所で操作しよう。家でアクセサリーの製作をしていると言っておけば、少々返信が遅れても不自然ではない。

一点だけ不安があるとしたら、あなたの代わりに滝渕が疑われるかもしれないことだ。忘れてくださいとメッセージが来ていたが、誰も忘れやしない。滝渕には動機がある、そう思われるだろう。申し訳ない。けれど青酸カリという殺害方法だ。入手方法が限られているから、滝渕が逮捕されることはないはずだ。

いざ、と自転車に乗り、ついた基規の住む街には、まったく人影がなかった。車さえも通らない。寂れた商店街は死の街のようだ。パン屋や弁当屋と化した居酒屋はやっていると基規が言っていたが、夜だからかそこも閉まっている。顔がわからないとはいえ、これでは逆に目立ってしまう。帰りは別の道から戻ろう。

基規は家にいるだろうか。今日、土曜日の夜はいつも見ていたテレビ番組がある。その時間を狙ってやってきた。

灯りがついていた。音楽が漏れ聞こえている。男性アイドルグループの曲のようだ。基規にこんな趣味があっただろうか、たまたまかな。あなたはそう思いながら、扉に手をかけた。もちろん手袋もしている。手袋もまた、今は不自然ではない。

鍵がかかっていた。記憶では、インターフォンに録画機能はついていなかったが、今はわからないので合鍵で解錠する。もしも内側にバーロックがかかっていたら声をかけるしかないが、基規はめったにかけない。

果たして、扉は開いた。音楽が大きくなる。

音はリビングからしていた。ときどき、なにかが軋む音が加わる。基規はそこにいるようだ。あなたは足音を立てないように、リビングの脇にある台所へと向かう。冷蔵庫のなか、飲み物か食べ物に青酸カリを混ぜよう。

「くそっ」

基規の苛立つ声がした。開いたままの扉から、基規の裸の背中が見えた。首にタオルを巻いている。スウェットを穿いた足元に、なにか白い棒のようなもの。

その棒を、箱に押しこんでいる。

箱——いやあれは、スーツケースだ。大きなスーツケース。

棒の正体は。

気づいたとき、あなたの喉が鳴った。

基規が振り向く。基規の背中で死角になっていたものが見えた。鬘——ではなく、髪。髪には根元に、顔がついている。スーツケースから少しはみ出して、腕。さらにはみ出した、白い棒のような脚。

女の子だ。

「な、なにを、なにが、だれ」

あなたは自分がなにを喋っているのかわからない。基規が立ちあがる。

「ご、誤解だ。ご、強盗なんだ。か、か、金を盗られて、盗られるところで、だから」

「死んでるのよね？　……死ん……」

人形ではない。人だ。けれど人形のように、動かない。目を見開き、歪んだ口を開けて。

「いや、だからこいつが、金を。ふ、風呂に入っている間に」

女の子が入っているスーツケースには見覚えがある。基規のものだ。もうひとつ、花柄の小さなスーツケースがリビングに転がっていた。リボンのついた白い鞄もある。そういえば玄関でピンクの色を見た気がする。室内のようすを窺っていて、よくたしかめなかったけれど。

ソファデスクに食べ散らかしたコンビニの弁当がふたつ。お菓子とペットボトルがたくさん。床にだらりと落ちている毛布。もしや、とあなたは思い、少し冷静になる。

「その子、誰？　どこから連れてきたの？」

「いやだから、ただの強盗で」

「強盗と一緒にごはんを食べる？」

「僕が食べてただけ」

「お菓子は？　そういうの食べないよね。ペットボトルは？　その鞄は？　さらってきたの？」

「違う。い、行くところがないって言うから、かわいそうだから」

家出少女なんだろう。泊めてくれる人が現れるのを求めている、宿代の代わりに自分を提供する、そんな少女。ステイホームと言われても、家に居場所のある子ばかりじゃない。基規との間で、需要と供給が合致したのだ。

なにがあったのかはわからないけれど、お金を盗もうとしたのも本当かもしれないけれど、でも――

「黙ってろ。いいな。さもないと」

基規の手が、あなたに伸びる。

あなたは悲鳴をあげた。手に触れたものを投げつける。玄関を出て、走る。大声で叫ぶ。声が通るように、マスクを顎までずらして。

「誰か来て。誰か。殺される」

街は暗い。鍵を掛けていたせいで自転車には乗り損ねた。背後から、基規の足音がする。

まったく人がいない。車さえも通らない。寂れた商店街は死の街のようだ。

「誰かー。誰かー!」

ステイホーム。

みんな家に閉じこもっている。

だからって声を張りあげて助けを求めているのに、誰も出てきてくれないなんて。

あなたは基規に追いつかれた。肩をつかまれ、引き倒された。伊達メガネが飛ぶ。

キャップが脱げる。

はたと思いだして、あなたはポケットのスマホを握った。防犯ブザーのアプリを入れている。

死の街に、サイレンの音が響いた。

基規がひるむ。

いくつかの灯りがともった。あなたは立ちあがる。よろけながらも走る。あちこちで、シャッターの動く音がした。あなたは再び叫ぶ。助けてくださいと。けれど人影たちは入り口に佇んだまま動かない。

いっそどこかの扉に飛びこもう。怖がられるかもしれないけど。

「だいじょうぶですか？」

誰かが走り寄ってきた。中年の男性だ。まん丸い目をしている。

「警察を呼んで。人が殺されてます。わたしを追ってきた人の家で」

ええっ？　と驚いて、男性は周囲を眺めまわす。あなたも背後を確認した。基規の姿はなかった。あなたはやっと、ほっとする。

やがて本物のサイレンが聞こえてきた。

翌朝、基規の死体が隣町の公園で発見された。首を吊った痕に不自然さがないので、自殺だろうということだ。基規の家で死んでいた少女は、三週間ほど前から家出していたらしい。ふたりの間にあったことはもはやわからないが、少女の足取りや、残されたものなどから見て、あなたが聞いた基規の説明とあなたの話で間違いないだろうと、警察は言う。

基規が少女を家に泊め、関係を持ち、食事も与えたけれど、少女は金を盗って逃げようとした。激怒した基規がはずみで殺してしまい、スーツケースに詰めて遺棄しようとしたところにあなたが現れた、と。少女は、手で首を絞められていたという。

あなたはなぜこちらに？　という警察の質問に、仕事で、とあなたは答えた。書類を借りようと思ったと、そういうことにしておいた。あなたと基規の関係は知られていない。

あなたは基規の代わりにと、課長代行を命じられた。人員削減の話は、たしかにあった。けれど基規がいなくなったことでいったん保留となった。今のところは、だ。この先どうなるかはわからない。

やがて緊急事態宣言が解除されたのを受け、会社での勤務が再開された。まだ交代勤務の人数が増えた程度で、全員が職場に揃うのはもっと先だ。街ではみなが、混みはじめた電車にビクビクしながら乗る。今の状況は、二週間前の行動が作りだしたものだからだ。二週間という数字が疫学的に正しいかどうかはともかく、未来は誰にもわからない。

週末、突然の訪問者があった。

あなたは警戒したけれど、マスクの上からのぞくまん丸い目に覚えがあった。あのとき助けてくれた中年の男性だ。礼を言う。

だけど住所を教えただろうか。警察から聞いたのか？　いや、警察が教えるだろうか。

「プレゼントです」

そう言って男性が渡してきたのは、レースの模様のマスクだった。あなたはまったく同じものを持っている。

「……あなた、誰」

「板東手芸店の板東です」

基規の家の近くの寂れた商店街にある古い手芸店が、そんな名だ。掘り出し物が残っていて重宝した。クラシックな貝ボタンを、ペンダントとピアスのセットにしたら高額で売れた。

「でもあの店にいたのはおばあさんで」

「それは母です。他界しました。感染症でじゃないですよ。心筋梗塞です。ま、最近はもしやという話も聞きますが、検査はしないままです。同居の僕はなんともありません」

あなたは思いだす。いつだったか、近所のおばあさんが亡くなったと、基規が言っていた。

「母は生前、空色小鳥という名前でストアを開いていていました」

男性――板東は、懐かしむように目を細めた。あなたは混乱する。とはいえ空色小鳥と基規は、似たようなことを話していた。休業要請に応えた店と応えない店があり、街の空気がぎすぎすしていると。営業している店とできない店とで格差ができていると。どこにでもある話だろう、けれど同じ場所だったのだ。思い起こしてみれば、空色小鳥と歳の話をしたことはない。勝手に同じぐらいの世代だと思いこんでいただけだ。

「……で、でも、亡くなったのっていつです？　だって最近まで空色小鳥さんとは」

「SNSでみなさんとお話をしていたのは、僕です。ネットでの営業を手伝っていました。僕、仕事がなかなか続かなくて、で実家に。実際に子供服やマスクを作っていたのは母です。僕には作れないので、今あるものを売り切ったらストアはおしまいです」

そういえば空色小鳥は以前、でも作れないし、と発言していた。今の状況のせいにしていたが、うっかり本音が出たのではないだろうか。

「そうだったんだ。すごい偶然ね。空色小鳥さん……息子さんに助けられるなんて」

「偶然？　そう思いますか？」

　板東が目だけで笑う。

「アイコンにしているあのバレッタ、今日はつけていないんですね。とても似合ってたのに」

「……似合ってた？　あの、それはどういう」

「何度か、うちの店にいらっしゃいましたよね。僕が店の奥にいたことには気づきませんでしたか？　僕はすぐに気づきましたよ。あのバレッタをしている、あの人は真珠さんだ、イメージにぴったりだって。なによりあなた、うちの店で買った貝ボタンでペンダントとピアスを作ってストアに出したじゃないですか。あれで確信しました。……でも」

　残念そうな声を板東が出す。

「あなたはたびたび、あの家に、塩川さんの家に来てました。あなたがうちの店に寄ったのはついでだったんですよね」

　あなたはあの商店街を利用していた。聞きこみなどされたら、あなたの情報が出かねないと考えたこともあった。

「あの家、女の人がよく出入りしてましたよ。あなた以外にも。ひどいなあって、あなたに言わなきゃって思ってたけど、突然そんなことを言ったらびっくりするだろうし、怒ってしまってあなたとの糸が切れるのは嫌だし。僕、引っ込み思案なんです。ただそのうちあなたは来なくなって、気づいたのか、よかったな、でももうあなたを見かけることもないのかな、淋しいなって思いました。それで、こっそりとでもあなたのことが知りたくて」

マスクを送ると言って、板東は住所をつきとめたのだ。あなた自身は無記名で商品を送っているので、空色小鳥の荷物に差出元が書いてないことに、疑問を持たなかった。

あなたは懸命に頭を巡らす。この人の狙いはなに？　なにをしに来たの、と。

「なにをしに来たんですか」

同じ質問を、板東からされた。あの夜、塩川さんの家に、と。

「仕事です。書類を借りようと」

「おかしくないですか。だってあのとき、あなたは家でアクセサリーの製作をしていると、僕たちとSNSで話していたのに」

あなたは頭が真っ白になる。

そうだ。念のためのアリバイに、ハンドメイド仲間とのやりとりを利用しようと思ったのだ。必要がなくなったので、警察には言わなかったけれど。

あなたは言い訳を探す。どう言えばいい？

「僕、あなたが好きなんです。ひとめ見たときから、ううん、ＳＮＳで話をしていたときから。僕が助けたのは、追いかけられているのがあなただと気づいたからですよ」

板東がマスクを外した。再びほほえむ。

「本当は、なにをしに来たんですか。家にいるふりをしながら」

板東が一歩を寄ってくる。彼はあなたがやろうとしていたことに気づいている。

でも、とあなたは思った。

青酸カリのことは、知られていないはずだ。入手経路は不明。あとはどうやって使うかを考えるだけ。


環。慎重に考えて。

わたしは二週間後から話しかけている。

今のあなたの選択で、わたしの――あなた自身の、未来が決まる。

文中には、現在の観点からすると不適切と見なされる表現が含まれますが、発表当時の時代背景や歴史的価値を鑑み、また原典を尊重し原文どおりとしました。

佐藤祥三氏、マーキー氏の経歴が不詳のため、掲載手続きがとれておりません。ご関係者の方は小社編集部までお知らせください。

解説

千街晶之（ミステリー評論家）

二〇一九年に発生した新型コロナウイルス感染症（COVID-19）は、翌二〇二〇年、全世界に拡散して多くの人命を奪い、経済・医療・教育など多方面で生活・社会構造を一変させた。私たちは今、そんな世界にいる。

奈良時代の七三七年に流行した天然痘は、朝廷に君臨した藤原《ふじわら》四兄弟の命を奪った。一四世紀から断続的に猛威を振るったペストは、イングランドやイタリアで人口の八割が死亡するなど膨大な人命を奪い、ヨーロッパの社会構造そのものを変化させた。幕末の安政年間に流行したコレラの犠牲者の中には、浮世絵師の歌川広重《うたがわひろしげ》らの著名人もいた。そして今から約百年前、一九一八～一九年に猛威を振るった「スペイン風邪」は、世界人口の約三分の一が感染したとされ、その死者数は同時期の第一次世界大戦の戦死者数を遥《はる》かに上回る。

……といったことは歴史の本に書いてあるので、知識として頭の片隅にとどめていた人も多いだろう。しかし、この二一世紀、そんな歴史的な感染症が自分たちの身に降りかかると予測していた人は、まずいなかったのではないか。過去の人々が疫病流行に際して抱いた不可視の存在への恐怖を、今、私たちも共有することになったのだ。

疫病の伝染は、文芸を含む文化全般にも常に大きな影響を与える。一四世紀のペスト大流行の際は、ジョヴァンニ・ボッカッチョが、ペストを逃れて郊外に集ったフィレンツェの富裕層十人が語り合うという設定の『デカメロン』（一三四九〜五三年）を執筆した。トーマス・マン『ヴェニスに死す』（一九一二年）やアルベール・カミュ『ペスト』（一九四七年）など、疫病文学の名作は数多い。今回のコロナ禍が南極大陸にまで及んだ時は、小松左京《こまつさきょう》のＳＦ『復活の日』（一九六四年）を超えたと話題になった。

もちろん、ミステリー小説も例外ではない。日本における古い作例としては、ペストの猖《しょう》獗《けつ》を扱った小栗虫太郎《おぐりむしたろう》『二十世紀鉄仮面』（一九三六年）あたりにまで遡るだろう。二〇二〇年には、篠田節子《しのだせつこ》『夏の災厄』（一九九五年）などの旧作が注目されたり、大原省吾《おおはらしょうご》『首都圏パンデミック』（二〇一六年。『シスト』を改題）や初瀬礼《はつせれい》『感染シンドローム』（二〇一六年。『計画感染』を改題）が文庫化されるなどした。感染症ミステリーの代表的な旧作については、探偵小説研究会・編著『２０２１本格ミステリ・ベスト10』に掲載された諸岡《もろおか》卓真《たくま》「『新しい日常《ニューノーマル》』の謎　感染症を描く10作」が参考になる。

本書には、そのような感染症を扱った短篇を収録した。普通、ミステリーにおいて描かれるのは人為的な犯罪であり、感染病は馴染《なじ》まないようにも見える。しかし、そこから露《あらわ》になる人間模様は、意外とミステリーと親和性が高いことが収録作から窺《うかが》える筈《はず》だ。

エドガー・アラン・ポオ「赤死病の仮面」The Masque of the Red Death

恐ろしい赤死病が蔓延《まんえん》し、領民たちが死んでゆく中、プロスペロ公は豪壮な自身の館に引きこもった。七つの色で彩られた七つの部屋で仮装舞踏会が華やかに始まったが……。

一八三二年のフランスでのコレラの流行を背景にしたとされる本作の構想は、先述の『デカメロン』を踏まえているが、疫病に対して手を打つでもなくただ放蕩《ほうとう》に耽《ふけ》る特権階級の描写は、現代にも通じる普遍的な寓話《ぐうわ》性を具《そな》えている。なお、江戸川乱歩《えどがわらんぽ》の長篇ミステリー『黄金仮面』には、本作のシチュエーションを引用した部分がある。

エドガー・アラン・ポオ（一八〇九〜一八四九）はアメリカの小説家・詩人・批評家。一八四一年に発表した「モルグ街の殺人」はミステリーのジャンル的出発点とされ、他に「アッシャー家の崩壊」「黒猫」などの怪奇小説でも知られる。「赤死病の仮面」は一八四二年発表。疫病をモチーフにした作品としては他に「ペスト王」がある。

アーサー・コナン・ドイル「瀕死の探偵」The Adventure of the Dying Detective

シャーロック・ホームズが伝染病で瀕死《ひんし》の状態だと知ったワトスンはホームズのもとに駆けつけた。ホームズは彼に、カルヴァートン・スミスなる人物を訪ねてほしいと頼む。

頑健な心身を誇る名探偵が病に臥《ふ》しているという発端が衝撃的な一篇である。ホームズが罹《かか》った病が東洋由来とされているあたり、各地に植民地を持つ「日の沈まない国」だった当時の大英帝国の威勢と、感染病を「外部」から来るものと捉える当時の感性が窺える。なお『緋色の研究』によると、ワトスンは第二次アフガン戦争で腸チフスに罹患《りかん》している。

アーサー・コナン・ドイル（一八五九～一九三〇）はイギリスの作家。一八八七年の『緋色の研究』で名探偵シャーロック・ホームズを誕生させた。「瀕死の探偵」は一九一三年に発表され、一九一七年に『シャーロック・ホームズ最後の挨拶』に収録された。

リチャード・オースティン・フリーマン「悪疫の伝播者」A Sower of Pestilence

そのシャーロック・ホームズと当時の人気を二分していたのが、フリーマンの生んだ法医学者ジョン・イヴリン・ソーンダイク博士である。著者は、医師や行政官として黄金海岸（現在のガーナ）に赴任した際にマラリアや黒水熱に罹患、ロンドンでは検疫医を務める……といった経歴を持っており、それらが、蚤《のみ》としらみが入った謎のガラス管に関する依頼から始まる本作に活かされていることは確実だ。

リチャード・オースティン・フリーマン（一八六二～一九四三）はイギリスの作家。『赤い拇指紋《ぼしもん》』『オシリスの眼』など、科学捜査の専門家であるソーンダイク博士が活躍するシリーズで知られる。本作は一九二二年に発表（〝Six Tubes of Mystery〟を後に改題）。

コオリン・マーキー「空室」The Empty Room

本作はこのアンソロジーに収録すること自体がネタばらしになりかねないが、ここに記す事情があるのでご寛恕《かんじょ》願いたい。一八八九年、万国博覧会が開催中のパリを母娘が訪れた。しかし母親はホテルで寝込んでしまい、娘が医者とともに戻ってきたところ、母親の姿はなく、ホテルの従業員たちは最初から娘しかいなかったと主張する……という発端の話を、どこかで一度は聞いたことがないだろうか。実話が元とも、都市伝説とも言われるこの話を小説化した例は複数あるが、ひとつはベイジル・トムスンの「フレイザー夫人の消失」（一九二五年）であり、もうひとつが本作なのである。「フレイザー夫人の消失」は北村薫《きたむらかおる》・編『北村薫のミステリー館』で比較的簡単に読めるので、今回は本作を収録した。

コオリン・マーキー（Corinne harris Markey）はアメリカの作家。経歴不詳だが一九二〇～三〇年代の執筆活動が確認される。「空室」は〝The Illustrated Detective Magazine〟一九三二年五月号に掲載された。日本での初訳は《新青年》一九三四年四月号。

西村京太郎「南神威島」

医師の「私」は、南方遥かな洋上に浮かぶ離島に赴任した。数日後、島に三人の病人が出た。最初は食あたりと考えた「私」だが、どうやら伝染病らしい。病に倒れる住人が増えてゆく中、「私」は自分が伝染病を島に持ち込んだ可能性に思い当たり、戦慄する。

本土から遠く離れた孤島の土俗的な風習の中で、余所者《よそもの》の医師はどう振る舞うべきか。伝染病の恐怖とともに、閉鎖的な集団ならではの独自の論理の恐ろしさと、人間の弱さが読者の胸に刻み込まれる。トラベル・ミステリーの旗手として知られる著者の知られざる側面を窺える名品と言える。

西村京太郎（一九三〇～）は一九六四年、『四つの終止符』で長篇デビュー。翌年、『天使の傷痕』で第十一回江戸川乱歩賞を受賞。十津川《とつがわ》警部が活躍するトラベル・ミステリーによって国民的作家となる。代表作に『殺しの双曲線』『寝台特急《ブルートレイン》殺人事件』など。「南神威島」は《大衆文芸》一九六九年十一月号に掲載され、翌年、自費出版の私家本として刊行された短篇集『南神威島』に収録された。

皆川博子「疫病船」

母親を殺そうとして逮捕された初子《はつこ》は、国選弁護人の安達《あだち》に、母は幸せになってはいけない人間だと訴える。事件の背景を知るため母娘の過去を探った安達は、終戦直後、復員船をコレラが襲った悲劇に行き当たる。

著者の初期の短篇には人間心理の暗部を容赦なく抉《えぐ》った暗澹《あんたん》たる後味の作品が少なくないが、これは格別だろう。なお著者によると、本作の内容は虚構ながら、復員船でコレラが発生し、内地を目前にしながら足止めされた話は事実であり、著者の父方の叔父がその船に乗っていて、帰国してから仲間と当時のことをパンフレットに書いたのだという。

皆川博子（一九三〇～）は一九七二年、児童文学『海と十字架』でデビュー。幻想小説、ミステリー、時代小説など幅広い領域で活躍している。代表作に『死の泉』『ゆめこ縮緬』など。「疫病船」は《問題小説》一九七六年六月号掲載。

梓崎優「叫び」

ジャーナリストの斉木《さいき》は、南米の密林で、エボラ出血熱と思われる悪疫に襲われた村落に辿《たど》りついた。住民は次々と病に倒れ、全滅は時間の問題。ところが、そんな村落で殺人が起きた。黙っていても滅びる村で殺人を犯さなければならなかった理由とは？

殺す必要のない人間を何故殺すのか……という謎は、本格ミステリーの世界ではしばしば扱われる。本作の場合、その謎は、共同体の特殊な価値観と不可分である。世界各地を舞台に、さまざまな価値観を本格ミステリーの骨格と融合させてきた著者らしい作品だ。

梓崎優（一九八三〜）は二〇〇八年、「砂漠を走る船の道」で第五回ミステリーズ！新人賞を受賞。この短篇を含む『叫びと祈り』（二〇一〇年）がデビュー作となった。「叫び」は『叫びと祈り』のための書き下ろし。


水生大海「二週間後の未来」

社内恋愛の相手の基規《もとき》が取引先の社長令嬢と婚約したと知った環《たまき》は、彼の毒殺を企てた。ところが、世界的規模の新型ウイルスの流行が計画を狂わせることに……。

コロナという言葉は使われていないものの、このアンソロジーの収録作で唯一、今回の新型コロナウイルスの流行を背景にした作品である（《小説推理》二〇二〇年九月号掲載）。コロナを扱った短篇ミステリーとして、かなり早い時期の作例であることは確かだ。リモート会議などコロナ禍の状況下ならではのトピックを取り入れつつ、殺人計画が二転三転するプロセスをブラックな筆致で描いた逸品である。

水生大海は二〇〇九年、『少女たちの羅針盤』（前年に第一回ばらのまち福山ミステリー文学新人賞の優秀作を受賞）でデビュー。代表作に『冷たい手』『最後のページをめくるまで』などがある。

なお、ミステリー作家たちはこのコロナ禍の時代とどう向かい合ったのか——という記録として、二〇二〇年のあいだに、新型コロナウイルス、あるいは感染症を扱うかたちで発表された国産ミステリーを、目についた範囲で紹介しておきたい。

恐らく最も早い作例は、三月に刊行された貴志祐介《きしゆうすけ》の短篇集『罪人の選択』だろう。収録作「赤い雨」は、雑誌連載自体は二〇一五〜一七年なのでコロナ禍に合わせて書かれたわけではないが、パンデミックに支配された地球を舞台としている。五月刊の鳥飼否宇《とりかいひう》『パンダ探偵』の舞台は、人類が感染症で全滅し動物たちが文明を築いた地球だ。六月には中山七里《なかやましちり》『ヒポクラテスの試練』が上梓《じょうし》された。これも雑誌連載は二〇一七年だが、新型パンデミックの原因を突きとめようとする医師たちの闘いの描写は現在とのシンクロ感が強い。

コロナ禍を意識して書き下ろされた最初の長篇は、七月刊の海堂尊《かいどうたける》『コロナ黙示録』だろう（ただし、「バチスタ」シリーズでお馴染みの面々が登場するもののミステリーとは言い難い）。このあたりからコロナ禍に合わせた企画が出てくるようになり、八月と九月には、織守《おりがみ》きょうや・他『ステイホームの密室殺人1』と乙一《おついち》・他『ステイホームの密室殺人2』という二冊の競作集が立て続けに刊行された。

九月刊の石田衣良《いしだいら》『獣たちのコロシアム　池袋ウエストゲートパークXVI』の表題作はコロナの流行がモチーフとなっていた。同じく九月刊の穂波了《ほなみりょう》『売国のテロル』では、全世界規模で発生した生物兵器パンデミックの発生源とされた日本がバッシングされる（穂波は前年刊のデビュー作『月の落とし子』でもパンデミックに伴うパニックを扱っている）。

十月刊の市川憂人《いちかわゆうと》『揺籠のアディポクル』は、密室状態の無菌病棟が舞台の本格ミステリーである。そして十一月に入ると、伊岡瞬《いおかしゅん》『赤い砂』、榎本憲男《えのもとのりお》『インフォデミック　巡査長　真行寺弘道』、濱嘉之《はまよしゆき》『院内刑事《デカ》　ザ・パンデミック』と、感染症の流行を背景にした作品が文庫書き下ろしで立て続けに刊行された。東野圭吾《ひがしのけいご》『ブラック・ショーマンと名もなき町の殺人』（十一月刊）も、コロナ禍状況における帰省などを背景にした本格ミステリーである。葉真中顕《はまなかあき》『そして、海の泡になる』（十一月刊）は、コロナ禍を太平洋戦争、バブル崩壊に続く日本の第三の敗戦として捉えている。

十二月刊の作品では、吉川英梨《よしかわえり》『月下蠍人　新東京水上警察』、北里紗月《きたざとさつき》『連鎖感染』がある。これらの他に、背景となる世相としてコロナに言及した下村敦史《しもむらあつし》『同姓同名』（九月刊）なども含めれば、作例はもっと増えるだろう。

病の流行自体はいずれ収束するとしても、そこから明らかになった社会の分断や人間の不寛容、あるいはそれらに立ち向かう崇高な人々の姿などは、いつの時代にも訴えかける要素がある筈だ。ここで紹介したのは、作家たちがそれらをどう描いたかの記録である。

二〇二一年一月

宝島社
文庫

伝染る恐怖　感染ミステリー傑作選
（うつるきょうふ　かんせんみすてりーけっさくせん）

2021年2月18日　第1刷発行

編　者　千街晶之
著　者　エドガー・アラン・ポオ　アーサー・コナン・ドイル　フリーマン
マーキー　西村京太郎　皆川博子　梓崎 優　水生大海
発行人　蓮見清一
発行所　株式会社 宝島社
〒102-8388　東京都千代田区一番町25番地
電話：営業 03(3234)4621／編集 03(3239)0599
https://tkj.jp
印刷・製本　中央精版印刷株式会社

ISBN 978-4-299-01362-0